抽屉年华

石永峰◎著

人民日报出版社

北京

图书在版编目（CIP）数据

抽屉年华 / 石永峰著. -- 北京：人民日报出版社，
2025.2. -- ISBN 978-7-5115-8676-6

Ⅰ. Ⅰ247.5

中国国家版本馆CIP数据核字第2025H109E6号

书　　名：抽屉年华
　　　　　Chouti Nianhua
著　　者：石永峰

出 版 人：刘华新
责任编辑：万方正
装帧设计：李尘工作室

出版发行　人民日报出版社

社　　址：北京金台西路2号
邮政编码：100733
发行热线：（010）65369527　65369846　65369509　65369510
邮购热线：（010）65369530　65363527
编辑热线：（010）65369521
网　　址：www.peopledailypress.com
经　　销：新华书店
印　　刷：大厂回族自治县彩虹印刷有限公司

开　　本：710mm×1000mm　　　1/16
字　　数：265千字
印　　张：16.25
版次印次：2025年5月第1版　　2025年5月第1次印刷

书　　号：ISBN 978-7-5115-8676-6
定　　价：68.00元

如有印装质量问题，请与本社调换，电话（010）65369463

序

徐贵祥

认识石永峰时，他的身份是鄂托克旗教育体育局局长。2024 年 9 月，我到鄂托克参加中国作协"到人民中去"采风活动，座谈会上永峰给我留下了深刻印象。我一直在关注思考教育问题，没想到在这座西部牧区小县城遇到了知音。永峰和他主持的鄂托克教育为我解开了许多长期未解的困惑，我的教育理想和愿望有些在鄂托克已经落地生根，开花结果，我甚是惊喜。

永峰邀我和同行的张志强老师返程之前到一所学校看看，我考虑时间充裕，欣然答应。次日去桃力民小学，我们首先看到了一个巨大的操场，几百名十岁左右的孩子像五彩缤纷的玛瑙一样撒在草地上，有的跳高，有的奔跑，有的做体操，一张张红红的脸蛋，洋溢着快乐的光芒。

校长王芸告诉我，他们近年来坚持让孩子们享受"零点体育"——早晨七点半到八点，让孩子们尽情地玩耍，尽情地撒欢。永峰跟我讲，鄂托克的教育理念，首先是健康快乐，然后是全面发展。教育的目的首先要确保健康和快乐，尽量少一些"小眼镜"和"小胖墩"。这一席话，让我对永峰刮目相看，假如我们的孩子什么都有了，却没有了健康和快乐，那么我们的教育就失败了。

在学校大厅里，看了一段视频，一个名叫王韵涵的学生正在声情并茂地演讲《爸爸的哨所》，小娃娃的脸上充满了自信，一招一式沉着老练，小大人似的。王芸告诉我，这孩子才九岁，已经被誉为少年讲书人、王牌演讲娃。之后，我们上了二楼，五个小女孩已经在那里了。第一个孩子一本正经地给我们介绍桃力民小学的校史、党建史，以及今天的发展。我担心时间不够，

1

对娃娃说，孩子，你只讲第一板块就行了，每个人只讲一段。这个孩子聪明绝顶，马上明白了我的意思，伸手一指说，请各位老师往下参观。孩子们知道我们要赶时间，每个人都用很短的时间，把分配给她们的内容只讲了第一段，然后就是"请老师们继续参观"。那一瞬间，我太感动了，好孩子，真聪明，愿你们继续沐浴在全面发展的教育理念的春风里，健康快乐地成长。无论你是枝叶繁茂的参天大树，还是草原上一株绿色的小草，都是我们的宝贝。

前往大门口的路上，永峰跟我讲，鄂托克已形成这样的教育思路：尊重孩子们的兴趣，重视孩子们的特长，同全国各大名校合作建立一体化贯通式培养模式，在"幼、小、初、高、大"五个阶段，根据兴趣和特长定向培养，首先保证各取所需，然后实现各尽所能，让孩子们快乐学习，健康成长，让孩子们像骏马一样自由地奔驰在草原上，让孩子们在未来的世界里，按照自己的方式实现他们的愿望和理想。

一切都是最好的安排，我们圆满地访问了桃力民小学。回到北京，我有点后悔，没有在鄂托克多待上一天两天。好在，已经同永峰建立联系，关于教育，关于孩子，关于未来，我有太多的想法需要同他交流。也许，那就是我下一个作品的方向。

没想到遗憾弥补得这么及时，永峰的长篇小说《抽屉年华》要出版发行，邀我作序。我才意识到，永峰本来就是作家。不出所料，《抽屉年华》就是教育题材，讲述了世纪之交以许佳伟为代表的一众高中生，在杨德晨老师素质教育引领下的学习、生活、迷茫、成长。小说篇幅并不太长，但主题思想深刻鲜明，文字表达干净有力，人物形象生动鲜活，对一段时间以来我国西部县域基础教育的发展和出路、问题和弊端，家庭、社会、学校对青少年成长的责任等诸多问题，进行了深刻探讨，具有强烈的现实意义。把之前见到的鄂托克教育与长篇小说《抽屉年华》结合起来，我终于看到一个完整的石永峰，看到一位青年作家、教育家对文学情怀、教育情结的执着坚守。

永峰当过高中教师，我笑问他小说是不是自传，他"狡黠"地回答，文学艺术源于生活，而高于生活。的确，一个优秀的作家，是不可能坐在书房里创作出伟大作品的。从写长篇小说，到当教体局局长，背后是永峰长时间对教育这一重大命题和伟大事业的深度热爱、深刻洞察、深入思考和生动实践。读万卷书，行万里路，之后成万般事，这一点非常难能可贵，再次印证我在鄂托克时对永峰的判断，他是一个有文学情怀的人，一个对教育事业充满热情的人，一个具有相当职业精神的人，一个异常勤奋的人。

我国拥有世界上规模最大的教育体系，解决了最大数量的人口受教育问题，支撑了最大体量的国民经济和社会发展，承载着实现中华民族伟大复兴这一近代以来最伟大的梦想。教育发展涉及千家万户，面临千头万绪，也自然会有这样那样的问题。有永峰这样扎根一线、埋头奉献的教育实践者、思考者、书写者、鼓呼者，我们应该对教育充满信心。因为永峰和鄂托克已经蹚出一条西部县域基础教育振兴之路，正在为教育强国建设贡献鄂托克智慧和力量。《抽屉年华》描绘的愿景已经并且还将继续在祖国西部热土上徐徐展开，深刻上演。书写在大地上的作品注定是不朽的，上升为文艺的事业也必将是生动的。

（作者系中国作家协会副主席，中国作家协会军事文学委员会主任，其长篇小说《历史的天空》获第六届茅盾文学奖）

目 录

这是一个锁在抽屉里的故事，

这是一代青少年的心路历程，

这是一段梦想与悸动的岁月，

这是一段八〇后的成长记忆。

楔 子

深圳，某外国语学校。

教务长许佳伟的长篇小说即将出版，他正在进行最后的文字校对。

这时手机铃声响起，"班长，抽屉年华应该算你发起的，你可一定得回来哟！"

"等我处理完学校的事务。"

"佳伟，二十年后的聚会，也该和我们的过去握手言和了。"

"放心，我会认真对待的。"

北京，国贸 CBD，车水马龙。

某教育科技公司高层正在为企业的发展规划激烈地争辩。公司 CEO 苏科再次义正词严地拍板：将经营重心转移到教育装备和数字教育上来。说罢，苏科的手机微信跳出一行字：记得我们的抽屉年华！

纽约，鄂尔多斯羊绒衫专卖总店，顾客络绎不绝。店主田田一边收拾行李一边与两个女儿搭话。

"妈妈，你们小时候在草原上是骑马上学吗？"

"不光骑马上学，骑马还是高考的科目呢，就像美国的 ACT 和 SAT 一样。"

"妈妈，这次回中国我不想再回来了，可以吗？"

田田的行李箱上放着一封从中国寄来的信件，以及一页展开的信纸，上面只有一句话：记得我们的抽屉年华！

塞北草原腹地，养殖大户、牧业合作社带头人冯宇杰正在操纵刚刚换代的无人机巡查自己的羊群，突然，一只机器狗跑过来向他播报语音：记得我们的抽屉年华！

一时间，微信语音、手机短信、网易邮箱、QQ对话框，北京、深圳、纽约、古阳县，写字楼、商场、工地、学校，全国各地、世界各地的同学们同时收到一句话：记得我们的抽屉年华！

塞北小县城，古阳中学教学楼灯火通明。
教师夫妇常有男、赵淑敏正认真核对着一叠通讯录，一个一个画对勾。
"追忆抽屉年华，还是佳伟有创意。"
"就是不知道同学们能回来多少。"
"二十多年了，有的估计都认不出来了。"
"二强还是联系不上，小平不肯接电话。"
"佳伟说好了吧？"
"说好了，我感觉他这次回来不会走了。"
"但愿如此吧。"
俩人说完对视了一下。

深圳开往北京的高铁上，许佳伟从皮箱里翻出一本破旧的密码日记，扉页上"抽屉年华"四个钢笔字遒劲有力。再翻，是一张皱皱巴巴的录取通知书，再翻，是一张漂亮的棒棒糖包装纸，再翻，是一张褪了色的结婚照片。车窗外的风景飞驰而过，许佳伟不觉被带入遥远的回忆当中……

第一章　抽屉年华

8月10日　暴晒

　　终于开学了。漫步在古阳中学的校园里，我不知道自己心里是什么滋味。教学区高楼耸立，过道旁绿柳成荫，教室里书声琅琅，操场上人影如飞……然而对于我，这一切都是那么消极，那么没有吸引力。不，这不是我的学校！不是！

　　我早知道，农家孩子，读书是唯一的出路。我也知道，为了我的学业，父母承担着怎样的重负。我曾在父亲面前承诺：考上市一中，就继续深造……

　　为了这个承诺，我付出了四年拼日拼夜的苦功！可是我没有兑现自己的承诺！我沦落到了古阳中学！！原本不如我的人却一个个去了市一中！！！

　　为什么？为什么偏偏是今年的中考出了差池？为什么当初要装大头？为什么老天如此捉弄我？为什么……

　　2000年8月，这座塞北的小县城天气特别反常。立秋过后，本该是凉爽的时候了，可太阳依然火辣辣的，气温一浪高过一浪。田里的糜麻无力地垂着头，仿佛在沉思这奇怪的现象；高大的树木——不管是挺拔的白杨、窈窕的垂柳，还是苍劲的松柏——都懒洋洋地立在烈日骄阳下。有生命的东西全

5

躲了起来，不想喘一口气，只有蝉儿还一个劲地叫着，像是为这意外延长的生命欢唱，抑或为那最终无能为力挽留的夏天哀歌。

然而才过了一会儿，老天突然板起面孔，狂风骤起，沙尘漫天。黑压压的云山迅速从四面八方堆起来，雷公电母仿佛要发泄什么，暴躁地狂吼着。暴雨很快就来了，带着泥沙，砸在行人脸上，县城里的土街顷刻间污水横流，泥泞不堪……

古阳县是小地方，这一点从县城就可以看出来：县城小在面积上，也小在人口上。两纵三横五条马路都不过七八米宽，一两公里长；镇子上交际关系稍微广一点的都能站在大街上，说出过往的每一个行人姓什么，叫什么，他老婆或她老公在哪个单位上班，他家的什么亲戚在哪个部门当局长还是副局长。

古阳县发展很滞后。背靠着母亲河，原本也是个水肥草美的地方，可从20世纪开始，人们的乱砍滥伐和过度放牧破坏了生态，气候发生了变化，这里的降水越来越少，土地不断沙化，黄河也经常断流。昔日"风吹草低见牛羊"的景象不见了，取而代之的是干裂的地表、纵横起伏的沟壑和遮天蔽日的黄沙。山里的人们一批一批地往外跑，出卖他们的手艺或者体力。留守在山里的都是老人和孩子，以及他们耐旱的糜麻和顽强的阿白山羊。

古阳县成了"全国贫困县"，孩子们上学也自然成了问题。不必说村子里教室危旧，教师紧缺，单是家庭方面也有许多困难：一方面穷家薄业交不起学费，另一方面村子里农活多，大一点儿的孩子都要承担一些家务。多数学生勉强上到小学毕业就上山放羊或下田犁地去了。

县立高中这些年办得很不景气。国家要普及高中教育，这本来是机遇，可各省市县乡的学校都在扩招，一时间生源大战如火如荼。学校的级别越高，生源范围就越大：省直学校在全省招生，县直学校在全县招生。掌握了优秀生源，其实也就拔得了高考的头筹。重点高中能考重点大学，好学生自然愿意去，县乡里的有钱人也托关系花高价把孩子往里送，孩子一辈子的事，人之常情嘛。重点高中人数爆满，重点高中的老师觉得自己的光热还没有充分发挥，于是私立学校也崛起了。私立学校有重点高中的客座名师，入学的门槛又没有重点中学高，竞争力和发展态势也不弱。既然是竞争，那么手段就要强硬：各地的中考状元、前十名，甚至前二十名、前五十名，只要来我校就读，就免交学费，并一次性奖励多少万元，来不来？再提供单人宿舍、笔记本电脑，在城里给父母安排工作，考上一类本科再奖多少万元。

轮到古阳县的高中就没那么幸运了：穷乡僻壤本来人口就少，高分学生和有钱人家的孩子又都被挖走了，学校领导只好在差学生穷孩子身上找出路，每年从四五月份开始就三番五次组队率团上山下乡。各学校的毕业生，每人都能收到一封热情洋溢的邀请函，甚或言辞恳切的三顾之请。可要不是家里没钱，或者孩子学习不好，谁愿意把他们的前程赌在这种二流学校身上呢？

没有优秀生源，便考不出名牌学生；考不出名牌学生，学校就无法冠以"名牌"之称；无"名牌"之称，在如今人人追赶名牌的新新人类面前自然不受待见，生源效益自然又差。如此恶性循环至今，连续换了几任校长都无济于事。

四年前，县中古阳中学实实在在地风光了一回，也让乡亲们改变了对它的看法，那一年这里出了一个全市文科状元，上了名牌大学。

考大学！

据说考上大学就能当大官，还能挣好多好多的钱。对于世世代代面朝黄土背朝天的庄户人来说，这无疑又多了一条出路，多了一丝希望。希望有些渺茫，可人们心里喜滋滋的。从此，孩子们放学后不用再赶羊了，他们的考试成绩也开始成为村里人谈论的话题，谁家孩子学习好，人们都会说："好好学，到时候考县中去。"要是真能如大家所言考进古阳中学，那简直是祖上有德，三村五社的人都会另眼相看。

于是这古阳中学又一夜间成了十分神圣的地方。每每有父母带孩子进县城必然带他们"瞻仰"这个地方，用那个翻版了无数遍的市文科状元的事迹为他们励志。每年秋季开学，来这里"朝圣"的人更是人山人海，络绎不绝。

古老的皇历翻过漫长的一千年，翻过学而优则仕，翻过科举求官，翻过八股取士，翻过推荐上大学，又翻开了"素质教育"的一页。省直和市直高中还没有开学，古阳中学提前架起了自己的高音喇叭。

学校大门口正呆立着一个男孩，一米七〇左右的个头，双肩微耸，两臂低垂，一件新买的亚麻 T 恤穿得不太得体，浑身土气与满脸拘谨盖住了十六七岁的脸上本该有的蓬勃与憧憬。他见前边的一个人影在拐弯处消失了，便转身向校园里走去。

此时，喇叭里正放着轻快的音乐，女播音员用她略带古阳味的普通话一遍遍重复着古阳中学的辉煌。校园里裸露的沙地虽经过专门处理，但仍零星地点缀着一些"绿肥红瘦"——绿的是荆棘，红的是砖块。

暴风雨没持续多久，雨水在沙地上只掠了表皮就向低洼的地方流走了。太阳再次出来时已换了灰黄的光，淡淡地涂抹在地面上，平添了一丝神秘的美丽。洗刷了酷热，校园里的人又渐渐多起来，有的三五成群地聚在一起指指点点，有的拎着大包小包毫无头绪地东跑西跑，摩托车、"三叉机"和不知名的小轿车也时走时停，不断地进进出出。只有一座崭新的校碑静静地立在人群后边，算是背景——校碑上写着两行大字：全面实施素质教育，努力提高全民素质。

男孩走着，突然被一块断砖绊了一下。他很不高兴，朝四周环视了一圈，狠狠地冲那块砖头开了个大脚。不料砖头纹丝没动，脚却踢得生疼。男孩低声骂了一句，急躁地甩手跺脚。

就在这时，二楼的教室里爆发出一阵笑声。男孩猛地一惊，急忙审视起自己来。整理整理衣服，收拾收拾头发，又特意调整了一下面部表情，好像刚才的笑声就是冲自己来的。然而他的努力好像并不奏效，因为急躁，脸上的红晕反而增加了。

男孩在高一（1）班门口喊了声"报告"，冲他喊"进来"的老师笑眯眯的，不是很严肃。老师看上去二十四五岁，一身运动装备，偏分头，戴着眼镜。讲台上一个又矮又胖的男同学正手舞足蹈地演讲着。他见有人进来便稍微停了一下，男孩乘机在后排找了个空座位坐下来。

"重说一遍，我叫常有男。'非常'的'常'，'有趣'的'有'，'男生'的'男'，家中排行老二，大家也叫我常二。"常二在解释自己的姓名由来时，下面隐约有"长江二号"的说法。大家主动把这和他的身材、幽默联系起来，都忍不住笑了，确实是个"非常有趣的男生"。常二很大方，让过大家的笑声才继续他声情并茂的演讲。

"我毕业于古阳县五中初四（6）班，性格比较外向，喜欢多说几句，学习也不好，希望大家以后玩的时候也能带上我。'大个'，哦，冯宇杰，冯宇杰是我以前的同桌，也是我的死党，现在请他为我们讲几句。"

"我叫冯宇杰，"被常有男拉起来的男生没有辜负自己"大个"的称号，身高足有一米八〇，长得也蛮帅——不，应该说蛮酷。他好像不太喜欢说话，至少不像常有男那么贫，也不知是有什么心事，他只说他的情况大致和常有男差不多。大家很友好地给了他掌声。

"后边那位同学。"掌声过后，老师向后做了一个请的手势。

"我叫王亦然，王，成者为王；亦然，不过如此。家就在街上，说爱好嘛，交友、吃喝、管闲事，在古阳街这一亩三分地上大家有什么事尽管和我说，保证给你摆平。"这回上来的好像不是个善茬，身体壮实，穿着讲究，最惹眼的是他额前的一撮黄毛，大家都有些不敢正眼看他，掌声也自然迟疑了。

"同学们，大家好！我叫田田，来自江苏南京。"王亦然还没有走下讲台，一位女同学站了起来，似乎有些挑衅的意思。王亦然瞟了她一眼，大家也马上把目光集中过来。她身穿一身乳白色运动服，留着齐耳短发，清纯白净的脸上略带些红晕，一双似乎浸了水的大眼睛许是一时应付不了大家不约而至的目光，在那里躲躲闪闪。不过，她很快恢复了镇静："我们来自四面八方，今天坐在一个教室里就是同学，就是朋友，就该真诚地相处，平等地交往。我比较喜欢文艺和体育，在学习上希望大家多多帮助。希望我们一起度过三年快乐的高中生活，也希望我们的班集体在杨老师的带领下团结一致，勇争第一，谢谢！"

不知是田田的惊人举动感染了现场的气氛，还是她流利的演讲打动了大家，抑或是因为她可人的脸庞，同学们的掌声潮水般响起，王亦然足足看了她十几秒，然后笑了笑，跟着拍了几下手。

田田发言完毕出现了一小会儿的冷场。老师催促了一回才又走上来一位又高又胖略有些驼背的男生，头发有些卷，说话略带结巴："我……我……我叫齐二强，来自前……前湾乡中学，我……我……我性格有些内向，希……希望能和大家成为朋……朋友，嗯——希……希……希望能和大家一……一起奋斗，三……三年之后都能进……进入理……理想的学府。"齐二强的

"希……希……希望"招来一片笑声。

齐二强的后桌是一位女生，衣着打扮都很简单，倒是背上那条长长的麻花辫很是显眼。她的声音很低，她说她叫唐小平，爱好是养花。农村姑娘爱养花，这好像不容易被人接受，所以掌声中夹杂着些零星的笑声。

"后边那位同学。"老师把大家的目光引到最后进来的男孩身上。男孩顿时局促起来，尽管他尽量装作若无其事，但这些努力反而使他刚刚"退温"的表情更加调皮起来，宛如"才下心头又上眉头"，最后化作粒粒细汗和两片晚霞挂在脸上。

"我叫许佳伟……我也来自前湾乡中学……"男孩也许是太怯场了，才讲了一句话就站在那里不知所措了，脸涨得通红。更不幸的是，他的表情引来了一阵本不该有的笑声。

第一次这么显眼地独自暴露在众多陌生的目光和不怀善意——是的，他就这么认为——的笑声中，可怜的孩子首先想到的是自己说错了什么或是身体的某个部位出了什么差错。他本能地摸了摸额头，脑子里顿时一片空白，然后又是一片漆黑，但二者马上又都化为通红，叠加到刚才已是绯红的面颊上。这回这个脸可真是好看了，就像将熟未熟的红富士，虽然满身都是红的，但程度不一：一处深红，一处浅红，一处紫红，一处粉红；又像舞台上表示波浪的红布，坑坑洼洼地在灯光下表现出来。

周围的一切和自己接下来说的什么都被这"红"遮盖了。

太阳就要下山了，面孔放得老大，全没了白日的嚣张气焰，目光也变得十分柔和。人和树的影子被拉得老长老长，静静地铺在地上。雀儿们结着伴扑棱棱地扇着翅膀，要归巢了。许佳伟一个人游览名胜似的在校园里信步走着，看着眼前的一切，思绪宛如滚滚而来的潮水，再度把他卷入记忆的旋涡……

两个星期以前，许佳伟又一次来到村口那条已被他盘了无数遍的小路上。他知道中考的事已成定局，他是来等待命运的宣判的。今年的中考和他开了一个太大的玩笑：试题疑似部分泄露了。在这次不公平的竞争中，一向成绩优异的他表现平平。其实考完第一场，大家就知道今年的考题与大前年的省城中考卷有部分雷同——他们在总复习时做过这套卷。同学们都欣喜若狂地翻卷背答案，可他觉得这样考来的成绩不光彩，这种泄题的考试也不会算数，便没有跟着翻卷。考试过后，大家谈论起自己考得如何如何好，多少多少的试题都抄上了，许佳伟似乎有些后悔了，而他所期待的这种不算数的考试应该进行的重考也在处分了相关人员后就此打住。他彻底绝望了：是自己当时太任性了？还是中考真的该为他负些责任？可是无论如何，对于他都无济于事了。昨天后湾回来的人说前湾中学破天荒有五人考进了市一中，可一向是第一名的许佳伟榜上无名。父亲不相信这是事实，一早到乡里去了，说不定中午能回来。

许佳伟的父亲许四十七是个地地道道的农民，自 11 岁念完二年级就作为家庭劳动力的补充继承了父志，一直在前湾的土地上刨挖生计，20 岁另立门户，从老父亲那里分了五分之一的土地。现在老汉也已是三个孩子的父亲了，和他一起支撑这个家的除了老伴只有那五分之一的土地。家庭的开销、老伴的药罐子、孩子的学费，都无情地压在老汉的肩上。不过老汉没有被生活击倒，他的心病反倒是大儿子许佳伟。这孩子从小学习就用功，脑子也灵，年年考试排第一。村里人看着眼馋，常和许老汉开玩笑："四十七，好好挣钱吧！许家有德行，要出人才了。"每当这种时候，许老汉总是憨憨地一笑，可这一笑后面的辛酸又有谁明白？出人才并不是只要有成绩和德行这么简单：三个孩子中，老大是个闺女，学习不好，高中没考上，已经走了自己的老路；老二学习好，可听说去城里念书一年就得四五千块钱；老三还在乡里上初中。就地里那点收入？唉！穷人啊，为什么连少有的好事也要打折扣呢？

许老汉是个要强的人，他从不在孩子面前表露自己的心事。这一年，许佳伟要考高中，老汉动用了家里的全部力量支持他。总复习时正值农忙季节，老汉怕孩子吃不好饭影响考试，让老伴去乡里给儿子做了一个月饭。考试过后，他又开始忙上了。家里那个祖传木柜太旧了，怕城里娃笑话，他请来二木匠做了个新的。二木匠也是实在人，说什么也不肯要报酬，"我们手艺人又不是做买卖的，什么钱都要挣的。前湾出了高中生，这是你许家的德行，也是前湾的风水，我就不高兴吗？快留着那几个钱给娃儿花，念书人在外面最不容易。"许老汉无限感激，和所有憨厚朴实的庄户人一样非要表示点什么，见二木匠生气了才罢休。"等娃儿有了出息，揪一根头发比咱腰还粗，那时候如果娃儿还记得我二木匠，我一定加倍讨还！"就这样，两个人卷着旱烟筒拉了半个晚上话。第二天许老汉又去乡里扯了六尺白市布，叫老伴把他们结婚时那床大红绸被子拆洗了一遍。

一切都准备好了，一家人专心地等那封信，听说叫什么"录取通知书"。信来了说明人家就要娃儿了。说实话，今年的事发生得太意外，老汉第一次对孩子没了底，天天去老书记家打探消息。老婆子不主事，也不懂这些，可时常在无意中长吁短叹。儿子更是在这无休止的等待中绝望了："不来也好，那样也就死心了，家里也少了负担。"不知道他是真的认命了，还是像母亲一样无奈地叹息。

那天许佳伟一直等到下午，他等到了齐二强，还等到了古阳中学专门给他送通知书的小轿车，人们的传言也最终变成了无情的事实。

晚上，许家的土炕上坐满了人，他们是来贺喜的。有的带着一筐鸡蛋，有的送来半袋干馍，说山里人没有钱，就这点心意。那天没有电，乡亲们在昏黄的煤油灯下"吧嗒吧嗒"地抽着旱烟，就着今年的中考发表了一通对社会的议论，最后安慰许家说只要娃儿好在哪里也一样考大学，况且人家知道佳伟学习好，不是还给免了五百块钱学费嘛。许佳伟像木头一样静静地立在地上，一任泪如雨下，对于那一片片赤诚火热的乡情，他好像完全失去了知觉。

那一夜，许老汉也落泪了，他自己识字不多，一遍遍让儿子把通知书念给乡亲们听。不管怎么说，他的儿子正式考上了高中，校长还亲自来家里送通知书，他的老脸也算是长足了面子。

人散以后，许老汉把三个孩子叫到跟前，说："咱们家什么情况你们也都清楚，我跟你妈都没多少文化，教你们跟着受了穷，也受了窝囊。光凭我们是没指望了。不过话说回来，咱们吃的就是没文化的亏呀。要是你大有文化，有钱，有地位，谁又能委屈你们呢？"老汉的声音很低，可每一个字都像一块巨大的石头，重重地砸在儿女们心上。

二伟是个马大哈，嘴里藏不住话，可心里在做活计，他接过父亲的话头说："大，我学习不好，在家里帮你们种地，让哥一个人念吧。"

"二伟，你还小，你不能像我——你不能在山里过一辈子！"姐姐又接过弟弟的话，低声说。

"大姐，你不知道，我还可以学点手艺，做个买卖啥的，饿不死的。"

"我不念了！我不念了！！不念了还不行吗？！谁稀罕他们施舍的五百块钱！"许佳伟的情绪坏到了极点。不过他很快压低了声音，抽泣起来，"我给大下过保证，考上市一中大就供我，可现如今我没有考上，没有……还是让二伟念吧。"

"你明明考上了……"

"行了！都不要说了！"许老汉重重地吐了个烟圈，用父亲毋庸置疑的威严截住三个孩子的争执，"秀秀，大知道大亏欠你，没让你念成书，大会想法子弥补你……佳伟，二伟，你们谁有本事能把这书念下去，我许四十七就是砸锅卖铁，磕头求人也一定供你们。要是你们不争气，让鼻涕往眼窝里流……"许老汉想要说什么，又什么也没说出来，也许他心里明白：自己的孩子不存在"要是你们不争气"这样的假设。

灯熄了，黑洞洞的屋子里只有旱烟的火光忽明忽暗地闪动着，许佳伟静静地蜷缩在被窝里，泪水把被子浸湿了一大片。

接下来的几天里，许老汉卖了家里的大猪和几只羊，为儿子筹够了上学所需的全部费用——那减免的五百块钱倒还真给家里减轻了不少负担。临走那天，母亲红着眼把许佳伟送出村口，说了些注意身体、不要和人惹是生非的话，村里有很多人也来送行。老书记还送来五十块钱，说许佳伟是前湾村第二个高中生，这是村里奖励的，还说："娃儿大了，给买一身好衣裳，要不别的娃儿会看不起的。"

许佳伟他们搭的是邻村进城买打场机的便车。车子开动的一刹那，二伟一溜烟跑到哥哥跟前耳语了几句，同时塞给他一卷皱巴巴的毛钱。

一路上，许老汉不住地抽着闷烟。许佳伟被这样的气氛压抑得喘不过气来，几次抬起头想和父亲说些什么，话到嘴边又都和唾沫一起咽到了肚子里。在父亲面前他一向都只是说"嗯"的，于是他的想法只让自己一次次加快心跳，父亲的形象在脑海中不断扩大——

　　他还是穿着那身褪了本色的蓝的确良裤子，盘着腿坐在刚刚铺好的糜秸上。上身使劲向前弯着，露出突出的驼背，宽阔的肩膀已经开始往下耷拉了。缠满胶布的手指夹着一支旱烟，指头上每一个关节都像竹节一样粗大，手背上的筋和血管特别突出，就像家乡土地上那一道道贫瘠的小土梁，旱烟烧出的烟飞快地向后飘去，抚摸着那张饱经沧桑的脸，撩拨着他斑白的头发。

　　突然，车子在一个大坑前猛地颠了一下，许佳伟跟着一震，这形象便定格在心中。

　　"不管在哪里，关键还是要靠自己。去了学校好好学，家里不用你操心，考上大学，大还照样供你。"父亲终于开口了，他的话不多，声音依然很低。许佳伟慌忙应答了一句。

　　拖拉机在蜿蜒曲折的山路上摇了两个多小时，终于摇出大山，开上了一条宽阔的柏油路。再向前走十几分钟，路两边的房子渐渐高起来，人也渐渐多起来，嘈杂的声音不断从四面传来。许老汉向两边看了看，拍拍大腿站了起来，许佳伟也跟着站起来。车子又向前走了三四里，拐了两个弯，转过一排个体商铺，便到古阳中学了。

　　隔着院墙远远就看见一幢浅蓝色教学楼，阳台上有学生在不住地追逐打闹。校园里人很多，好像也很热闹，许佳伟的眼前突然浮现出似曾相识的一幕。

　　记得八岁那年秋天，父亲把自己送到后湾的学堂，就是那一回他第一次看见这么多人。父亲说从明天开始你就要一个人来学校上学了，当时他害怕极了。可第二天他真的上学了，班里十一个同学，只有他一个男生。当时学校里很封建，他自然被隔绝起来。父亲很满意，放学回家也把他关在屋子里，做完作业也不许他和王二旦之类的调皮鬼一起玩。父亲很严厉，他只好趁他不在的时候偷偷地踩着小板凳从窗户上看伙伴们打三角，捉蜥蜴。再后来他就考了第一，父亲的教子之方也被人们广泛采纳，站在窗户前也很少能看见伙伴们了，再后来他以全乡第一的成绩考到了乡中，再后来他就到了古阳中学……

　　这么想着，不知不觉已到了宿舍门前。大家又在说笑，许佳伟听到他们好像在谈论田田，他又不自觉地表现出郑重的神情。也许是郑重得有些严肃，进而有些呆板了，有人发出怪怪的窃笑，喧闹的屋子也马上冷却下来。他装着什么也没有看见，径直向自己的床铺走去——他的铺在最里边的角落里。

"去哪了，许佳伟？"不知谁喊了一声。

"没有……"许佳伟虽已做好被"提名"的准备，然而这话从身后传来时他还是有些措手不及，脚尖轻轻地向上弹了一下，机械的应答从嗓子眼出来时被剐掉一些棱角，听起来有些沙哑。

"天上没有人。"

"什么？"这回许佳伟看清楚了，说话的是那个"长江二号"，但他不明白他的意思。

"我说'天上没有人'，没必要'不敢高声语'。"

长二的话音刚落，大伙的笑声又一阵阵涌上来，好像要把整个屋子抬起来。许佳伟头埋得很低，一动不动地端坐在床边。

"不要欺负新同学。"大个子冯宇杰说。

大家又有了新的话题，许佳伟被大家的谈吐淹没了。他曾试着加入聊天的队伍，可每次抬起头看见大家谈得那么投机，那么恣肆，勇气就跑光了，只在脑膜上形成一幅幅不甚清晰的图像：一个个横躺竖卧的躯体上安着一张张奇怪的面孔，只有嘴巴和牙齿，没有眼睛。这图像一会儿远，一会儿近，调皮地来回做鬼脸。最后它们又自动复制出若干份，分别粘贴在许佳伟的耳膜、眼膜、鼻膜上，让他和大家隔绝得严严实实。

终于，大家都出去了，空荡荡的宿舍里只留下许佳伟一个人。他如释重负般吐了口气，在床边蹲下来，小心翼翼地将那个大木柜子拉出来，然后轻轻地在腰间摸出钥匙，打开了。许佳伟的柜子刚漆过新漆，却是最古老最简单的那种，六块木板分上下左右前后黏合而成，也因了简单粗笨，当地人形象地叫它板箱子。板箱子的上表面又由两部分组成，一部分是固定死的，一部分可以掀起来，也可以取下来，人们就从这个空隙里取放东西。固定的木板下边还藏着一个隐蔽的小抽屉，里面放些日常用品和比较贵重的东西，从外边是看不出来的。

柜子里面放着些干馍、书本、衣服之类的东西。许佳伟回过头向窗外瞅了瞅，飞快地拉开抽屉，从里面抽出一个硬皮笔记本，胡乱地塞在被卷里。

然后又抖抖索索地推进抽屉，盖上柜盖，锁了木柜。整个过程完全是在一瞬间完成的。

笔记本带着密码锁，是许佳伟用弟弟塞给他的零钱买来的。坐在昏暗的宿舍里，翻着硬邦邦的纸张，近来发生的一切放电影似的浮现在脑海中，自己的确太渺小了，一种前所未有的委屈、孤寂和责任感将许佳伟牢牢地罩住了。

在他们这样的年龄，每个人都有一本自己的密码日记。他们喜欢把它装饰得精致漂亮，然后小心翼翼地锁进抽屉。时而拿出来，把自己的心思、秘密和不愿向别人诉说的喜怒哀乐统统装进去。日记是他们倾诉的对象，也是他们心灵的寄托。

对，寄托！

他们也是别人的寄托！

他们背负着学校的希望、父母的心愿和社会的秘密，被锁进学校这个大抽屉里。时而也被取出来，提着耳朵指指画画，注入新的希望、新的心愿和新的秘密，然后重被锁进抽屉，等着孵出什么奇迹……

第二章 "军"无戏言

8月26日 晴

父亲对我说："不管在哪里，关键还是要靠自己，去了学校好好学，家里不用你操心，考上大学，大还照样供你。"

二伟对我说："哥，到了城里好好学，到时候考上大学给咱领个洋嫂子回来，黄眼睛，高鼻梁，保准把村里人吓个半死。"

刘老师对我说："不要一味地为一次考试的不公愤愤不平，命运不是一成不变的，它掌握在你自己的手里，就看你怎样努力争取了。"

二强对我说："好好学吧，高考时不会再泄题了。"

校长还说："天将降大任于斯人也，必先苦其心志，劳其筋骨，饿其体肤……"

我对自己说："许佳伟，你一定要活出个样子给世人看看。"

在人世间，一天的表演往往是从公鸡开始的，然后是太阳，再接下来才是人类。不过有时候，顺序是可以更改的，比如在古阳中学。这里没有公鸡，秋天了，太阳也懒得早起，所以只好由人类首先打破这漫漫长夜的黑暗和死寂。

时针指向五点，天上的星星还没有退尽，校园里突然有一点光亮起来，

17

紧跟着又是一点，又是一点……声音也跟着响起来：

"一二一，一二一，……"

"A，B，C，D，……"

"之乎者也……"

整个校园迅速喧嚣起来。

古阳中学新生开学已经一个星期了。这一周学校安排的是军训，今天要进行会操表演。许佳伟对高中生活还是不大适应，每天总睡不踏实，没想到这最后一觉竟睡过了头。

"佳伟！六点了，快起床！"许佳伟睡梦中隐约听到有人叫自己，一下子惊醒了，睁眼一看，是齐二强。究竟是老同学！脑海中闪过这样一个念头，他急忙坐起身来。同学们都已经起床了，洗漱声、说话声、餐具的撞击声正合奏着一曲"晨起交响乐"。

"着什么急呢？会操也得吃饭拉屎。"这回是常有男，他把泡好的面条停在嘴边说。

"七点就七点！'军'无戏言！"冯宇杰难得幽默了一回。

"哟，当了领导觉悟提高不少嘛。"常有男回击道。

在沉闷混沌的空气中，这样你来我往的幽默显然还有些单调。许佳伟听着，也特意多了一些提防。果然，还不到七点就来到操场上等待命令，同学们也都来了。面对这班级之间的第一场正式角逐，大家还是有些紧张：教官用他沙哑的嗓子喋喋不休地重复着动作要领，冯宇杰在队伍中不停地来回奔跑，田田主动做起"战前宣传员"。只有老班似乎不温不火，他还是那句话，大家不要紧张，我们的付出会有回报。

的确，这个星期大家都够辛苦的。

记得刚开始那天，大家也是准时来到操场上。男女同学按照传统规矩自然分成两组，各自三五成群地聚着闲聊，谁也没有首先打破彼此间的天然界限。

"教官来了！"

不知谁喊了一句。各小组的谈话戛然而止，一阵剧烈的乱摇乱撞后，几

18

堆人便融合成四列，两列男生，两列女生。最后加入队伍的是那个留着麻花辫的女生，她从树林后边转出来时顺手把一个小册子塞进了裤兜。"麻花辫"是男生们给她取的代号，班里的同学多数还互相叫不上名字，便用这种形象的特征借代。不过男生们并不理解：这个打扮并不时髦，她为什么还要留着麻花辫。所以"麻花辫"的称呼是带有些许奚落的意思的。

教官是个瘦高个子，和大家年纪相仿，根本没有想象中的军人的威严，甚至常有男和他开玩笑他也不介意。简单的自我介绍后便开始训练，"立正""稍息"都没有大家想象得那么恐怖。

休息的时候，田田组织大家丢手帕，被抓住的就表演一个节目，教官和老班都参加了，也都唱了歌。现场的气氛很热烈，军训的威严一扫而光。许佳伟没有参加大家的活动，他还没有彻底放下中考的事；另外，这些年只顾学习了，他不知道怎样和同学们交往，甚至对大家的说笑也很反感，觉得这是轻浮。他同样反感教官的"玩忽职守"，反感老班的随意。他觉得自己就像一个打足了气的皮球，本打算好好奔一番，却被一点一点放了气。一种被欺骗的感觉不由涌上心头。世人皆醉我独醒！许佳伟始终极认真地操练着。上午的训练结束后，大家都累得腰酸腿疼，可他觉得运动量与动作难度都与想象中的相去甚远，所以思想总是压倒感觉，他对自己说："我不累！"

学校生活一开始就雷同得像运用了克隆技术。接下来的几天里，高一（1）班上午和下午重复着相同的训练。不过令许佳伟欣慰的是，训练的强度和大家的态度都有了明显转变，老班也始终和大家坚守在烈日下。这位年轻的师长属于现代派，面孔不怎么阴霾，也没有协助教官监视大家站军姿。他叫大家用心体会每一个动作，每次休息前必须学会一个动作，不过只要学会了就可以休息。起初大家为了休息而认真地练动作，后来便惊喜地发现了自己的进步。休息的时候他和大家讲："军训完了有个会操表演，学校要给各班排名次。"大家都明白他的意思，练得更加认真了。

从等待到列队，再到等待，一共用了一个多小时，会操比赛正式开始时已经八点半了。高一（1）班第一个上场，大家都认真地板起了面孔，连最调皮的常有男也收起了平时的嬉皮笑脸，田田更是没忘最后加上一句："口号喊得高一点！"总之，一切都统一和谐得像同一程序操作的机器人。他们的表演得到了评委们的一致认可，这可以从他们满意的神情中窥探出来。

接受完检阅，剩下的时间就是等待了，大家都没有兴趣观看其他人的表演，其实苦练了一个星期还不是要看看最后谁第一谁第二。所以这份等待就更焦躁了：

"我看是没戏，命不好第一个上场，评委们刚开始打分肯定十分保守。"

"我看也是，你没见三班的班主任也是评委吗？"

"如果拿不了第一，一定是因为王亦然。"冯宇杰却这样想，他是带队班长，也只有他看见了经过主席台时王亦然的步子迈得正好相反。

今年秋天不知怎么了，夜间明明落了霜，快到中午时太阳又变成了火球，疯狂地炙烤着夜间遭了霜冻的花草。偶尔有一阵风吹过，也好像是太阳的盟军，带着十足的热量。眼看十一点了，还有两个班没表演完，战线拖得越长，拿第一的意志就越脆弱越麻木，现在，大家连评论的心思也没有了。

"哎，你说老余头怎么不换个地方？"常有男好像突然想到了什么，也不知道是又要发表什么高论。他所指的"老余头"就是校长，这位满腹经纶的教育家饱经沧桑，虽只有知天命的年龄，头发却早花白谢顶了。不过用常有男的话说，这反倒印证了他的能力——聪明绝顶嘛。

"你是晒得不行了吧。"齐二强看出了他的心思。

"这是什么学校！"长二不愧为长二，他马上就给大家找到了新的话题，王亦然也凑了这份热闹："电脑房没有，实验楼没有，就连个像样点的多功能教室也没有！爷在市一中那会儿……"

"王大少爷，你能不能不要一口一个市一中长，一口一个县一中短了？"打断王亦然的是田田，她好像并不是开玩笑，"既然市一中那么好，你来我们这烂学校干什么？你要早把它当成你的市一中，恐怕也不至于今天才在我们这烂学校里感慨你们市一中如何如何好了吧？"

"田田，你……你想怎么样？"王亦然被揭了老底，脸涨得通红，完全忘记了在女生面前应有的绅士风度。

"你们说的都不对，校长是想让我们苦其心志，劳其筋骨，饿其体肤！"如果不是常有男及时来了这句幽默，也许两个人的战争就要开始了。

　　王亦然似乎对这个学校的什么都不满，田田则对王亦然不满。刚开学自我介绍时王亦然的飞扬跋扈就在田田那里失了面子，今天算是第二回合。其实田田也给过王亦然台阶，或许王亦然的积怨太深了。前天学校安排劳动，田田把消息带到班里，同学们都高兴得乐开了花，枯燥的军训总算有了调剂，常有男毫不掩饰的激动表达了大家共同的心声。王亦然的态度刚好与常有男相反，不过豪放的风格是一致的，而且更加夸张，他说："好哇！拿学生当清洁工！使用免费童工！"

　　常有男出于对自己观点的维护，也算为王亦然的粗鲁圆场，马上向大家解释道："市场经济嘛，一切向'钱'看，我们学校还不富裕，这样可以省点钱。"在大家的笑声中，王亦然似乎也没感到什么，又发表了一句："不富裕？不富裕办什么学校？"

　　许佳伟的内心有些矛盾。说实话，自己不愿与王亦然这样的人为伍，可在劳动问题上，他们的态度偏偏是惊人的一致。他本想借常有男的歪理邪说宽慰一下自己，可明明王亦然讲的才是自己的心声。不过非常庆幸的是，他的胆子小，他在同学们面前永远表现为一片通红，在老师面前更是一片湛蓝：蓝天上安排几朵白云是天公的事，与我无关，有关也不敢管。于是就默默地在人群中捡废纸和砖块。

　　这些砖块都是去年建教学楼时被丢掉的，本来也应该是大厦的一分子。可它们既然是祖国的一块砖，就应该"哪里需要哪里搬"，"搬"到这里自然也无话可说。只是这样苦了许佳伟和他的同学，他们还得继续搬，搬进垃圾箱，再由真正的清洁工搬进垃圾堆、垃圾场、垃圾站。男女生依旧实施"一班两制"战略，劳动场面依然是单调而沉闷的，许佳伟的注意力始终在王亦然和长二身上，只有他俩不时说出一两句笑话和粗话，调剂着枯燥的气氛。

　　"王亦然，过来搬一下这块石头。"不知道什么时候，田田喊了一句。男生们不约而同地回过头来，一种莫名的冲动让刚才还那么孤傲的神情一下子变得茫然，似乎还带了一丝酸酸的失落和嫉妒，这神情静静地凝固在脸上，坚定地衬托着现场的气氛。

　　"什么石头？在哪里？！"王亦然迟疑了半天，终于吞吞吐吐问出一句。

田田的这一招来得太突然了，他不明白她葫芦里卖的是什么药。

"在这儿。"田田的语气里好像并没有敌意。王亦然机械地走过去搬起了那块石头，很多女同学都围过来，一个倚着一个看他表演。

"还是你们男生力气大！"这是田田的酬谢。

"哦，没什么。"王亦然事前的防备没有派上用场，一时说不出话来。

"这活儿呀——常有男也能干。"为王亦然解围的还是田田。

笑声中，常有男也被引到大家的目光中。他倒没有说话，踱着方步来到一块小砖头跟前，弯下腰假装很用力地把它慢慢举过头顶，他滑稽的表演立刻博得阵阵笑声。

男女生的劳动配合就像氏族公社后期部落之间的边境贸易，新奇而充满诱惑。但参与的毕竟只限于各自的首领，而且须是集体行为；又像是两军的联合，必须先派出各自有头脸的人物进行谈判，然后才可能生效。田田不自觉地扮演了这样的角色。

"咱们一块儿干吧！你们负责搬运，我们负责清扫。"她说。

"同意！"常有男替男生做了主张，"可是——你为什么不早说呢？"

沉闷的界限被打破了，劳动的疲惫也好像一下子跑光了。王亦然的粗话大家也没再听到。

两个人还要说什么，四面突然响起了稀稀拉拉的掌声和用以弥补掌声之不足的笑声，校长讲话了："同学们，我们利用今天上午的时间召开军训会操表演暨新生入学大会，下面我简单说几句：首先祝贺同学们金榜题名，如愿以偿地进入古中学习，也希望大家在这里好好学习，三年后都能进入理想的大学。

"我们古中建校很早，发展也很快……基础设施比较差一些，但这也给大家提供了一个刻苦学习的机会，古人不是有'故天将降大任于斯人也，必先苦其心志，劳其筋骨，饿其体肤'的说法吗……"校长是学文科的，很善于运用语法现象和文学典故表达思想感情，对辩证法的运用也独具匠心。只是搞思想教育似乎太依赖说教，学生们不怎么买账。常有男一群人更是笑得前仰后合，就像买中了六合彩："苦其心志，劳其筋骨，饿其体肤。"他真提这老生常谈了。

或许是天气太热的缘故，在下边开小会的同学越来越多，吵闹声很大。校长见自己的威严受到挑衅，马上加大分贝进行镇压。会场恢复平静后又借题发挥："连这点苦也吃不了，怎么迎接三年的挑战？想当年古中刚建校的时候，宿舍墙壁上的白灰还没有干，第一届古中人就在这里度过了第一个冬天。晚上他们常冷得无法入睡，于是就秉烛夜读，直到困得入睡，早上醒来，被子竟冻在潮湿的墙壁上。他们去上课，我们就为他们晒被子。学校之所以安排你们参加军训，就是要培养你们吃苦耐劳的精神……"校长对自己的即兴发挥很满意，学生们被校长的演说倾倒了，常有男没有倾倒，反而露出鄙薄的神色："这算什么？我也能！"大家半天才反应过来，原来他实在太热了，想借冬天冻被子的温度来缓解一下这初秋的酷热。

然而非常不巧，校长又要简单说两句，后边有几个人吵开了。常有男和所有反感校长但不敢吭声的人一起本能地好奇地而又十分谨慎地回过头，去寻找这位敢于挑衅的英雄，观看接下来要发生的故事。声音来自高一（1）班，一个穿粉红色上衣的同学被另两名同学搀扶着走上前来。被搀扶的正是那个麻花辫女孩，她叫唐小平。只见她脸色惨白，双眼紧闭，牙齿紧紧咬着黑紫的下唇，给人一种与热切期待后渴望得到的满足十分不和谐的感觉。

"老师，她中暑了！"

"快扶到医务室去！"主席台上一位老师急忙站起来，从后面绕了出来。无意中踢到电线上，把话筒拽到了地上，下边的同学又跟着笑起来。

校长很不高兴，准备再威严一下，可话筒发不出声了，任凭怎样拍打也无济于事，他只好加大嗓门表示扩音。可这上天的创造毕竟赶不上人类的创造，使用无效又改为怒目主义，不料这种方法更不奏效，学生们早幸灾乐祸地嚷开了。校长恼羞成怒，使劲敲打着话筒，然而终不能响，只好再次改用人工："下面我宣布军训会操比赛结果……"

说实话，校长半个多小时的演讲中只有这句是震撼人心的。学生们马上停止躁动，表现出近乎虚假的虔诚。

"第三名，（2）班、（4）班、（5）班。"

"噢！——"几个班的同学沸腾了，相互拥抱着，表演着国脚射门成功后的激动，其余班级则不住地埋怨。

"第二名，（3）班、（6）班。"

又是一阵喧哗，一阵抱怨。

"第一名，（1）班！"

"轰"的一声，高一（1）班爆炸了。是的，没错！高一（1）班得第一了！同学们尽情地叫着，跳着，拥抱着！每一张面孔都忍不住绽放出黝黑的笑容，嘴唇上刚刚愈合的伤口又笑裂了。常有男更是找到了爆发的理由，他好像完全忘记了自己刚才是怎样抱怨别人的，而此时别人的抱怨他也充耳不闻。只管调动周身器官和发音设备在那里手舞足蹈，夸张地叫嚷了一阵，又好像突然意识到什么，飞也似的向主席台冲去——校长宣布领奖了。

"哎哟，这个第一呀，可把我累惨了！"

"这真不是人干的活，看看你们的脸。"

"不过没有白付出，看杨老师高兴的。"

"老班还真有一套！"

"要我说教官也功不可没。"

"还有大个和田田。"

上午的会操一直进行到十二点。散会后，学生们恋恋不舍地送走教官，在操场上围绕着那张奖状疯狂了一番便把庆贺转到宿舍里。也许是太累了，大家也不顾什么豆腐块不豆腐块了，都把自己摊在早晨刚整理好的床铺上。只是嘴还不肯闲着，还在有气无力地发表着意见。

"怎么，大个又在为田田摆功吧？是不是看上了，老子给你介绍介绍？"王亦然不知道什么时候也跟了进来，他的加入一下子改变了现场的气氛，有那么几秒，屋子里静悄悄的，大家都不知道说什么好，可内心里都为田田叫不平。冯宇杰瞥了他一眼，没有说话。

常有男见场面太尴尬了，对王亦然笑了笑，说："我看田田是对你有意思。书上不说过吗？女孩子表露心迹时用的都是反话。你想你这么帅，又是局长家的公子，哪个妙龄女子能不对你动心？"

"就她也配？老子谈过的女朋友……"王亦然更来劲了，他说着从床上站起来，还配上了手势。

"够了，别在这里给老子装了！"冯宇杰终于发话了，他丝毫没有开玩笑的意思，"就因为你，今天的第一险些弄丢；人家田田为班级做了那么多，你凭什么反过来侮辱人家？"

"老子说田田关你啥事，她是你什么人？"

"老子就是看不惯你，你想怎么样？"冯宇杰说着也站了起来。

"老子用钱砸死你！"王亦然说着冲过去对着冯宇杰的脸就是一拳。冯宇杰一低头，拳头砸空了，王亦然又去揪冯宇杰的头发，俩人扭打在一起。齐二强和苏科上去拉架，被王亦然扫了一拳，俩人都有些恼火。常有男见冯宇杰占了上风，示意他俩暂时撤开。过了两三分钟，才上去拉开冯宇杰，"大个，你说你俩是怎么了？一个班的同学有什么过不去的？"

"老子早就看不惯他了，也不撒一泡尿照照自己是什么东西，他那副盛气凌人的架势谁买他的账？平时大家在一个班都不好意思，别以为谁会怕他。"冯宇杰气急败坏地嚷着。

冯宇杰被拉开了，王亦然抬起头来，两个鼻孔都是血，他又要扑上去打冯宇杰，被常有男拉住了，"亦然，你俩怎么谁也不听话，自家兄弟打啥打，有本事我们去和外面的人打。许佳伟，还愣着干什么？快去打盆冷水回来。"

许佳伟刚跨出门槛，王亦然也从后面跟了出来，边走边不住地重复着："冯宇杰，有种你给老子等着！"说完向校门口走了。

"你想怎么样，老子随时奉陪！"冯宇杰也不甘示弱。

"大个，快出去躲躲吧。好汉不吃眼前亏。"常有男劝冯宇杰说。

"是的，出去躲躲吧，王亦然不是个善茬儿，没准一会儿领来一群社会青年。"大家都这么说。

许佳伟完全被这突如其来的殴斗场面吓坏了，提着脸盆在门口直打哆嗦。

下午学校放了半天假，同学们都到街上熟悉环境去了，许佳伟哪儿也没去。这几天他已经能和大家说上三五句话了，不过仍是一个十足的现实主义者，只谈论一些一问一答的现实问题，如：

"你家兄妹几个？"

"三个。"

"哥哥姐姐还是弟弟妹妹？"

"一个姐姐一个弟弟。"

"他们在哪上学？"

"姐姐不念了，弟弟在前湾上初中。"

带有"浪漫主义"色彩的高谈阔论他从不插嘴。大家谈论学校的稗官野史，谈论学校对打架事件的处理，他只是一个忠实的听众，时而出于礼貌赔个笑容，然后马上又恢复他的"现实主义者"本性。

下午，常有男给许佳伟带回来一封信："佳伟艳福不浅呀，女友这么快就来信了！"他玩笑他。

许佳伟知道这并非什么女友的，不过还是红了脸。信封上的字迹很眼熟，他边拆信边低头迈出了门槛。

佳伟你好：

首先祝贺你通过中考，顺利进入高中继续深造。开学已经一个多星期了，那里的环境也该适应了吧？县城里的天气怎么样，学校的伙食还行吧？

还在为中考的事愤愤不平吗？你的成绩好，本来应该进市一中，可你却到了古阳中学。所以你就准备这样自暴自弃，对吗？佳伟，好好想一想，你只是心理不平衡，还是除了市一中你就真的没了兴趣，没了信心。我觉得有必要告诉你这样一个事实，市一中每年也有很多人高考落榜，古中每年也有许多学生考上大学。不要一味地为一次考试的不公而愤愤不平，命运不是一成不变的，它掌握在你自己的手里，就看你怎样努力争取了。在老师心中你永远都是最棒的，我相信你通过努力，在古中也一样能实现理想。

既来之，则安之。调整一下心情，勇敢地去迎接新的生活吧！上了高中，注意处理好同学之间的关系，别老是那么内向。另外多参加一些课外活动，培养一些业余爱好，相信这对你有好处。

最后，希望你充实愉悦地度过三年高中生活，希望下次能见到一个开朗活泼的全新的你。

你的老师：刘平

8 月 24 日

信是初中班主任写来的。合上信，许佳伟的心头隐隐作痛，老师突如其来的关怀慰藉反倒勾起了他的悲伤。是啊，医生为病人洗伤口，总是要触疼病人的。先前的委屈也像有了依托，泪水不争气地流了出来。

校园西边是一片荒地，茂密地生长着一些野草，有沙蒿、红柳和荆棘。经过几场霜冻，虽已褪去了绿色，但仍顽强地生长着。在这里可以清楚地看见周围环境的布局：东面是古阳中学，距离大约100米；校园对面是一排个体商铺，专为学生开的，包括六七家饭馆、四五个礼品店、三家小吃店、一个书店、一个诊所、一家网吧、两家洗衣店和两家照相馆。许佳伟静静地立在这里，任烦乱的思绪一阵阵涌过疲惫的身心。

初中四年拼日拼夜地苦学，不就为考出这座大山吗？

我是这个世界的弃儿！可为什么还有那么多人关心我？大，二伟，刘老师，你们为什么要关心我？

"为什么？为什么命运如此捉弄我？为什么？！"周围没有一个人，许佳伟肆意地抽泣着。可怜的孩子有些唯心，可是在找不到合适的理由解释疑难的时候，人们往往把它归结为"命运"，这不是从远古时期就开始了吗？不也是可以理解的吗？

"佳伟，刘老师说了些什么？"不知什么时候，齐二强突然出现在许佳伟身边。

"给你也写信了吧？"

"别想了，好好学吧，高考时不会再泄题了。"

"谢谢你，二强。我要活出个样子给世人看看！"过了很久，许佳伟的嘴角微微地抽动了一下。

第三章　教师梦

妹儿：

还在生我的气吗？我不能骗你，当你收到这封信的时候，我已再一次踏上"大漠瓢虫"，真正开始了我的人生征程。窗外还是"一望无际连绵起伏的沙丘，沙丘上零星斑驳的荒草构成了传说中美丽的草原。十几里甚至几十里一户的人烟点缀着这里的生气"。不过这次没有沙尘暴，天气很好。

"省师大的本科生，你这样做值吗？"妹儿，你知道的：在理想面前不存在值与不值的争辩。你还记不记得大四时的那场辩论赛：人为什么而活，生存还是理想？那时我们抽到的辩题是理想。

一直以来我都梦想成为一名光荣的人民教师。站在神圣的三尺讲台上，在粉笔灰的缭绕中指点江山激扬文字。在学子们叽叽喳喳的包围中享受"传道、授业、解惑"的幸福。我也是大山的孩子，知道知识是拯救大山的唯一希望。

签订协议的一刹那我很清醒，自己从此就要和这座大山拴在一起了，这一拴也许就是一辈子，可这是我的理想。

妹儿，你又何尝不是因为理想才选择了省日报社，难道你计较的真是如俗人所云的条件、待遇和前途吗？原谅我最终不能和你一起去报社。我爱你，可我不能放弃我的理想。就像你爱我，可你不能放弃报社一样。当年的辩论场上我们都为"理想"据理力争，现在我们又用实际行动坚持了我们的观点，这也许正是我们当初获胜的原因吧。

路漫漫其修远兮，让我们在各自的岗位上上下求索吧。职业无高下，多年之后，我们在两个顶峰遥望对方不也是一种幸福吗？

学校对我很重视，分给我两个班的语文课和一个班的班主任工作。想到这么多同学就要由我统率，真的有一种率军百万奋勇疆场的豪迈。你知道，这里必将是我实现人生价值的地方。

你的：杨德晨

8月18日

吃过中午饭，昏暗的办公楼里走进来一位身材高挑但很消瘦的年轻人，他就是古阳中学今年新招聘教师中的佼佼者——省师大高才生杨德晨。说到杨德晨，近乎有些传奇色彩：这年月，省师大的学生都是在大城市找工作的，如果是个党员、学生会干部或者过了英语六级计算机三级还可以去大专院校任教，甚至留校，主动到这种落后县城来任教是绝对让人费解的。当然关于他的议论也不少："一定是师大的残次品在别处找不到工作""北大毕业也有人卖猪肉""要么就是来支教捞取政治资本的"。可不管人们怎么说，古阳中学是决意借杨德晨炫耀自己了。围墙上关于他的宣传海报比高考金榜还要醒目，招生专刊上更是为他开辟了专版。在古阳中学这样的学校，考取一个名牌大学、重点大学几乎绝无可能，但今年竟然招到一个名牌大学的学生来做老师也确是无比风光的。

在新来的这么多年轻人中，学校处处体现出对杨德晨的优待。比如带班，他就带了全年级最好的一个班，叫火箭班。这对于新分配或新调入的教师来说绝对是破天荒的。你别说，有省师大本科生做火箭班班主任，学校真还吸引了不少好学生，老师们都说这届学生是近年来最好的一届。走在街头巷尾也时常能听到有人在议论杨德晨，议论古阳中学。

这位杨老师没有把自己当圣贤，他还是一身很随意的运动装，整天和学生搅在一起，到学生食堂吃饭，和学生一起打球。可能也是由于脸嫩，开学这一个星期里几次被同事和学校周围各色商店的老板当成学生。最有意思的一次是下午快上课了，他和学生一起从宿舍里跑出来，政教处查迟到的刘老师指着他大喊："那位同学，哪个班的？怎么不穿校服？"这事至今传为笑谈。

坐在办公桌前，杨老师随手点了一支烟。开学这一个星期可把他忙坏了。学校里整天都是开不完的会、写不完的工作计划，还要跟着学生军训，还要给学生安排食宿……更要命的是明天就要开课了，可他的教学方案还没有确定下来。其实他的方案已经修改四五遍了，只是每个人的说法都不一样，他不知道该怎么办。

"师者，传道授业解惑，教出成绩才是真本事。"这是刚来时校长给年轻教师开会说的。

可毕业实习时的经验又告诉杨德晨，学生不喜欢灌输式教育。现在国家也正在推行素质教育，他们大梁市也在进行新课程改革，要求转变师生在课堂教学过程中的地位。语文是一门很特别的科目，说枯燥它比什么课都枯燥，语法、文言、作文，概括段落大意、总结中心思想、查找说明方法，真是无聊透了，杨德晨的语文课就是这么一路上过来的。上了大学他才知道原来语文还包括那么多优秀的文学作品、有趣的文字学和成语典故等，语文还涉及书法、写作、演讲、辩论等相关知识技能。语文就是祖国的传统文化，语文原来如此色彩斑斓。现在的关键问题是：要不要把这些东西带进课堂，这对于校长反复强调的高考有没有帮助，对学生来说会不会是买椟还珠。

杨老师一边这么反复思忖着，一边随意翻看着前两天写下的教案。这时候门开了，进来一个三十多岁的中年老师。

"备教案呢，小杨？"

"哦，是的，周大哥。"

"语文课没必要那么认真。哦，对了，你该注意一下自己的仪表，拿出老师的样子来。"中年老师一边整理东西一边和他说。

杨老师的办公室共有三个人，老刘、周老师和他。老刘已过知天命之年，亟待退休；周老师三十六七岁，是学校的骨干；他刚大学毕业，血气方刚——正是老中青结合。老刘以前是语文组长，现在教他们班历史，不怎么说话，对他也很冷漠，尤其第一次见面的时候他都把手伸出去了，人家竟然没有理他，只是漫不经心地斜睨了他一眼，所以留给他的印象很不好。周老师好像对工作不怎么上心，可对他绝对够意思，总是一副老大哥的样子，什么事都指点他，"校长的话不一定全对""咱这学生就该好好收拾"之类的思想都是他传达的。

"语文课不必认真？"不明白。"仪表？老师的样子？"是西装革履再加领带吗？是板起面孔吗？是走在校园里踱着方步而非一步两个台阶吗？周老师出去了，杨德晨开始对着镜子摆造型，言行举止都用心模仿老同事的师者风范。折腾了半天，自己憋不住乐了，做老师真要这样做作吗？就让人把我当成学生吧。当成学生有什么不好，现在不就强调情感教育吗？可与此同时他的耳边又响起了校长的提示："我们学校的生源不好。"唉！本以为带着一卷行李、一箱书、一腔热情就可以当老师，就可以奉献的，没想到还这么麻烦。

多和学生进行情感交流，这是新教学理念的基本内容；不要和学生打成一片，这是周老师多年教学的一线经验；朱老师的情感教育去年把一个班带散了，这更是血淋淋的事实。河水究竟有多深，看来也只有亲自蹚一回了。

杨老师用了整整两个晚自习，终于把明天的方案定下来了。抬起头又要点一支烟，周老师已经下自习回来了，他把几本教辅书扔在桌子上，转身要走的时候对杨德晨说：

"小杨还不回去？"

"我再待一会儿。"

"还是你们年轻人有干劲！哦，对了，那个王亦然怎么处理了？"说到王亦然，周老师好像来了精神，也不急着回家了。

"学校还没形成处理意见。"

"我早就看他不是个好东西，看那头发剪得，不长不短，不男不女，不人不鬼，不伦不类。还有那身衣服，浑身上下不是兜就是洞，哪像个学生？小杨，要我说这种东西你干脆别要他。"

"现在这孩子！"杨德晨笑了笑。刚来这个学校，他在年长的同事面前很谦虚，一般不发表意见，尤其是在这位周老师面前。

"哎！咱们学校呀，让这些领导们就给搞垮了！你看王亦然母亲今天那个样子！"周老师又发了一句感慨，说完摇了摇头。

"领导？"杨德晨知道周老师有倾诉的欲望，所以他的话一半出于疑惑，一半也是为周老师下面的话做个过渡。

"小杨啊，你从大城市来，我们这里的很多事情你并不清楚，复杂得很喽！"周老师的感慨果然来了，"古阳县就这么大点地方，到处是管我们的人，今天你介绍一个，明天他推荐一个，其他学校不要的学生全丢给了我们，你说我们怎么拒绝吧？没法拒绝！再说这些纨绔子弟，没一个省事的，仗着家里有钱有势，又是不学习，又是抽烟喝酒，打架骂人，管吧还没法管！人家是局长千金局长公子我们怎么管？没法管！"

周老师好像对这个学校的什么都不满，总是这样发牢骚，杨德晨不知道如何应对便赔了个无奈的表情。其实对于周老师的很多观点，他是敬而远之的，他感觉到周老师正是典型的传统教育者：思想上全是老一套，什么高压、专制、灌输，全过了时。杨德晨很能理解他：他为教育贡献了十几年的心血，多年的工作经历形成了他的教育理念，到现在这种理念早已根深蒂固，更何况这理念也发挥过它的积极作用，所以他丝毫不愿意丢弃，甚至也不曾坐下来好好反思过这种理念。周老师应该退出历史舞台了，他手中的接力棒也该交给新的时代。自己是新人，也应该是新教学理念的责任人。

就说这王亦然，学生打架，学校明文规定要开除。可王亦然是工商局王局长的儿子。王局长老婆还来学校不依不饶，说她儿子在学校是受众人欺负才正当防卫的，还说学校的管理有问题。学校找杨德晨谈了好几次话，说王亦然不能开除，要他给冯宇杰和其他同学做工作。

其实杨德晨也不想开除王亦然。毋庸置疑，这个被市一中开除过的阔少爷是双差生：学习差，行为习惯差。他身上有许多不尽如人意的地方，比如不能和同学正常交往，比如生活懒散，比如抽烟、说脏话、拉帮结派、不务正业，甚至对老师不敬，不服从老师管理，等等。然而从另一个角度讲，他又何尝不让学校怜悯，他又何尝不是教育失败的结果？任何人都是教育的产物，王亦然今天的一切也同样是教育的结果。当然这个教育不单单指学校教育，还有家庭教育、环境熏陶、社会影响等。王亦然在任何学校都绝不只是一个人，而是一类人，是一种现象。他的坏习惯坏行为起源于父母的娇惯，到了上学的年龄，老师开始挑他的毛病，或许也努力改造过他，改造未遂便改为歧视，进而"恨乌及屋"。再后来各个学校便像踢皮球一样把他踢来踢去。

可以这样说，他从来没有感受过被人认可、被人接受的滋味，他在老师眼里从来都是差生。老师想的从来都是怎样除掉这个害群之马，很少有人想过要拯救他。从某种意义上说，他现在的处世态度就是对老师对同学对社会的消极防备和反抗。杨德晨考虑过了，对这个学生用老方法肯定行不通，如果自己采用周老师的高压政策，非但解决不了问题，反而会把矛盾激化，弄不好，又成了王亦然求学生涯中一次毫无意义的接力。老师不光是教书的，更要育人，杨德晨非常清楚山区学生的素质。他此行的目的更多是要改变他们的整体面貌，所以从接受王亦然的第一天起他就想通过自己的努力好好改造这个学生，现在对他的教育探索还没有真正开始，他自然不愿就这样放弃。他能够想到，如果现在把王亦然交给社会，交给下一个学校，或交给他的母亲，他会成长为什么样子。

可从另一方面讲，这件事的影响实在太坏，全校学生都在等着学校的处理意见。班里的同学也集体要求王亦然给冯宇杰一个说法，如果此事不了了之，岂不直接否定了校规的严肃性？以后的工作还怎么开展，况且这样也助长了王亦然的嚣张气焰。

早晨他给家长打过一个电话，号已经拨通了才想到人家可能还没起床，便又挂了，再后来拨过去又没人接。下午政教处和杨德晨交换了一个意见：给王亦然留校察看处分，同时交500元借读费。这是政教处和王局长老婆谈判的结果，要杨德晨在班上宣布。政教处意思是学校责令王亦然交钱，家长也借机对孩子加以训斥，从而起到教育作用。等交了罚款，学校再悄悄退还家长。这样既惩罚了王亦然本人，对大家也都有了交代，同时还能对其他学生起到杀一儆百的作用。这个没有办法的办法看来还真是一个好办法，只是杨德晨不好接受，便没和周老师说。

晚上十点多了，杨德晨越发没有半点睡意，眼前飞过的全是这一周来的情形。如果用一个字概括他的体验，那就是"忙"。大到学校的各种会议，各项任务，小到办理报名手续，领书、领校服、领饭票，都要他亲自过问；学生也不够省心，山里孩子朴实，可成绩差各种问题就出来了：自制力差，生活懒散，还有很多不良的行为习惯。今天这个同学迟到了，明天那个同学没按时打扫卫生；今天这个女生衣着不得体，明天那个男生又抽烟了……每天都是细细碎碎具具体体的事情，从学生宿舍到办公室，从教室到操场，忙得他焦头烂额。

难怪周老师那天在办公室调侃他："在这种学校当班主任干得比驴都苦，收获比民工都少。学生出门在外，班主任就是他们的家长；学生丢了东西，班主任要当侦探；学生遇到事情想不通，考试考砸了丢失了信心，班主任又需是心理医生；甚至班里出现贫困生，班主任还要当慈善家。班主任官最小，管的事却最多。班主任是学生心目中的第一偶像，班主任的课不用说必须讲得最好，必须能歌善舞，必须能书会画，灌篮和射门也最好是顶呱呱的，当然长得帅一点也是工作所需，哪个学生不希望自己的班主任年轻帅气英俊潇洒？"

杨德晨似乎明白了周老师和其他一些骨干教师不愿当班主任的原因。不过他不以为然，当教师是自己的理想，再说年轻人嘛，就应该多吃点苦。他不想把自己卷入庸俗的物欲计较当中。

杨德晨坚定了当教师的信念还有一个原因：他带的班在全年级军训会操比赛中拿了第一名。杨德晨对这次军训特别重视，这是新生入学打的第一仗，所以必须要打胜，他的整个宏伟计划都是以这次胜利为基础的。他每天都在为学生鼓士气，而且始终和他们一起坚守在训练场。这并不是所有班主任都能做到的，他能看得出孩子们很在乎这一点。

不过苦也好，累也好，得了第一也好，总归都过去了。接下来的任务是强化班级纪律，尽快形成一个好的学习风气，能出成绩才是真的。自己毕竟是新手，很多东西还摸不着头脑，周老师那一套他也不想全盘照搬，以后的路还长，年轻人总该有自己的方法。摸索吧，只有自己是最可靠的。

扔掉烟头，杨德晨强制自己静下心来，明天还有一件事，就是成立班委会。这事他也头疼一个星期了，他不想按周老师的方法指定，可自己又没有办法。周老师说得也对，才一个星期，学生之间谈何了解，更谈何选举，一定要让他们选，肯定又是小团体主义，要么就是起哄，选出来的保准不是学习好的，他们凭什么给全班同学起带头作用，同学们能学习他们的什么？那么任命吗？杨德晨感觉到民主在现实面前的无奈。学生的档案他都翻过了。除了姓名、性别、年龄、籍贯、政治面貌，其余就没有什么了。主要经历一栏里都写着几岁到几岁在家中玩耍，几岁到几岁在什么学校上小学，几岁到几岁在什么学校上初中。倒是随手拿起的一张中考成绩单让杨德晨有了些眉目：许佳伟 480，苏科 488，齐二强 462……难怪老师们一直只是以成绩取人，杨德晨对自己苦笑了一下。还好，军训这段时间他找很多同学谈了话，对他们都有些印象。

田田，就是南京来的那个女孩子，这个学生综合素质不错，将来可在班里搞团支部工作或文艺工作；冯宇杰体育好在班里也很有号召力，将来当个班长最合适不过，可惜他的成绩不好，又刚打过一架，为了服众看来只好忍痛割爱了；生活委员应该找一个细心的女孩子，赵淑敏就比较符合，要不唐小平也行；苏科和许佳伟成绩最好应该给个位置，大家也有个榜样，只是俩人性格太内向，谁都一整天不见一句响亮话，这样怎么和同学们交流，更别谈什么工作；还有科代表……

夜很深了。想想教学方案，想想班委会，杨德晨的思绪又乱了。无意中抬起头，眼前是一盏护眼灯，这是实习的时候学生送的，他明白他们的意思。杨德晨的耳畔又响起了那首熟悉的歌谣：

"每当我轻轻走过您窗前，我敬爱的好老师，一阵阵暖流心中激荡……"

第四章　班长啊，班长

9月12日　晴

　　我觉得自己快要发疯了，一次次地被人嘲讽，一遍遍地让人捉弄。先是常有男他们恶作剧地将我选成班长，又在劳动课上故意出我的丑，今天连田田也一起来欺负我，我真不知道自己错在了哪里？是我的行为冒犯了你们吗？那你们为什么不和我明说，我改还不行吗？还是高分的学生就该被人歧视？那高分的也不止我一个呀！这个世界究竟还有没有公道？杨老师，你不是很关心我吗？这些事你为什么不闻不问？二强，你不是我的好朋友吗？为什么连你也冷漠地站在我和他们之间？赵淑敏，唐小平，我什么时候惹了你们？你们究竟是什么意思？不就是一个班长吗？我不当了还不行吗？

　　上课铃响过，同学们陆续回到教室，叽叽喳喳的喧闹并没有马上平静下来。大家一边打闹一边顺手扯出一本什么书，胡乱地翻着。面对这新的开始，他们一味地认真，却又有些不知所措。化学、物理、政治、英语课都物是人非，知识都能和以前接上轨，只是传道授业解惑的人变了。对于大家，知识就像皱眉的动作从西施的脸上爬到东施的额头，或从东施的额头回到西施的脸上；又像一个阔别多年的旧交换了副行头出现在面前。

"化学老师讲课太烦了。"

"历史课老刘一节课板着脸，就像谁欠了他二百块钱。"

"政治老师讲得倒不错，就是人长得抽象了点！"

"还是老班知识渊博，看他那甲骨文写得，还懂得'飞雪连天射白鹿，笑书神侠倚碧鸳'。"

学生们如是评说。

"这节是什么课？"齐二强探头问许佳伟。

"班会。"

"老班怎么刚开学就迟到！"

"来了来了！"

杨老师急匆匆地走上讲台，对起立的同学们深深地鞠了一躬："对不起，政教上有点事，耽误了大家几分钟时间，这节课我们上班会。首先我宣布：古阳中学高一（1）班今天正式成立了，欢迎大家加入这个集体。"一阵热烈的掌声之后，杨老师接着说：

"同学们，我们班是全年级的排头班，也是火箭班，可是外面的人都把我们学校的火箭班称为捣蛋班（导弹班），你们承认我们是捣蛋班吗？"

"不承认！"学生们异口同声地喊道，喊声中也掺杂着一些笑声。

"对，不承认！我们当然不承认！军训会操中的表现已经证明了大家的实力。恰恰相反，我们是个团结的集体，我们是个奋进的队伍，没有我们攀不上的高峰，没有我们攻不克的难关。别人怎么说我们是眼前的事，我们一定要用我们的行动堵上他们的嘴。"杨老师的情绪很激动，"当然，我们也应该看到：这仅仅是一个开始，一个好的开始，我们的路还很长，我们的竞争对手还很多，其他班级的，其他学校的，乃至全国的几百万同学都要和我们挤高考这座独木桥。

"看到大家我不由得想起了我的高中生活。我和大家一样，也来自农村。考高中的时候我的压力很大，因为家里穷，兄弟姐妹也多，我在家里排行老五，还有个弟弟。我非常清楚就算我考上，家里也绝对供不起。当时我和父亲说，让我考一回，我只是想证实一下自己，于是我报了高中。没想到我考上了，考了我们县第三名。不过我没有多想，只是很高兴，这样在家里受苦也心安理得了，我不是考不上才受苦的。这时东院的三大爷过来和父亲说，孩子考上不容易，你一定要让他念下去，家里穷可以想办法，考学可不是谁都能考上的，然后又帮父亲在我们那个小村子里为我筹集学费。我终于又念上书了，我高兴得忘乎所以，半年后才知道考上高中还不算成功，离三大爷给父亲说的功名利禄还很远，当时的近路是考中专，念职业学校，我已经错过了。我的学业又费了很大的周折，这回是父亲把我那三个已经成家的哥哥叫到跟前，说他准备供我，还说没考成中专还能考大学，不就多念几年吗？念完大学怎么也比中专强。几个哥哥都同意了，其实他们的日子过得也很紧。就这样，我歪打正着考上高中又念完了大学。

"同学们，我不想说大家今天的学习机会如何如何，我们都是山里的孩子，我们没有显赫的家庭背景，我们没有雄厚的经济实力。只有知识，只有学习可以改变我们的命运。事实上，不管大家承不承认，我们考高中就是为了考大学，上了高中也就剩下考大学一条路。因此我们的任务就是努力学习，争取在三年后考上自己理想的大学，这是我们唯一的出路。

"当然，考大学的路并不是唯一的，如果大家有什么特长爱好，比如歌唱、绘画、写作、体育等，你可以把它当成一种理想，一个考学的途径。现在艺术方面的高校也比较多，毕业出来工作也相对好找。不过，如果仅仅是爱好，根据我们学校的实际情况，根据大家自己的实际情况，我主张还是适可而止。毕竟咸菜不能当饭吃，我们可以适当地组织一些课外活动，作为紧张学习之余的一点调剂，一次放松。但大家的中心任务必须是学习，偏离了这个中心，其他一切就都成了无源之水。当然不管是学文化课，还是音乐美术，现在付出了将来才能有收获。"

老班的演讲很动情，大家不敢看他的眼神。大家都感受到他的一片苦心，可是不愿挑起这沉重的话题，只在下面静静地听着。许佳伟好像感慨很深，几次抬起头来，确定自己领会了老班的全部精神，才低下头去慢慢咀嚼，细细消化。

"为了更好地配合大家的学习，我想成立一个临时的班委会，这也是今天班会课的第二个内容。"杨老师说着环视了一遍教室，看看自己的话引起了大家多少反应。

今天的话好像都让杨老师一个人说了，学生们誓死一言不发。或许是乡村来的孩子对功名利禄都没有太大的兴趣吧，听说要选班委，都谦虚地埋起头来，好像谁也不想在大家面前留个爱表现、好张扬的印象。

"大家来自不同的地方，我也不是什么伯乐，识别不了同学们当中的千里马，我希望大家拿出毛遂自荐的勇气来，有能力就主动站出来，这也是为了我们的班集体。"杨老师故意将语气放得轻松了些，眼神中又加进了几分亲切和期许。

教室里压抑的气氛有增无减，学生们由于紧张，反弄出些窸窸窣窣的声音。大家的头埋得更低了，好像怕"枪打出头鸟"。不过他们的担心好像也并不是杞人忧天，田田刚抬起头就被老师发现了。

"田田！"杨老师十二分满意地送给她一个笑容。学生们的目光也立刻聚焦过来，有几个人还现出幸灾乐祸的表情。

"我看冯宇杰当体育委员挺不错的。"

冯宇杰！对田田的提议大家都很意外：自从那天冯宇杰被王亦然打伤住院以后，大家都在为他打抱不平，尤其是田田，代表全班同学找了好几趟学校。大家都在关心学校的处理意见，听说王亦然家只付了一部分医疗费冯宇杰就出院了，只是大家都还没有见到他。田田的话又重新唤起了大家的关注。迟疑了一秒，同学们不约而同地将目光投向杨老师，等待他的答复。杨老师显然也迟疑了，不过他很快回过神来，转而对田田说：

"田田，继续说！"

"冯宇杰的篮球打得特别棒，百米和跳高成绩都是我们学校的纪录。而且我们班能在军训中取得第一也有他的功劳，我相信由他当体育委员我们班一定能取得更大的胜利。"不知道为什么，田田的表情一直很严肃。

"我同意！田田请坐。"杨老师带头鼓起了掌，现场的气氛也轻松了许多。

"还有，"田田并没有坐，"我……我想试试文艺委员。"她的结结巴巴在同学中引起了一阵唏嘘声，还是杨老师及时制止住了：

"很好！"杨老师只说了两个字。教室里便马上恢复了平静，这时不知是天气更加闷热了，还是别的什么原因，很多人头上开始微微地冒细汗。

许佳伟的座位在最前排，他的头埋得更低，汗也流得更多，甚至两只拳头也不知道为什么攥得紧紧的，仿佛他坐的不是前排，而是前线。

"还有没有？"杨老师的意思是仁至义尽，可其实他又为大家增加了一分紧张：这仿佛是最后通牒，大家当然还是缄默不语。

"既然这样，我就根据大家的档案和近来的表现临时指定了。"

"杨老师，我有话说。"在这个节骨眼上站起一个勇士对杨老师对大家来说都很意外，大家都百分之百地将注意力集中到这位勇士身上。勇士是常有男，常勇士没有被大家的阵势吓倒，说话的语气反倒很轻松：

"班长我推荐许佳伟。"常有男一边说一边忍不住笑出声来，同宿舍的男生也跟着他笑，大家不知道他们究竟是什么意思，许佳伟愣着不知道该怎么办，满脸通红地低下了头。

"许佳伟的中考成绩是我们班最高的，班长自然应该由他来做。"常有男不想让大家继续揣度他的用意，抢在杨老师问"为什么"前说道。

"不是我，是苏科。"许佳伟的抗议并没有打断常有男，低低的声音甚至没有引起杨老师的注意，常有男继续笑着说：

"班长嘛，自然是给大家起带头作用的，这个头自然首先是学习上的头，而其他方面的头，目前我们也看不出该由谁给大家带，所以我自然推荐许佳伟当我们的班长。"

"这……"杨老师似乎还回味着常有男们的笑声，再加上他的一番议论可谓无懈可击，甚至称得上精辟，一时竟有些语塞，"这个提议谁有意见？"

"没，有，意，见——"许佳伟的舍友异口同声地喊道。

"我不同意，"许佳伟终于站起来了，可声音还是很低，"第一是苏科，况且今年的中考……"

"看我们的班长多么谦逊，这又是一个带头作用！"常有男说。

"好了，这是全班同学对你的信任，许佳伟同学就不要再推辞了。下面的成员我就根据大家的档案临时指定了，我宣布：高一（1）班班长：许佳伟；文艺委员：田田；体育委员兼纪律委员：冯宇杰；团支部书记：魏志凯；学习委员：唐小平、齐二强、苏科；生活委员：赵淑敏。好了，今天的班会课就上到这里。我再强调一遍：对于我们最重要的就是学习，其他一切都是为它服务的，当然我们的班委会也是一样。记住，只有知识能让你们走出大山。"

杨老师接下来没有再征求大家的意见，不过班长已经胜出，其余也就不再是同学们关注的对象了。先前的紧张做作也都卸了装：有人露出喜悦的神色；有人死板着脸，一副"淡泊明志"的样子；有的则摆出"不屑一顾"的架势，以长二为代表的住校男生则比先前笑得更厉害了。只有许佳伟和李耀丹各树一帜。前者好像受了委屈，站在那里不肯坐下；后者在老班宣布学习委员的时候曾投去恳切的目光，可惜杨老师当时还叫不上她的名字，指给大家又恐违背刚才"根据档案"的承诺，只好委屈了她。

快下课时，杨老师把新选的班干部们召集到办公室，一边部署工作一边说了些鼓励的话。临末又将许佳伟单独留下，讲了班长对一个班的重要作用，要他坚定当班长的信心。许佳伟觉得这出戏是长二他们故意导演的，要出自己的丑，杨老师的本意也并非要安排自己当班长，死活不肯接这个职。杨老师看出了他的心思，对他说："老师知道你想什么，就算是为了我，为了你自己，你可不可以当这个班长？别人怎么说怎么想你管不了，可连你自己也看不起自己吗？"许佳伟最终屈服了，不知他是记起了杨老师的好，还是因为性格当中另一份倔强在作怪：你们不是要看我出丑吗？我就让你们看看。他随即把自己想象成一个英明神武、无往不胜的统治者，跃跃欲试地想做点什么。他的脑海中浮现出一幅幅生动的图景：沐浴着浩荡皇恩的子民有说有笑地围坐在圣上的膝前，共同观赏曾经对圣上图谋不轨者的处决。

可想归想，机会并没有想象中来得那么快。起初的日子还是平淡无奇的，就像周老师的面孔，又像死海里的水。同学们也就自觉地跟着这流水机械地重复一桨一桨地荡漾。教室、宿舍、食堂，三点一线的生活虽不太正规，但已经开始了。许佳伟当班长的事在班里热闹了好一阵子，仿佛为大家乏味的生活注入了一剂精神良药，许佳伟没有再倔强，他似乎酝酿着一个大计划。

说快也快，转眼到了周末。大家饱饱地睡了个懒觉，然后逛街的逛街，回家的回家了。许佳伟哪也没去，他不想和这些不怀好意的人为伍，他也知道他们也不肯与自己为伍。待了一会儿，突然有人敲门，许佳伟愣了一下，进来的是一高一矮两个男孩。

"哟，刘强，二兵！你们什么时候过来的？"

41

"刚下火车。"高个子笑道，显然他们很熟。

"快坐！我给你们倒水。"许佳伟客气道。

"怎么星期天也不出去转转，还这么刻苦。"

"刻苦？"许佳伟苦笑道，"刻苦还不是来古中了，哪像你们个个市一中。"

"其实市一中未必就比古中强，人总是不安于现状。"高个子的观点和杨老师一样，腔调却完全不同。

"你的安慰有些肤浅了吧？"许佳伟说。

"行了行了！不说这些。二强不是也在古中吗？"矮个子见状忙转移话题。

"二强和我一个班，大概出去买东西了。"许佳伟的情绪缓和了些。

接下来，大家天南地北地随便谈了一会儿。临走的时候，矮个子说是初中的班主任刘老师叫他们来看他的。

人走了，刚才的情形却清晰地浮现在脑海中，刚来古中时的那份不平又隐隐地触动着许佳伟刚刚愈合的伤口。近来发生的一切也一股脑儿涌上他的心头，乱七八糟的，理不出头绪来。

许佳伟把刘老师的信取出来读了好几遍，又把父亲的嘱咐细细体会了一番，得出了这样的结论：

"许佳伟！你不能任人宰割！你一定要活出个样子！你一定要活出个样子！"没有想到这结论发表出来已成了呐喊。是的，我应该付出比别人更多的努力，我的一切只有靠自己去争取。他又翻开那本硬皮笔记，埋头写了一气：

5：30—6：00	看历史
6：00—6：30	读英语，记单词
7：00—7：50	背政治、地理
课间及下午自习	完成各科作业
晚一	做数学习题
晚二	物理、化学

许佳伟对着一大堆文字出神了好半天，仿佛突然想到了什么，又拿起笔在下面添了一行字：今日事，今日毕！最后将那张纸撕下来贴在墙上。这样，

他终于松了一口气，心情也舒畅多了。

　　冯宇杰是在一个星期后回教室上课的，王亦然也一块儿回来了，听说他们家请学校的领导吃了饭。星期一一大早，常有男气喘吁吁地跑到教室发布消息的时候许佳伟正一个劲地用黑板擦敲着讲桌："安静，安静！今天学校安排咱们班劳动，安静，安静！我们的任务是浇树，校园北边的杨树，现在女生回宿舍把脸盆取来，男生都和二强去领工具……"

　　男生们一下子炸开了锅，用拳头使劲擂动着桌子，常有男带头跑出了教室。几个女生还在座位上算题，好像不大乐意劳动，田田和赵淑敏叫了好几回，才悻悻地去了。

　　许佳伟一个人出来的时候有点激动：这是自己上任以来的第一把火，这把火烧成功了以后的工作就好做了，班里有几个同学和自己过不去，今天该是他扩大统一战线的时候了。长二，你就来看老子的笑话吧！许佳伟直接来到劳动现场，他想提前对工作进行一下部署。今天要浇的这些树种下四五年了，由于天旱还只有胳膊那么粗。离树四五米远的地方有一条水渠。许佳伟突发奇想：如果现在把阀门放开，一会儿工具领来水也到了，岂不节省很多时间？

　　许佳伟为自己的统筹方法暗暗得意。看着清澈的井水从管子里喷射出来，他不由得想到同学们怎么为他这个大班长的聪明能干惊讶不已，田田说不定还会搞出什么幽默。我呢？还是一脸无所谓的漠然，继续干我的工作……许佳伟正自我陶醉着，渠里的水突然像无数条调皮的小蛇向两边爬了出来。原来这水渠长时间不用，快被枯叶和沙土填满了，水流得太快自然就溢出来了。许佳伟急忙捧了一捧沙土向渠垄上填去。可惜沙土太少，小蛇太多了。没来得及堵上的小蛇又变成了大蛇，这时再用手填土已无济于事了。

　　许佳伟着急了，想寻求救助，可周围一个人也没有，他转身向库房飞快地跑去。在库房门口，他碰到了生活指导老师。

　　"老师，我们班的工具领了吗？"

　　"领走了，去了好一会儿了。"许佳伟更加焦躁了，又向教室跑去，也没有人。一定在宿舍！果然，王亦然，常有男，刘志兵和二班的一个同学已坐成了一局，正热火朝天地聚着玩扑克，周围还围了一圈人，大声叫嚷着。

许佳伟气极了，扯开嗓门喊了一句：

"干活了！"

这一嗓子好像并没有引起他们的注意，许佳伟又喊了一声。

"这么着急干什么，又没说非得上午完成。"常有男说。

"号什么号，没去的人那么多，凭什么光叫老子？"王亦然瞪了他一眼，几乎有些要动手的架势。

许佳伟知道他的厉害，没敢再多说什么，在地上立了一会儿又灰溜溜地回到劳动现场。水漫得更大了，明晃晃的一地。齐二强和魏志凯正手忙脚乱地挥动着铁锹，边干活边嘟嘟囔囔地骂着：

"哪个笨蛋这么蠢，水道还没清理就先放水。"

"白痴，简直是个白痴！"齐二强丢下铁锹跑了。

"滚，都给我滚！我一个人也能干！"许佳伟已经气愤至极，他根本没有意识到他们是无辜的。更没想到自己是在吹牛，一个人提着铁锹向前冲去，蛮有抗洪战士奋不顾身的精神。

然而水并不配合，自顾自地只管流。填上去的土马上又被冲走了。瞬间扩大的委屈让许佳伟也产生了王亦然的情绪：就是！别人都不着急，凭什么偏叫老子干？！他狠狠地举起铁锹向水流拍去，不想泥水反溅了他一身。这回他索性把铁锹扔得老远，拣了块干地坐下来。

这时候，女生们拿了脸盆出来了，一路上还不时爆发出一阵阵清脆的笑声。

"还笑！简直是罪大恶极，都该'咔嚓'！对！咔嚓！全部咔嚓！"许佳伟的情绪坏到了极点。可无意中一瞥，发现杨老师也在其中。

"哟！大班长怎么挂彩了？"田田一声尖叫把女生的注意力都集中在许佳伟身上，又引来一片笑声。

"怎么漫了一地水？"杨老师也好像不大高兴。

"别人都不干，我……我一个人堵不过来。"许佳伟也没什么好气，差点儿把王亦然的原话说出来。

"不知谁没清理水道就把水放开了，弄成这样。我刚才去把阀门关了。"

齐二强气喘吁吁地跑过来说。

"兵来将挡，水来土掩！"杨老师又要说什么，刘志兵突然跑了出来，捡起许佳伟丢掉的那把铁锹，高喊着向前冲去。

"导法！导法！"常有男紧随其后，若无其事而又争先恐后的滑稽相逗得大家哈哈大笑，刚才打牌的同学也都跟了出来。

老班对劳动任务进行了分工，水也终于治住了，在水渠里欢快地流淌着。同学们按田田的建议一字排开，一个一个地传递着水盆，时而还爆发出一阵阵笑声。许佳伟没和他们排，一个人来回巡逻着水渠。

下了晚自习，许佳伟一个人来到操场上，走了几圈便跑起来，一圈一圈不停地跑。晚上的月亮灰蒙蒙的，天空很低，就像一口倒扣的大锅，压得人喘不过气来。刚刚硬化的篮球场上冯宇杰投球的声音不时传过来。许佳伟又一次把自己浸泡在痛苦之中：为什么自己就这么失败？为什么大家就不能接受自己？许佳伟最终没有想清楚。

漫长的跑道上留下一串忧郁的脚印。

第五章　高一情绪

9月25日　晴

　　高中生活在宽容与理解中欢快地行进，同学之间真挚的情谊也在慢慢地形成。今天下午，当我们班的文艺工作者在沙尘中完成我们在古阳中学的第一期板报时，又听到田田开生日party的好消息。

　　田田可是我们班公认的最优秀的文艺人才，性格开朗，热情活泼，人缘也极好，她的生日party我们是非光临不可了。我们的庆典从六点开始，地点就在女生宿舍。没有丰盛的宴席，只有一些简单的水果瓜子，大家也没有昂贵的足以往来的上礼，甚至没有华丽的言语，只有一颗颗真挚的心。时间很短，大家都表演了节目，表达了自己对朋友的真诚，大姐的话道出了大家的心声：我们是个集体，团结就是力量。

　　光阴荏苒，开学已经一个多月。高一（1）班的同学彼此都混熟了，以前的小团体渐渐扩大了阵营，睡在上铺的兄弟成了铁哥们，同桌的你成了好姐妹；意气相投的还组建了什么"F4""五龙一凤""八大金刚"等，个人之间的交往也都成了组织与组织的对话，一时间班级气氛融洽得不得了：热情的同学都把好朋友往家里领，好吃好喝好招待，甚至还自作主张给父母认个干儿子干女儿，在宿舍里的疯狂劲就更不用说了。首先是英雄排座次，其实

46

这一传统在古中由来已久，大家觉得直呼其名抑或叫小名叫绰号都不够亲切，一时间满校园全是大哥、二弟、老三、老四，有时候在水房或食堂里喊一声"老大"，前面总会有好几张脸同时转过来。

男生宿舍的厮杀似乎还要加倍。开学才四五个星期，整个宿舍已剩下三个脸盆、五块毛巾、两管牙膏，香皂早用完了。虽然每天都有人让那些用具不全的人投资搞基本建设，可就是没人愿意破费。这样，十条大汉只好往一块挤。

这不，许佳伟刚打回一盆水，立刻有四五个人围过来灌刷牙水——他们的刷牙水从来都是从脸盆里灌的。灌完刷牙水，抢到毛巾的又包抄过来。这时从上铺望下去，就像一群蚂蚁在分食一个大毛虫——不，是小毛虫。齐二强见自己的毛巾又不见了，撕心裂肺地喊道："谁拿了我的毛巾？"可根本没人理他。直过了半天，常有男才举着一块毛巾喊道："谁的破毛巾？这么硬。"齐二强摇了摇头，无可奈何地接过毛巾挤进刚才腾出来的那个空位。那盆水早已黑得不像样了。可时间已不允许再打一盆水了，或许是他们习惯了这样的黑水，也就凑合着擦一把了事。然后一起呜里哇啦地跑去上早操。

不过别看他们盆少，他们洗衣服时的排场绝不亚于人人有盆的女生。男生的脏衣服总是攒够一定数量才去洗的——这个数量的补集就是身上穿的那一套。这时由外交家常有男去邻舍，邻邻舍，甚至邻邻邻舍借盆；由大力士们，如齐二强、冯宇杰去抬几大桶水；再由既非外交家也非大力士的，如许佳伟、苏科在宿舍门前的那片空地上摆开阵势，一面打水仗，一面跟着《洗衣歌》的节奏揉啊揉，搓啊搓。如果什么也不想干，自己的衣服还想洗，那就犒劳犒劳大家。所有的衣服都有明码标价，上衣2元，裤子1元，衬衣5角，袜子和裤头3元。后两者为何这么贵？大家的解释是：洗它们不仅费劳力，还得付出名誉损失——给人洗袜子和裤头是有损声誉的。当然他们的交易并不现代，还停留在物物交换阶段。很多时候买一支雪糕、两袋瓜子就成交了，当然让对方帮助写一篇作文，考试时"照顾照顾"也是绝好的交换条件。

更值得一提的是常有男还把他们的生活诗化了，这就是他的获奖作文《高一情绪》。这家伙平时没个正经，整日油嘴滑舌，调皮捣蛋，学习也一塌糊涂，可就是作文写得好，杨老师都拿他没有办法。这篇《高一情绪》曾被杨老师当范文在课堂上念过，杨老师说它语言优美，格调轻松，反映了高一学生的真实情感，但在思想方面缺少积极进取的精神。常有男不以为然，还一天天成段吟诵，自我陶醉：

窗外是蓝蓝的天，青青的校园。我挎着书包来到了这个并不陌生的地方。路上我和几个同学谈现在的流行动态，直到我们争得口干舌燥，几个高二的学生露出成熟得要命的脸说："怎么和孩子似的？"我们笑着回答："现在不流行返璞归真吗？"……

每天从三点一线的战场上撤下来，我最喜欢到校园西面卖麻辣串的老大娘那里和她没完没了地扯皮压价，等她不卖的时候却如数地把钱放下，拿起书本跑回了家……

我们爱蹦，爱跳，爱轻轻松松地玩一玩。我们会为一个感人的故事洒下我们高一生活的泪水，我们会回味一篇令人激动的小说，会为一次篮球赛激动不已……

所有这些都因为高一的学生拥有与高二高三不同的心境。

这么一折腾老班实在是头疼了，在每周一的班主任例会上总是挨批的对象。大家都发现杨老师和他们的关系不如以前了，不知道是自己的胡闹惹杨老师生气了，还是杨老师变了，在学校里受了气，回来总要在他们身上出，不过他也就那么说说，不指名不道姓，都无关痛痒。许佳伟因为当班长的事对宿舍里的人还耿耿于怀，所以至今还是光杆司令一个。虽然他们后来向他解释说班长是要职，该由自己宿舍掌握，把他们说成了同盟。可许佳伟认定他们是在故意捉弄他，要出他的丑，要不为什么现在班里的纪律这么差，就没人听他的号令或者至少给他个面子让他在杨老师面前有个交代呢？要知道杨老师给他的主要任务正是管好班里的纪律。更让许佳伟不能接受的是：也许是由于冯宇杰人高马大吧，只要他喊一嗓子"不要说话"，教室里马上鸦雀无声，当然他自己也在说笑的时候就另当别论了。许佳伟觉得太不公平了，自己才是这个班的班长。他想向杨老师反映这些情况，可又不想在同学们中间留个爱打小报告的印象，更不想告诉杨老师自己就这么无能。

没有办法，许佳伟似乎只能管好自己，不管什么课，都绝不和老师扯半句皮，自习课上也不喘一声粗气。只在教室、宿舍、食堂、厕所组成的四边形的一边或一条对角线上与同学邂逅的时候碍于面子打个招呼。

前两天，许佳伟回了一趟家。村里来人说二伟辍学了，他要回去看看，另一方面也是回家找点钱，学校要收资料费，饭票也吃完了。家里还是一如既往的忙，他到家的时候门上挂着一把铁将军，去田里找了一回才见到家人。母亲和姐姐见了他都很高兴，话也多起来，饥饱冷暖问了半天，母亲还当着那么多人的面摸他的头，说他瘦了，让他很害臊。父亲还是老样子，只顾一个人在前面干活。收工后父亲没有和他们相跟着回来，许佳伟知道他是出去借钱了。多少年了，一直都是这样，起初是姐姐，后来是自己，再后来还有二伟，每次他们从学校回来父亲都会跑遍大半个村子借钱。有钱人家是不肯借的，穷人想借也没有，各家都有自己的孩子。只有老书记家和二木匠家是父亲最常光顾的，可老是这么向人家张口时间长了自己也不好意思。有时候运气好，正好赶上个收猪收羊的变卖一两个可以解决一下燃眉之急，更多时候父亲借不到钱，只默默地在火炕上抽闷烟，孩子怯生生地站在一边，就像犯了什么错误。

父亲很晚才回来，看他的脸色许佳伟就知道又没借到。第二天要走的时候，父亲才终于开口说："除了伙食费，学校再有没有要收的？"

"三十块钱资料费。"许佳伟的声音低得连自己也听不见。

"和老师说一说，看能不能推迟两天，过两天卖上两只羊，我让人给你捎过去。"父亲的话很平静，但许佳伟知道善良的父亲对儿子的承诺有多少可信度。要不是自己学习好，可能在初中时就被开除了。姐姐和弟弟到现在都还欠着前湾学校的钱呢。许佳伟在学校里断不敢多花一分钱，同学们经常在玩牌的时候加上五毛一块钱的赌注，谁输了就买一支雪糕给大家吃。这种活动他从不参加。也因此多次被不懂事的初中同学骂过小气鬼，自己的苦处只有自己知道，就是因为家里穷姐姐和弟弟才辍学的。有时候许佳伟真的不敢回家，一回家就是要钱，就是给父亲增添负担。可怜的孩子在背地里不知哭过多少回，他抱怨过父母，抱怨过命运，为什么就没有生在一个哪怕是稍微富裕一点的家庭呢？他真的不想离开心爱的课堂，也不想再过父辈的生活了。

　　星期六正好是中秋节，学校提前放了半天假。学生们自然又到他们的好朋友或干爸干妈家里去了，还有的没来得及和铁哥们打声招呼就被县城里的亲戚接走了，所以学校食堂专门为学生准备的节日特餐——土豆熬鸡骨架生意很不好。许佳伟哪也没去，这个星期学校安排他们班出板报，平时没有时间，周末了总不该再拖了。其实也是有人招呼过他到家吃饭的，这就是田田。她和唐小平来时许佳伟已经在食堂打上饭了。

　　"哟，班长大人，怎么就你一个人？"田田总是没点严肃的样子。

　　"他们都出去了。——哦，请坐！没告诉我去哪。"第一次和女同学正面接触，许佳伟有些语无伦次。

　　"我是说你有好吃的怎么就想着自己呢？"

　　许佳伟被说得更窘了，端着饭盆机械地朝田田做了个让的动作。

　　"我就能独吞？"田田示意了一下唐小平。

　　许佳伟又朝向唐小平。

　　"晚了，虚情假意！还是到我家吧，我请你。"

　　"不不不，不了，我已经打上饭了。"

　　"没有必要这么紧张吧，不就是到美女家吃顿饭吗？"

　　"不是，我，我真的……"许佳伟不管怎么辩解还是语塞了，脸涨得通红。

　　"行了，不和你闹了，既然不肯赏脸，那就晚上吧。"

　　"今天是田田生日，晚上在宿舍开 Party，我们是专门来邀请你们宿舍参加的。"一直没有说话的唐小平见田田太闹了，接了她的话茬。

　　"行行，我一定转告他们。"

　　田田和唐小平出去了，许佳伟才有些后悔。说实话，班上这么多同学，除了齐二强这个老同学，他对田田是最有好感的，人长得漂亮不说，他感觉她办事利索，有正义感。就拿冯宇杰和王亦然打架这事来说，她就是敢站在冯宇杰这边。说到冯宇杰，许佳伟突然又庆幸刚才没有头脑发热，大家都说田田和冯宇杰是一对了，我如果真去不摆明了是夺人之爱吗？再说田田是什么人，我又是什么人，就是再借我十个胆我也绝不敢打这种高贵女人的主意呀!

晚上七点，皎洁的月亮经过一番打扮，终于羞涩地升起来了。周围的一切马上由漆黑变得朦胧，顺着月光望去，树木和房屋仿佛都裹了金边，正随着月光悄然起舞。星星不想做陪衬，知趣地躲开了。

高一（1）班的女生宿舍里早聚了一屋子人。生日 party 还没有开始，大伙已开始提前消费田田的愉悦了，只是大家熙熙攘攘的忙碌使气氛有些沉闷。这时候，突然有人扯开嗓门唱起来：

> 大青山那松柏（呀）根连根，
>
> 我兄弟那姐妹（呀）情谊深，
>
> 唱上那两句（呀）生日的歌，
>
> 愿田田你心想（那）事成真，
>
> 哎嗨哟哟，事成（呀）真……

大家不明白怎么回事，都停下手中的动作，那唱歌的原来是常有男。唱完歌，他又冲大家诡秘地一笑，说道："女士们，先生们，大家好，下面我宣布：田田小姐的生日 party 现在开始，请大家为我们今天的天使田田小姐点燃 17 岁生日蜡烛。"

"大家别听他神经，我们开始我们的节目。"赵淑敏狠狠地瞪了常有男一眼，脸上有些尴尬的神色。原来田田怕大家铺张浪费，没让买生日蛋糕，大家拗不过她，可总觉得过意不去。常有男这么一说不是哪壶不开提哪壶吗？

常有男好像并不介意，笑了笑把食指弄弯了放在嘴里使劲吹了一下。门开了，冯宇杰和齐二强抬着一盒大蛋糕走了进来。大家还没反应过来，常有男又带头鼓起掌来。大伙一边说笑一边手忙脚乱地帮田田点蜡烛。

田田今天穿了一件橘黄色的紧身毛衣，下身是浅蓝色的牛仔裤和一双耐克运动鞋。那对又大又深的眸子越发深邃了，好像一潭清澈的湖水在夜色中轻轻地荡漾，在昏黄烛光的映衬下显得格外迷人，头发也是新剪的，特别精神。

"吹蜡烛，唱生日歌——这蛋糕可是我们大个专门给你买的哟！"常有男自封为今天的司仪。分蛋糕的时候大家把奶油在田田脸上乱抹，惹出一阵阵欢快的笑声。

接下来，大家轮流表演节目：常有男的笑话，赵淑敏的歌声，唐小平的故事，许佳伟的生日贺词，冯宇杰的步伐，田田的模仿……

大家用最简单的方式表达着对同学最真挚的情谊和最美好的祝福。

月亮好像被大家惊动了，偷偷地爬上树梢，向着窗口张望。这时赵淑敏变魔术般拿出一件浅蓝色的牛仔服，帮田田穿上："这是姐妹们的一点心意，希望你穿上它的时候就能记起这群难姐难妹和这个快乐幸福的日子。"田田抓住牛仔服，同时抓住赵淑敏，哽咽着开口了："谢谢！谢谢大家！我随父母从南京来到这里，开始时我真的担心大家能不能接受我，我能不能适应这里的生活，能不能有几个知心朋友——就在我小心翼翼地开始我的高中生活的时候，我结识了你们，你们——给了我快乐，你们——给了我生活的勇气！今天大家又这么热情地聚在这里为我过生日，我真的谢谢你们了！"

田田今天太激动了，竟哭出了声音。大家都不知所措了，火爆的气氛马上平静下来。这样过了三四秒，冯宇杰好像有所感触，强憋出一句："不客气，一家人嘛！"笨拙的言语引来一阵大笑，会场又恢复了刚才的热闹。

"一家人，对，对对，一家人，一家人！"常有男怪腔怪调地附和道，大家听出了他的意思，都跟着笑起来。

"今天，我请求你们每人答应我一件事，算是给我的生日礼物。"田田刚才还是个泪人，擦了擦眼睛，便由雨转晴了。大家不知道她葫芦里卖的是什么药，却纷纷表示认可。

"大姐，我请求你永远关心姐妹们，永远做我们的好大姐。"

"我什么时候不关心姐妹们了，你总是没一点正经，真拿你没办法！好了，答应你了！"赵淑敏哭笑不得地回答完田田没忘白她一眼。

"齐二强，你是男生宿舍的老大，可也别老躲着我们，女人并不全都是老虎。"齐二强不好意思地笑了笑，说："行。"

"小平，别就知道学习，多和大家一起玩，劳逸结合嘛。"

"冯宇杰，我要你和王亦然握手言欢。"

"今天大家高兴，我们不提这个。"冯宇杰脸色不大好看。

"不，我要提，你们是因为我闹矛盾的，我有责任调解。还有，我希望你戒掉抽烟，戒掉说脏话，戒掉所有的不良习惯。"对于田田充满诚意的直率，冯宇杰有些费解，面孔阴了下来，没有说话。

"许佳伟，"为了表示对冯宇杰的费解并不介意，田田继续说，"我对你的期望是……"

"等等，"一直在角落里的许佳伟站了起来，"能参加你的生日 party 我很高兴，中午忘和你说'生日快乐'了，现在补上，希望我的这件小礼物你能喜欢。"说着从身后拿出一只小熊娃娃递了过去。

许佳伟的礼物是田田始料不及的，也是大家始料不及的。常有男又干咳了两声。直到赵淑敏带头鼓起掌来，田田才笑着说："谢谢你的礼物。"

"不过我也有我的要求——其实也是大家对你的要求，希望你能和大家走到一起。"田田说完故意停了几秒，确定许佳伟对她的话有了反应，才又接着说："我们大家是一个集体，是集体就不应该我行我素，各行其是，我们应该团结起来。都是年轻人，没有什么不可以沟通，心里有事都说出来。给我们一点笑容，我们都会支持你的。"

"其实，我……谢谢！谢谢你！谢谢大家！！许佳伟不会辜负你们！"许佳伟说完，周围响起了热烈的掌声。

"嗨嗨嗨！还没给我提要求呢！"常有男见快散场了，突然喊了一句，大家这才发现田田竟忽略了这个大人物。

"我对你的要求是——三天不准说话！"

常有男晕倒。

古阳中学宁静的夜空中又传来一阵爽朗的笑声，那么嘹亮，那么悦耳。

时间就是这样，如果你觉得它过得慢，它还真不忍心离你而去，可一旦由于某种原因你想挽留它，它却又毫不留情地溜走了。颇像当今某些从事服务业的人。快到国庆节了，天气一天天地凉起来，早晚都该穿厚毛衣了，一阵秋风吹过，树叶簌簌地落下来，斑斑驳驳地撒了一地。

教室里又是自习课上最常见的情形。左边几个同学围着一道题叽叽喳喳地争吵不休，时而来一句理直气壮的高喊，右边也有一群人，不过他们争论的是刘德华的鼻子和眼睛哪个更好看。当然还有人在看书，在写字，在修指甲，在坐着发呆。下午这最后一节自习课除了老班一般没有老师来跟，铃声响过半天，还有学生三三两两地从宿舍、小卖部、操场上、厕所里走出来，不紧不慢的样子。

"许佳伟，冯宇杰，杨老师找。"苏科进来的时候说。

原来是开运动会的事，杨老师要他们两个组织同学们报名。出来的时候杨老师又说有许佳伟一封信，鼓鼓囊囊的，许佳伟拿出来才觉得有点不对劲：信封上的字歪歪扭扭，看样子是用左手写的，再仔细一看，邮戳也完全是用圆珠笔画上去的，还有描过的痕迹。一定是谁和自己开玩笑，想着他便拆开了。

这回许佳伟绝对有些意外，里面蓬蓬松松全是钱，最大的十块，最小的五毛。没来得及数，他又赶紧翻回封皮，"以：古阳县红十字分会。"不对，他们怎么会知道我，为什么要给我寄钱，许佳伟意识到一定是班里同学捣的鬼。他要把信退回给杨老师又觉得不合适，一时不知道该怎么办。

回到教室的时候大家早又吵开了。

"注意了，注意了，大个有事情给大家通报。"长二又扯开他的破锣嗓子喊道。

"上课了，不许乱吼。"田田出来维护课堂秩序。

"这回可是正事，学校要开运动会了，开完就放假，你们要不听呀，就算了。"没想到他常有男还牛起来了，冯宇杰没管他：

"杨老师说，比赛按年级分组。每个项目每班至多报两人，每人至多报两个项目。希望大家能积极一点。"

有的人当然又在说笑了，不过冯宇杰早开始自作主张，他一边登记一边宣布："苏科，100米、跳远，齐二强，400米，赵淑敏，跳高……"

同学们都没有意见。

"大个，我说你就不能再多报几项？这学校也真是的。"有人抱怨。

"现在5000米空缺。"冯宇杰提醒大家。

"让长二来吧，长二不用腿，用嘴就跑赢他们了。"这回该田田奚落常有男了，这位好像是班里的开心果，谁都能拿他开涮。

"算了，算了，我还是负责后勤服务吧。"

"让我来吧。"许佳伟知道大家又要胡闹，抢在前面说。这突如其来的自告奋勇确实让大家吃了一惊，不过大家的矛头很快指向了他。

"哇！没看出来！"

"班长就是班长，表率呀！"

运动会是在一个星期后举行的。

任何重大或正式的活动都应该有它的序幕、正文、尾声，算是完整。古阳中学一年一度的运动会自然是正式活动，因此程序也都得走。入场，开幕，校领导讲话，这些都是必不可少的。只是学生们争相获奖的思想境界与学校"发展体育运动，增强人民体质"的初衷还是有些差距。

比赛开始的时候已将近10点，进行了不多几个项目就结束了上午的角逐。下午的项目就多了。各班的健儿们都冲着"更高、更快、更强"的目标奋力拼搏——掌声和欢呼更高，荣誉和名声更远，成绩和奖品更强。高一（1）班一会儿一个径赛第一，一会儿又一个田赛亚军，总分一个劲上升。当然重头戏还是冯宇杰，他的两个项目都破了校纪录。

真不知道是哪位伟人发明了运动会，这样一种简单直接的对抗，能如此激发人的斗志，能如此奇妙地组织团结如此多的人。在这里，集体的荣誉就是每个成员的荣誉，每个成员的荣誉又通过集体无限放大。

第二天的比赛中最受关注的是4×300米接力赛。需要指出的是：本来应该是4×400米，可学校的跑道只有300米，不便进行标准竞赛，只好减少每一棒的长度；另外跑道也不标准，8个班的运动员不能同时竞争，便分为两组，每组前两名再决雌雄。这样又难免不公平，可条件所限，也只能如此。一班抽在了第二组，还有点时间，现在正忙着选运动员呢，田田想进行全民测试取优胜者，可条件不允许，只好凭印象把参加过短跑和长跑的同学推荐上去。细心的赵淑敏怕这样影响成绩，买了两盒葡萄糖，作为补救措施给他们服下。

再看看选出来的这四个人：100米冠军冯宇杰，跳远亚军苏科，大力士齐二强和五千米实力派选手许佳伟。许佳伟自知短跑是弱项，难负重任。但这是大家对他的信任，便也没有推辞。

第一组决出的"雌雄"是二班和七班。该第二组了，一班的健儿们很洒脱地和班里的同学摆了摆手，向起跑线走去。第一棒是冯宇杰，一班的战略是从一开始就保持领先优势。果然，枪声一响，冯宇杰就像出膛的子弹，一路风驰电掣，遥遥领先，到第二棒齐二强接棒时足足比第二名领先二三十米，齐二强跑得也不错，虽被赶上了一些，但稳稳保住了第一。第三棒是许佳伟，他早早地做好了准备，还提前进行了一段助跑，可接棒时忙中出错，棒掉在了地上。眼见后面的同学追上来了，全班同学都傻眼了，慌乱地叫喊着，这又更增加了许佳伟的紧张，慌乱中捡起棒加速到最高运动状态时他已落在了第三名。许佳伟很惭愧，卖命地向前冲去，但实力型的长跑选手无法胜任剧烈的短跑，只能"目视而两脚不随"，勉强第三个把接力棒传了下去，然后待在一边等待判决。大家现在还顾不上埋怨他，所有人的目光都死盯着四棒苏科，期待着奇迹的出现。可能是苏科服下的"兴奋剂"起了作用，跑起来竟脚下生风一般，可最后一棒各班安排的都是高手，苏科使尽浑身解数还是没有追上第二名，眼看就剩下十几米了，完了，有几个女生已经背过了脸，许佳伟更是惭愧到了极点，恨不能找个地缝钻进去。然而奇迹出现了，也许上天对大家果真是公平的，第二名摔倒了，苏科第二个冲到了终点。一班终于松了一口气，可没有人像先前那样欢呼了，大家都比较低调：

"要不是四班摔倒了……"

"你怎么不说要不是许佳伟不失误我们会怎么样！"

许佳伟觉得侥幸的胜利是别人的，自己什么也没有。决赛的时候他主动要求退出。被大家劝住了：

冯宇杰说："别多想，你又不是故意的，况且我们不是进决赛了吗？"

赵淑敏说："你不能这么不负责任吧，你现在退下来让谁上？"

常有男说："佳伟你错了，所有的故事都是因为跌宕起伏才感人肺腑的，很容易得到的东西谁会在意？你没见那么多外国朋友喜欢探险吗，就图个刺激。而你刚才不正给我们制造了一个感人肺腑的故事吗？"

许佳伟的脸上火辣辣的，证明他不是有意冒险。

决赛前常有男拍着许佳伟的肩膀对大家说："佳伟刚才是知道稳操胜券才

逗他们玩的，让他们白高兴一场，这回该看看我们的表现了。"对于这样的安慰，许佳伟很感激，也很惭愧。

许佳伟果然没有再失误，四个人配合得很好，很轻松地拿了冠军。这证实了刚才那位不知足者的预言，也为常有男的话圆了场。

4×300米比赛以后，许佳伟强烈地意识到一个问题：这是一个崇拜英雄的时代，也是一个制造英雄的时代，要想让大家承认自己，没有别的办法，只有去拼，让自己成为英雄。直到后来，许佳伟每想起自己在5000米比赛中的成绩，都会庆幸自己很及时地有了对英雄的领悟。

号称体力与意志考验的5000米决赛是第三天下午唯一一个项目，也是整个运动会的最后一个项目。田田在台上刚报完幕，好奇的同学便离开了各班的指定地点，把整个跑道围成高楼林立的北京小胡同，又像给跑道两旁插了两行茂密的白杨树。齐二强和常有男挤过来时跑道两边早围得水泄不通了，俩人便搬了张桌子站上去，这才看见十几名健儿还零散地站在起跑线上。站在最边上的是许佳伟，他好像有点紧张，正按冯宇杰的指导活动着下肢。

"二强，佳伟有没有喝葡萄糖？"

"不知道。"

"快去找一瓶水，顺便找一块手绢。"

齐二强刚跳下桌子枪声就响了，他又赶紧跳了上去。"跑在第三位的是佳伟，佳伟！加把劲！不，这才刚开始，要压住！！"齐二强禁不住喊出声来。"水，水！"齐二强见许佳伟跑近了，忙跑去找供水的同学。这回他绕了几圈，找到一个空位。"噢！太好了，佳伟跑在第二了！佳伟，跟住就行了，不要着急！"他把水和手绢递上去时许佳伟没有接，只冲他点了点头，齐二强不知道自己为什么这么激动，想上去带跑被裁判老师喊了下来。主席台上放起了轻快的《运动员进行曲》，齐二强见许佳伟跑得更稳更有劲了，和第一名一直保持着四五米远的距离。齐二强觉得自己的脑力用不过来了，只呆站在原地死死盯着许佳伟："噢！是杨sir！杨sir也来为佳伟加油了！"

"跑在5000米跑道上的许佳伟同学，你是高一（1）班的骄傲，我们全班同学为你加油，为你呐喊，记住：你的目标不是第一，而是第一前面的红线。"主席台上传来了田田熟悉的声音，紧接着是高一（1）班的集体呐喊。

最后一圈了，该加速了，大家都为许佳伟捏着一把汗。他的速度加快了，近了，近了……噢！超了！超了！！要保持住。齐二强感觉自己的呼吸加重了，变慢了……

"佳伟赢了！许佳伟赢了！快了1.5秒。"齐二强从终点飞奔回自己班的队伍，大家都无拘无束地尽情地欢呼着，这是青春特有的激情，这是年轻特有的豪放。杨sir和几名女生围着许佳伟问长问短，唐小平还主动为他送上一瓶可乐。苏科和田田则在议论这个冠军的来之不易：

"5000米冠军，不简单呀！它抵得上五十个百米冠军，五个千米冠军。"

"还能抵三分之五个3000米冠军呢！"

"三分之五？"

"……噢，对，两头两臂三足的连体兄弟。"

在轻快的音乐声中，在几百双眼睛的护送下，许佳伟走上领奖台。校长亲自为他颁奖，并合影留念。奖品是有些寒碜——可这荣誉是他许佳伟自己的，是他许佳伟带给高一（1）班的，许佳伟感到了从未有过的自豪，也许，这就是英雄的感觉吧。回到班级大家都还没有散，常有男又叫嚷着要许佳伟请客，否则没收奖品；田田、赵淑敏每人拿了一支笔要他签名；只有齐二强注意到他的眼里闪过一星泪花。

第六章　艰难求索

妹儿：

昨天发工资了，两个月的！虽然只有九百多块，可你知道，这可是我人生中的第一笔收入，是我自己的劳动成果。我给家里邮了五百，父母为我们付出了那么多，第一个月的收入应该归他们，我给你买了你最喜欢的水蜜桃硬糖，希望你喜欢。

这段时间单位事多，没能去看你，希望你原谅。你工作忙吗？业余时间都做些什么，还是和以前一样一本小书也能让你不洗脸不吃饭窝在被窝里一整个星期天吗？其实还是出去走走，不要老是把自己关在屋子里，这样容易变老的，老了就不漂亮了。多和同事出去转转，逛逛超市，唱唱歌，或者运动运动也好。别还像大学里早操跑一圈就气喘吁吁。

对了，说到运动，我要和你说件事，我学会打篮球了，想不到吧？学生教的。我们班的学生特别好，对我也特别好。都说老师和学生之间有天然鸿沟，可我一点也不觉得。我们班的同学团结，上进，有爱心。我和你说过吗？我们班在军训会操表演中拿了第一名。前两天开运动会，我们又不折不扣地夺得大满贯，尤其是男子4×300米接力赛，那种拼搏劲、那种团队精神，真的很让人感动。我们班有一个贫困学生，大家就主动捐钱给他，整个班集体就像一家人。现在就差在期中考试中交上一份满意的答卷了，我坚信我们的班级是最棒的。

　　总之，我这里挺好的，勿念。国庆放假了一定去看你，替我照顾好我的妹儿。

Yours，杨德晨

9 月 23 日

　　粘好信封，杨德晨终于松了一口气。糊里糊涂地，一个多月过去了。一切都像发生在一瞬间，又像是在做梦，只有细细回想起来，一件件事堆积在一起，他才相信确实是过了很长时间。

　　这些天杨德晨感觉自己真的做了不少事情，可他的心里并不平静。首先当然还是工作上的事。他想要的良好班风和学风一直没有建立起来。学生该打闹还是打闹，该迟到还是迟到。还有几个顽固分子不管他怎么晓之以理动之以情都无济于事，甚至还好像有了抵触情绪，故意迟到，后来杨德晨干脆提前到宿舍去叫，学生又开始称病。有那么两天杨德晨甚至有些失望了，自己背着多大的负担来到这里，学生非但没有珍惜的意思，反觉得他是狗拿耗子，多管闲事。穷则思变，生于忧患，为什么这个穷山窝里的孩子就这么没有上进心呢？

　　更让他不能接受的是周老师的教育方式在这个学校真的很适用。其他班学生迟到了，班主任的办法一律是罚钱、做值日、买公共用品，效果远比他的班强得多。大家都明白新生入学的前两个月是最关键的，能不能把班里的刺头收拾掉，把带头捣蛋的同学镇压住，是解决问题的关键。在这个过程中就免不了要动用武力。杨德晨眼睁睁地看着学生在老师的拳头下屈服，变乖，成绩有了起色，他感觉到的并不是不平，更不是安慰，而是悲哀。都什么年代了，这个学校还挣扎在棍棒的统治之下，学生在老师面前好像只有服从。"严师出高徒""不打不骂不成才"更是老师们津津乐道的制胜法宝。

　　最大的压力还是来自学校，是领导的评价。这个学校有一整套严格的考核制度，都是成文的，考核教师，考核班集体，考核学生。考核的方法是扣分，如不穿校服扣 3 分，迟到扣 5 分，不按时值日或卫生区不干净扣 10 分等。每班每周 100 分，扣完为止，如果扣不完，那么剩下的就是班主任津贴的发放依据。开学这几个周，别人总能得到七八十分，他却总在二三十分上下徘徊，还有一次甚至到了 -25 分。"少拿几个钱无所谓，可重要的是你们刚参加工作都有一年试用期，校领导的印象将决定你明年的去留。"这是周老师给他的提示。

可是，这一切绝不能对妹儿讲，这么快就输掉会让她笑话的，况且杨德晨也确实有让自己扬眉吐气的地方，例如，学生都很喜欢他的课，即使在下午也很少有人睡觉就是一点。任教以来，他擅自修改了语文组下达的工作计划：去掉了学生讨厌的日记、读书笔记等作业，每节课前加进一个三分钟演讲，他还把学生分了组，每星期拿出一节课培养他们在书法、写作、演讲、朗诵等方面的爱好。就是在平时的教读课上他也决不拘泥于书本，那么深奥的理论在他的嘴里总能通过浅显通俗的比喻或古阳县的大土话讲出来。

上星期教研室到学校验收新课程改革成果，其实就是听课，老师们你推我闪谁也不想讲。都说这些年各式各类的花样多了，到头来都是瞎折腾一通，劳民伤财。这回也是，要求老师在课堂上不讲，所有的东西都让学生自己悟出来，叫作什么引导式教学。老师们不当回事是不当回事，可检查还得应付。县一小是这样做的：找一位老师提前导演一节课，就像拍电影，每个学生一句台词，谁说什么话，谁先说谁后说都定好了，背熟了。结果听课那天正好有一个同学请了病假，演出卡了壳，就在老师不知所措的时候，一个同学站起来说："老师，喊兔子的同学请假了"，闹了笑话。

没有人讲，教务处想到了杨德晨，大家也都说他的课堂形式新颖、轻松活泼，教学方式灵活多样、能因材施教，正好体现了新课改的思想。能代表学校做这么重要的汇报，杨德晨义不容辞，还有些受宠若惊。教研室对他的课给予了充分肯定，并说要在全县推广，做样板。老实说，新课改是什么，教研室的人也没见过，只是凭主观印象感觉杨德晨的课堂挺像引导式。杨德晨出名了，校长自然很震惊，也提着凳子来听他这据说是无污染、无化肥农药、原汁原味的绿色新课程。杨德晨同样没做特别的准备，他不想为校长制造一个虚假的自己。听完课，校长把他叫到了办公室。

"你的课堂一向就是这样吗？"

"是的，一直都是这样。"

"不错，很热闹！可是我不知道你给学生讲的是第几单元第几课，和高考中的哪个知识点有什么联系。"校长的意思很明白：新课改说到底是应付检查的，高考才是语文教学的终极目标。获取知识的途径无关紧要，关键是要出成绩。你的课堂多么热闹，你的学生字写得多么漂亮，演讲得多么动人那都没有用，高考不看这些。经校长这么一说，杨德晨才似乎有了一点危机感。

有时候杨德晨白天忙工作，晚上躺下不由得就想起姝儿，想起自己的这次抉择。想来想去总是又落到最初那个问题上：人究竟为什么而活着？生存还是理想？有时候他自己也感觉到，也许这个问题很可笑，也根本没有答案，只有自闭的人或神经病才会这样胡思乱想。况且想了几天，越想越糊涂了，有时候想累了，就带着这个问题进入了梦乡，连他自己也不知道自己是在思考还是在做梦了。有一次，杨德晨的脑海中闪过一个模糊的意识：人最难挨的感觉不是痛苦，而是烦恼，是无所事事时的空虚和无聊。人生的奋斗莫非就是努力摆脱烦恼，摆脱这份空虚？活着其实只是为了充实地活着？有的人一辈子想着怎么能给四个儿子都娶上老婆，因此拼命地和那十几亩旱田过招，只要在受苦，心里就踏实；有的人为自己制订了个大计划，要搞清楚资本主义制度的运行规律，因此数十年如一日地把自己泡在前人的思考当中，连续几昼夜斟酌自己的理论在某一环节上的推理是否妥当，某个程度副词用得是否合理；也有的人沉迷于赚钱的乐趣或晋升的刺激中，精神也不空虚；还有的人无以寄托自己的无聊，便找到了酒，找到了色。

杨德晨把自己也想了进去。如果上面的理论成立，那么职业就真无高下之分了，金钱的多寡，物欲的满足程度也都无所谓了。这些都只是一个工具，一种摆脱空虚无聊的方式。一个多月的经历告诉他，这里确实比想象的还要艰苦，教师确实是清贫的，也确实是辛苦的。可这也依然只是一种方式。每一天的忙碌都是为自己过的，都很充实，这不就够了吗？难道要像贾宝玉，守在金钱和女人堆里日日痛苦吗？

这样想着，杨德晨似乎不怎么矛盾了，撒给姝儿的谎也坦然了许多。

　　刚来这里的时候，杨德晨并没有感觉到整个学校从上到下的松散。学校如此看重他，他自然得做出点成绩。工作上全力以赴自不必说，生活上也处处想着学生。学生生病了，他亲自陪着去看；没钱了，他借给；他还细心地从档案里翻出每个学生的生日，在那天给他们送上一份惊喜。学校安排的自习课没有老师跟，他天天去。处理练习册，讲解语法知识，当然也讲其他学科，尤其是数学和英语。

　　今天没有杨德晨的晚自习，可他还是照例早早来到办公室，准备为班里几个学生补习英语。刚开学的那次打架事件处理得很不得当，学校的"假罚"和王亦然家长请校领导吃饭的事很快就传开了，同学们都对学校的做法很不服气，其实他自己也憋气，可他不能和学生一样抱怨，这剩下的工作还得由他来完成。他把冯宇杰、王亦然和其他几名同学一起叫到办公室，义务为他们补习。别说，这么做效果还真不错，非但化解了他们的矛盾，还让俩人有效地利用了时间，每次补完课俩人都会由衷地对他说声"谢谢"，王亦然好像还有些腼腆。

　　杨德晨就住在学校的职工宿舍里，和学生的宿舍在同一排。一方面学校里事多，另一方面县城里也没有什么好玩的地方，所以如果没有什么特别紧要的事，他一星期也难得走出这个校园。当然他也不是完全待在屋子里，他还不是我们平时所说的工作狂。近一段时间，杨德晨疯狂地迷恋上了打篮球。要说运动，他其实是很有天赋的，不过在大学里他只知道蛮跑，系里的冬季越野赛他拿过两次第一名。喜欢上篮球完全是受了学生的影响。班级里不论男生女生好像都是篮球迷，每个同学的桌子都贴着一整张篮球明星的照片，有的是科比、奥尼尔等大牌明星，有的则是某个俱乐部的全家福，这其中的许多人杨德晨根本叫不上名字。为了和学生沟通，当然得找到点共同语言。

　　那天杨德晨没有等到两位同学，他们也没有给他打招呼。正有些着急，办公室的门开了，政教处的刘老师气汹汹地走了进来：

　　"杨老师，你是怎么教育学生的？"

　　"怎么了？"杨老师一时没反应过来。

　　"你问他们！"刘老师说着指了指漆黑的走廊，杨老师努力辨认了半天才看见是冯宇杰。

"来，你进来，说说怎么回事。"

"你凭什么打我？"冯宇杰进来的时候没有理杨老师，手指着刘老师质问道。

"问你自己！"刘老师倒平静了许多。

"我怎么了？我和同学一起下楼有什么不对？"冯宇杰好像更来劲了。

"冷静，冷静！有话好好说。"杨老师显然有些应付不了眼前的局面，一把将冯宇杰推坐在椅子上。

"杨老师你别拦我，我只想问问他为什么要打我。"

"刚才，第一个自习刚上，我在楼上查纪律，你们班这个学生和一个女生嘻嘻哈哈地从教室里走了下来。俩人在楼道上动作很不检点，根本没有个学生的样子。我过去说了两句他还和我顶嘴。"刘老师受了冯宇杰的责问，好像有些理亏，声音降了下来，说到最后又激动起来，"我真没见过这样的学生！简直要吃人！丢人现眼！"

"你那是在说我吗？你动不动就过来骂我，你是老师，我和你讲理，你又过来打我，我说的是不是实情？"冯宇杰毫不示弱。

"行了，宇杰，别说了，那个女生是谁？"杨老师看着冯宇杰说。

"今天他不给我个说法我和他没完，不行去见校长，去教育局也行。"

"你再说！"冯宇杰的嚣张把刘老师惹恼了。

"我说了，你有本事再打我一顿，打我！"

"冯宇杰！别说了！那个女生是谁，她在哪里？"杨老师又问。

"在门外。"冯宇杰嘟囔道。

杨老师赶忙走了出去，只见一个学生蜷缩在墙根里，浑身不住地打战，是田田。

"田田，你怎么了？"杨老师看情况不妙，急忙去扶她，可她的身子特别软，刚扶起来又马上像一摊泥一样倒了下去，根本扶不起来。正在此时，班里下来两个女生，赵淑敏和唐小平，三个人才将田田拖到杨老师的椅子上。白炽灯下，田田的脸色白得吓人，还在不住地抽搐。

"田田，有什么话你可以说，不要这样。"杨老师着急了。

"我，我……"半天，田田换上来一口气，可还是泣不成声。

"他骂田田不要脸。"冯宇杰替田田说。

田田的泪水不断地往下流。

"听杨老师的话，不要哭，先站起来。"杨老师说。

"杨老师，我实在站不起来。"田田的身子稍微动了动，艰难地说。

"杨老师，还是先去医院吧。"冯宇杰看了看杨老师，着急地说。

"不！不要……我过会儿就好了。"田田说这话的时候非常吃力。

"我早就注意这两个学生了，"一直待在办公室里半天没有说话的刘老师好像突然想到了什么，忙向杨老师解释，"那天下了晚自习我查教室时发现你们班有两个学生在黑暗里对面坐着，就是他们两个，你想想深更半夜孤男寡女在一起能有什么好事。"

"把你的嘴放干净！"冯宇杰手指着刘老师又激动起来。

"行了，不要说了！你先回教室吧。"杨老师打断了冯宇杰，又转身对刘老师说，"刘老师，你也先回去吧，这事让我来处理吧。"

刘老师和冯宇杰都出去了，办公室里终于平静下来，有两个女生照顾着田田，她的情绪好多了。倒是杨老师不知道该说什么了，竟像一个犯了错的孩子，他知道这两个孩子本来是要到他这里补课的。

班里早就传开了冯宇杰和田田谈恋爱的事，他也听到了一些风声。刘老师其实早就和他说过晚自习后在教室里捉到冯宇杰和田田的事，王亦然和冯宇杰打架的时候田田就站在冯宇杰一边，开运动会的时候田田过分热情地关注冯宇杰，这些他都知道，只是当时他简单地把这当成是一股班级凝聚力。

"小杨，这种事情影响实在不好。怕在班里形成风气。"刘老师向杨德晨反映情况的时候说，"听说那个男孩子不怎样，女孩子一旦坠入爱河，什么傻事都有可能做出来，千万不可大意。"

"现在的女孩子真是越来越让人想不通了，那个冯宇杰有什么，打篮球、看闲书、上课睡大觉，就这么三斧子，真不知道田田看上了他哪一点。"这是周老师的观点。

"时代不同了，老实男人不受欢迎了！"

两位老师的看法，杨德晨未置可否。他们的意思倒好像是冯宇杰配不上田田而不是说谈恋爱本身有什么问题。对于这类事情，杨德晨其实是最没主意的。说实话，他认为爱情这种东西是不应该强行禁止的。老师不让学生谈恋爱，可是哪个老师敢说自己在学生时代没看上过班里的哪个男孩或女孩呢？还是老师们在学生时代被压制了，所以现在当了老师，还要继续压制学生。太滑稽了，这有什么意义？我们的教育究竟要往哪里走？除了教给学生一些知识，教育学生要听话，我们究竟还做了些什么。杨德晨有时就想：像齐二强这样循规蹈矩的学生，念一辈子书连一次迟到也没有过，没有半点叛逆精神，将来能有什么出息。

想归想，做还得做。这是学校给他的任务，自己现在毕竟还是一个老师。杨德晨首先翻看了田田和冯宇杰近一段时间来的日记，没有发现什么蛛丝马迹，又留意了俩人近一段时间的接触情况，也一筹莫展。他想过从学生中了解情况，但这个念头在一出现的瞬间就被他否定了，学生对这种事情太敏感了，这样做只能扩大影响，弄不好很难收场。

杨德晨突然想到这个单元的活动课。活动课也是杨德晨语文课的一个特色，每单元的正课讲完以后，他都会给学生上一节与之相关的兴趣课，如第一单元的诗歌朗诵，第二单元的演讲，这一单元可以讲讲辩论了。"辩论，好！"杨德晨竟喊了出来，"辩题就定为早恋的利与弊"，不对，"早恋"是人们给起的一个本身就带有贬义色彩的词，应该叫"中学生谈恋爱的利与弊"。

杨德晨说干就干，没想到任务刚布置下去刘老师就在中途给他插了这么一杠子，现在再来这一套显然有些多余了。他把赵淑敏和唐小平打发回教室，单刀直入地问田田：

"你认为中学生应该谈恋爱了？"

"我知道你说我和冯宇杰，您都听说什么了？"

"田田，老师不想和你玩藏猫猫，但今天我得和你好好交流一下。"

"学校是怎么定义早恋的？"

"学校？"杨德晨故意加重了疑问语气，等到田田的肯定回答才继续说，"孤男寡女，出双入对。"

"您准备怎么处理我？"田田语气很悲壮。

"你认为中学生有能力处理好恋爱与学习的关系吗？"

"这个我没有想过。"

"那我想让你先听听我的看法。"

"可以。"杨老师眼神中的亲切是出乎田田意料的，所以愣了一下才说。

"你刚才问学校对恋爱的定义，怎么不问问我的定义呢？在我这里恋爱是没有定义的，更没有年龄的界限，我绝不会禁止恋爱，忘记了我们在课本中是怎样歌颂封建时代青年男女追求爱情自由的精神了吗？我们不能嘴上一套，行动上又一套。

"我不准备对爱情说什么，但我要说学习。你是我的得意门生，我得为你的学习负责。这是老生常谈的事了，也许你已经听出了茧子，可我还是要说，学习是第一位的，其他东西都是次要的，学业失败了一切都将失去意义。鲁迅有篇小说叫《伤逝》，讲了爱情与经济基础的关系，你想如果连饭都吃不饱，还谈什么爱情呢？我一直认为，花着家里的钱花前月下是没有出息的，也是可耻的。

"懵懂的年龄是单纯美妙的，但也容易犯错误，如果因迷恋路边风景而忘记了赶路就太傻了，就是捡芝麻丢西瓜了。"

接下来的谈话成了杨德晨的独角戏，田田一直低着头，没说一句话。

"说说吧，我觉得你和杨老师应该有共同语言。你们在一起都干些什么。"

"杨老师，"田田说着又哭了起来，"其实，是他们把我们逼到一起的。冯宇杰第一次打架是因为我，这你知道，那时候同学们就开我们的玩笑，还有的说你如果再不对他好一点就没有良心了，还有我生日那天，就是您委托我们给许佳伟捐钱那天，我才突然感觉到需要帮助的不仅仅是许佳伟一个人，还有冯宇杰，还有王亦然，还有齐二强，等等。也许在你们眼里冯宇杰只知道打篮球、看闲书、上课睡大觉，其实他也同样是一个十分上进的人，只是他的家里……"

"他家里怎么了？"

"他，他的父母离异了，谁也没有要他，他现在跟他爷爷在一起。杨老师，我们不是您想象的那样，我们除了在一起什么也没干。"

"田田，你知道老师很赏识你，我知道你有你自己的苦衷，你是一个善良的孩子，不管别人怎么说你，相信杨老师，杨大哥能理解你。但是大哥告诉你：是有许多人需要帮助，可是你能帮助多少，这些事情最终只能通过学校、家庭、社会的努力，甚至需要社会的进步来解决。还有，爱不是报答，更不是怜悯，爱是很复杂的，大人们反对早恋也不是完全没有理由的，你们还小，你们的任务是学习，你们根本背负不起爱情的重担。答应我，把精力放在学习上。"

"杨老师，我求您一件事情，我会好好学习的。"田田恳求道。

"你说吧。"

"这件事您不要告诉我妈妈，她知道了我就没脸见她了。"

"放心吧，我不会的。"

"谢谢您！"

"该多云转晴了吧。"

田田勉强笑了一下，脸蛋上还挂着两颗大大的泪珠。

第七章　新年狂欢

1月1日　晴

　　今天是新年。时间过得真快，一年就要这样结束了。回顾自己一学期来的生活，我不知道该如何评价自己。老实说：悲也有喜也有，挫折也有收获也有；我从封闭的自我中走了出来，我获得了自己想要的成功；可不知为什么，我的心里总是空落落的。估计是因为学习吧，二强几次和我谈过，学习才是最主要的，我知道我这学期有些放纵自己了，可是我能怎么办？我是这个班的班长，我需要大家的认可；我是穷人家的孩子，我需要家人的认可。期末考试快要到了，可节日的喜悦也不能不提前预支，平时大家都挺卖力的，这样的欢娱一定要搞得红红火火，让大家尽情地释放，轻轻松松进考场，我有这个责任。

　　学校的管理还是很严格的，教学方面更是一点不能马虎。运动会占用了两天学习时间，开学后学校还是利用周六、日补了回来。

　　现在已经是 12 月底，再过半个月就要考试放假了。老师和同学们都进入了备战终考的状态。高一（1）班也没有了往日的喧闹，毕竟要过年了，得带一份像样的成绩单回去给父母做礼物。教室里总是一副死气沉沉的样子，校长和杨老师看了都连连点头。只是常有男有些憋不住，时而呐喊几声，聊以慰藉那些在孤独寂寞里奔驰的勇士。

许佳伟在运动会上的辉煌早被人们忘却了。似乎比祥林嫂的阿毛的故事被摒弃的效率还要高一点。虽有些失落，但他能想得开：学习才是最重要的。问题就出在县团委又多事地举办了一个全县中学生演讲比赛，禁不住荣誉的诱惑，许佳伟还是去参加了。于是在时间的洪流里又出现了一阵"死水微澜"。经过一个多星期的忙碌，田田理所当然地摘得桂冠，许佳伟凭借其在古阳中学的知名度屈居第二。

许佳伟终于又成了人们的话题。走在校园里常有不相识的人和他打招呼，他也常常觉得背后有人朝他指指点点。他知道这是人们为他做义务宣传，也就装作无所谓，若无其事地阔步前行，可心里却总不能平静。明明手里拿着课本，脑海中却老浮现着自己的辉煌，那本书放上半小时还是那一页。

这天傍晚，许佳伟又看不进去书，便来到操场上跑步。不想正碰上了齐二强。

"佳伟，怎么有工夫出来跑步了？"齐二强说。

"学不进去，随便走走。"

"是不是有什么心事，说说吧。"

"其实也没什么，只是看书时注意力集中不了，不知怎么搞的。"

"是不是还沉浸在胜利的喜悦之中？"

许佳伟不说话。

"佳伟，我知道你对自己的业余爱好很感兴趣，也很有造诣。但你更应该分清哪个轻哪个重。我们还是高中生，一切要以学习为重。到时候学业失败了，业余爱好还有什么意义？这一切还有什么意义？"

"你们都这么说。"

"我们？"

"你和杨老师。"许佳伟沉默了好长时间，又平静地说道，"二强，你是我的老同学，也是我的大哥，我不想瞒你，其实我这么做也有一部分是因为大家。运动会时的钱是你们给我捐的吧。其实自从田田生日那天起，我就觉得自己应该为这个班集体多做点事情。还有杨老师，他是个好老师，可咱们班的同学总是气他，我真的于心不忍。因此我才在运动会上那么卖命地跑，才不顾大家的议论去参加演讲比赛。每次看到大家把我的成绩当作集体的荣誉而兴高采烈的时候，我都能在内心深处感觉到一种安慰，一种坦然。"

"真是太难为你了，不过马上就要期末考试了，静下心来好好复习吧。到时候成绩下降了，杨老师会难受的，其实同学们看的也不是这些。"

"谢谢你，二强！"

其实，人的一生中有很多次新生，出世只是其中的一次。每当进入一个新的环境、新的角色，人都会有一种一切为零、从头开始的陌生与新奇。因此，不管是小学生、中学生、还是大学生，他们在刚踏进一个新校门的时候总是像刚来到人世间的孩子那般天真、单纯，对一切都充满好奇与向往，这是经历过世故的人无法再有的感觉。

期末备考的紧张并没有影响古中学生过新年的热情。他们从一个星期以前就开始偷偷地购置年货、装点教室、排练节目……每天都很晚了，宿舍里还灯火通明。好多宿舍因为不按时就寝，还被政教处扣了分。这不，马上11点了，男生宿舍还在不停地叫嚷着。

"'旧历的年底，毕竟最像年底。'我觉得鲁迅先生一定没有过过几个新年，至少没像我们这样热闹地过过。"常有男半躺半靠在被卷上发表了一句感慨。

"人家说的是农村。"齐二强说。

"嗨，你们说咱们究竟演几个什么节目呢？"这回是苏科。

"唱支歌吧，让长二再来一曲'兄弟姐妹情谊深'，保准是压轴戏。"齐二强说。

"算我一个。"常有男笑了笑，"其他几个怎么办？"

"再来个大合唱……"

"开什么晚会，让我说干脆来个舞会，又简单又实惠。"冯宇杰提议道。

"可惜咱们班的女生长得都太有创意。"

"那叫科幻。"

"知道为什么吗？"常有男特意用了设问语气，还一脸坏笑，"筛子理论。听说过吗？筛子理论！漂亮女生呢，本来是很多的，可是在上初中的时候，或者说得再早一点，在上小学时，她们就因太惹眼而被人过分关注，因此在中考或小考中被筛了下去，中考或小考漏网的则在高考或中考时补筛下去。总之，就这样，一层层地筛选，到我们这里就所剩无几了，还好你们没上大学、研究生，否则更加惨不忍睹。当然了，世间万物都是辩证统一的，反过来讲，能够一次次从幼儿园到博士后顺利'晋级'的，全都是无人问津之辈，就像咱们班这些。"

大家被常有男说得目瞪口呆，冯宇杰不禁折服地感叹道："精辟！简直是精屁！"

"别瞎扯了，谈正事吧！"下铺的蚊帐里突然伸出一颗脑袋，是许佳伟。

"正事？什么正事？是不是看怎么能再拣50块钱拾金不昧一回，也好在团委的广播里露露脸？"常有男被许佳伟打断了精彩的演讲，便还以发难，不料这句话引起了共鸣，七嘴八舌的批判接踵而来。

"就是，你说你值不值！50块钱可以吃多少鸡大腿？还可以加上啤酒。"

"呜呼！悲哉！人哪，总是无法摆脱那'蜗角虚名''蝇头微利'。"

"背地里说不准还有人骂你是蠢驴呢！"

"背地里怎么说无所谓，只要老师说好就够了。班长嘛，就得在老师面前留个好印象。"常有男见自己的话题起了如此反应，便来了精神，左肘支着身体，脑袋使劲从上铺的床沿探出来，右手还不住地比画着。

许佳伟被说得哑口无言，面红耳赤。不过他学乖了，并不狡辩，只是一个劲地讨饶。常有男哪里肯放过：

"别假惺惺了，有本事当初就不要装崇高。"

"算了，这次就不说了，等下次吧，下次我一定……"

"下次？"常有男又打断了许佳伟，"你认为还会有下次吗？你已经伤透了老天爷的心了，他还会再给你50块钱让你去崇高吗？"

"那……"许佳伟不知接下来该说什么，突然他好像发现了新大陆。兴奋得笑出声来，"那么，我问你，如果你是我，你会怎么办呢？"

"怎么，难道你还不服气吗？"常有男本来以为许佳伟已经缴械投降了，趁机打打落水狗也就算了。没想到这家伙不识好歹，还来劲了。

"不敢不敢，我只是想听听您的看法，也好学着点，万一下次再遇到这样的事情，也知道个做法，免得遭人讥讽。"

"要是我一定会塞进自己的口袋。当然这是不义之财，不宜久留，我会马上把它化为鸡腿，让它穿肠而过。如果一个人吃不了就叫上大家，当然除了许佳伟。"表述完自己的观点常有男扬扬自得，果真把自己当成了一个传道授业解惑者。

"二强，出来作个证。把长二的丑事也给大家抖搂抖搂。"许佳伟对常有男的话不置可否，只冲着齐二强笑了笑。

"长二，快住口吧，你那天不也把一个钱包还给别人了吗？"

"那学生我认识，是一个小初中生，家里很穷……"

"那你又怎么知道我的失主不是一个小初中生，家里不是很穷呢？"许佳伟没等常有男说完便追问道。

有这么多同盟军帮许佳伟，这回该常有男面红耳赤了。

终于到新年了！

学校是下午放假的，晚会统一安排在晚上，中间这段时间留给各班布置教室，做些准备工作。常有男来到教室的时候，几乎是吃了一惊。平时那么抽象的女同胞，怎么一下子都变得楚楚动人了？看错了吗？他摇头晃脑地使劲眨了眨眼睛：没错！就是田田、赵淑敏、唐小平，只是她们换了新衣服，化了淡妆。有浅白粉底的衬托，满脸器官的立体感就增强了，鲜活活直钻进他的视野：消瘦的眉毛，美丽的眼睛，坚挺的鼻子，淡点的朱唇……每一根线条都那么柔和，每一个轮廓都那么优美。再加上那迷人的身段，常有男简直觉得进入一个奇妙的境界，竟忍不住说了一句："小姐们，你们真漂亮！"

"考不上大学的。"田田回答。

"为什么？"

"筛子理论嘛！"

众大笑，常有男窘然。

笑过以后大家又开始各忙各的。田田和几个女生布置教室，赵淑敏和苏科负责扫地，搬桌子；齐二强领了几个人去搬水果，其余的同学多在紧张地排练节目。许佳伟今天可彻底忙坏了，他是晚会的总导演兼主持兼美工设计，各个环节他都要过问一下。只见他在凳子上跳上跳下，手中一根尺子不住地比画着，嘴里还念念有词。如果有人说一人不贪二意的话，那么许佳伟则是个反例，至少是个特例。常有男好像也意识到了这一点，突然笑起来："发现没有，咱们的分工多么细密！我突然觉得，如果学科的分工也这么细密，就是说我们每个人单攻一门，自己喜欢擅长的一门，还愁学不好吗？况且上了大学，我们高中时学的许多东西都不学了，我们所学的很多东西根本就是用来忘的。真不知道老师们是怎么想的？"

"行了，别发表你的宏论了，就怕你没一门擅长。"

正说着，齐二强抱着一大箱苹果气喘吁吁地走进来，迫不及待地说："这些苹果都是学校分配给我们的，还有一箱橘子，六袋瓜子。"

"原来如此！我说学校怎么竟然允许举办晚会了！"冯宇杰的感情总是藏不住。

"算了算了，东西在哪儿也得买，这样不是能刺激消费、进而促进国民经济发展吗？况且这样的娱乐机会也很难得，事情哪有那么十全十美？"许佳伟感觉到大家的牢骚又要来了，抢在前面说。

"许佳伟，你别老和学校穿一条裤子。"冯宇杰又说。

"谈论什么问题呢，这么热闹？"正说着，杨老师进来了。冯宇杰急忙低下头，绕到人群后边去了。大家都想笑，却不敢笑出声来。还是田田为他打破了僵局，她说：

"我们想把晚会的名字起成'烛光之夜'，不知道行不行，大家争执不下，您来了正好给我们拿个主意。"

"行啊，蛮有情调的嘛，只是蜡烛要红的，能买上吗？"

"让冯宇杰去试试吧。"田田说。

见田田为自己解了围，冯宇杰赶忙跑出去了。教室里的同学都朝杨老师围过来，不停地问这问那：

"杨老师，桌子摆成椭圆形行不行？就像联合国开大会。"

"杨老师，给我们的教室布置方案点评点评。"

"杨老师，我们的晚会什么时候开始？"

"杨老师，今天为我们准备了什么节目？"

杨老师今天也很高兴，他提出了很多建设性的意见，还答应为大家表演节目。

冬夜，月色不怎么明亮，苍穹中深深浅浅地点缀着些星星。星星一闪一闪，就像一潭清水中无数鱼儿在游动，突然有一颗流星划破夜空，那是一线萤火虫……

古阳中学的教学大楼被装点得五光十色。日光灯被裹上各色彩纸，变得有些朦胧，轻快的音乐声与夜空互相渗入，分不出界限。学生们夸张地喊叫着，好像一下子爆发了平日所有的欢愉。

高一（1）班的晚会还算精彩，至少气氛很热烈。首先是杨老师热情洋溢的新年致辞，接着大家唱歌、跳舞、说相声、演短剧，以宿舍为单位展开了节目竞赛。和田田相比，许佳伟的主持便有些简陋了——或者这只是报幕，除了开头那段背得滚瓜烂熟的开场白，他好像只会用"下面请欣赏××的×××"作为过渡，有时觉得单薄了，便在前面加上一句："刚才的表演真是太精彩了"，后面还是"接下来请欣赏××的×××"。

准备好的节目演完时还不到十点，大家都不尽兴，说好要亲临现场慰问的校领导也没见露脸。冯宇杰又提起他跳舞的主张，杨老师建议大家临场发挥。田田带头朗诵了一首诗歌，题为《善待生命》。不料这朗诵真可谓抑扬顿挫、声情并茂。大家都确信王小玉到场一定会嫉妒个半死。许佳伟也觉得这声音无论从物理学、解剖学、声乐学方面都无可挑剔。

很少有人自告奋勇。许佳伟的"下一个"也不再奏效，同学们在下边搞起了小聚会。这时田田走上舞台说："今天我建议我们每个人都对大家说一句话，一句发自内心的话。我将把大家的话进行录音，成为我们永久的回忆，大家先想一想，一会儿从我们的杨 Sir 开始。"

大家交头接耳地咬了一阵耳朵，杨老师带头走到舞台中间，田田的录音机刚好摆上，大家都安静下来。

"新的一年，新的开始；新的一年，新的形象；新的一年，新的成绩；新的一年，新的高一（1）班。"雷鸣般的掌声过后，田田按了暂停。同时，向坐在桌子最边上的许佳伟点了点头。

"作为班长，我为班级和大家做得还很不够，我会更加努力的。"

接下来，大家的讲演和一阵阵掌声轮流登场。

"希望大家三年后学业爱情双丰收。"苏科说。

"希望大家吃好喝好玩好！"魏志凯说。

"希望男生更帅，女生更漂亮。"赵淑敏说。

"付出总有回报。"齐二强说。

"长二的筛选理论在咱们班不适用。"冯宇杰说。

"我预祝大家在一个星期后的期末考试中取得好成绩。"唐小平说。

……

坐在大圆桌另一端的常有男早等不及了，见邻座讲完了，便迫不及待地走上台，"可以多说一句吗？"田田录完这句便按了暂停，并对刘志兵示意了一下。

"等等！我还没说！"

"你刚才的话最后是什么标点符号？"

"问号呀。"常有男以为田田要给他一个机会，忙答道。

"语法规定：句号、问号、感叹号都表示一句话结束之后的停顿。也就是说你已经说了一句话，可以下去了。"

"不可以挽救了吗？要不把刚才那句话洗掉，我重说一句，只说一句。"常有男极努力地争取。

"不行。"

"那我不录音了，这样你总不该干涉吧！今天我祝大家新年快乐！三年后我祝大家金榜题名！未来十年到若干年后我祝大家平步青云！六十年后我祝大家寿终正寝。"常有男说了这四句话来了四个"向右转"，让在场的每一个人都能得到他的祝福，大家也都被他的祝福弄得哭笑不得。

大家每个人都发表了一句，只剩下田田一个人了。"年是团圆的日子，逗号，我们今天团圆在这里，逗号，这里就是我们的家，逗号，以后不管有多长的路，逗号，让杨老师带领我们，逗号，一起走过，句号。"

"病句病句！"常有男对田田的发明嫉妒不已，不平地嚷道，然而雷鸣般的掌声马上劈头盖脸地涌过来，掩盖了一切。

现场的气氛一直很热烈，晚会结束已将近零点。那天，许佳伟一夜没睡。

站在校园里，沐浴着清凉的夜风，看着生动的天空，他想起了乔治·杜洛瓦。

在学校里，学生的情感必须严格控制在一定的时间和范围之内。叫作把握住"度"。如果做不到，那也至少应该用学习掩盖起来。一方面不当害群之马，另一方面也为自己留条退路。比如说喜悦这种情绪：如果不能很好地控制，一定会影响大家，还会影响学习，进而影响成绩，又影响老师家长甚至同学的态度，老师家长同学的态度又影响自己。在这样一级级影响下，即使当初有多大的喜悦，你也会喜不起来。正所谓"物极必反"。

反过来，如果你及时采取了一些措施，效果就大不一样。即使到时候你真的有什么坏结果，大家也会念你"天空不留下我的痕迹，但我已经飞过"，放弃一次对你的教育，让你保持一种情感平衡。

学生们很懂得这种规律，古阳中学经历过那一夜狂欢之后，现在已经完全进入学习状态。好像昨天根本没发生过什么。学生们自动把自己埋在书山题海之中，12小时不知疲倦地背着算着，恨不得把嘴和屁股都封上。许佳伟第二天早上面对满教室果皮废物的时候，似乎产生了一份忏悔，这学期做了不少事情，却单单忘了学习。要考试了才想起入学时长二说过他是第一名，又是班长，要他在学习上给大家做榜样；今年的期末考试是全市统考，说到全市许佳伟马上想到了中考，这回正是一个机会，他要找回在中考中失去的平衡，同时也向大家证实一下自己；还有，他觉得这个学校做得最好的一件事就是给学习好的同学减免学费，入学时他只拿了二等奖学金，减了一半学费，这回一定要好好考，争取全部减免。如此想来他更觉得考第一是他的义务，一直考第一，永远考第一。不过他并不能一下子把八门课都照顾周全，整日只抱着数理化不停地算，英语单词只背了七八个单元就和大家一起走进了考场。

沙沙的钢笔声弥漫在考场的每一个角落。监考老师就像两尊泥神，一前一后两双眼睛里伸出许多触须，把考生牢牢地拴住，让他们动弹不得，即使学生们不用目光接触也能深切地感受到这种萦绕。不过也不必害怕，经过这么多年的思想教育，学生们已经戒掉了作弊的坏习惯。就是！不会可以乱蒙，也可以胡诌，还可以交白卷，为什么偏偏要去冒那么大的风险呢？

这场是数学，大家在大前天就已经断绝了和其他科目的一切往来。"家有三件事，先从紧上来"嘛。考完数学，他们又开始和物理好，好得如胶似漆，难舍难分。不过这也不长久，一场正面交锋以后，学生们又移情别恋了。恺撒大帝和拿破仑不住地向他们挤眉弄眼，好像还有查理二世的情人琥珀小姐——他们要专攻历史了。第二次世界大战的硝烟还没有散尽，他们又卷入了另一种战争：一些奇形怪状的粒子激烈地冲突着，时而爆发出一声巨响，时而又冒出一缕白烟，原来是化学反应。什么？洋人也要来？"Quickly, where are they？"嗨！怎么能崇洋媚外呢？快来听孔夫子的教导！学以致考之，不亦乐乎？快跑！厄尔尼诺要来了，全怪你们只知道学这学那，不注意环保，气温升高了！冰山融化了！看你们怎么办！荒唐，滑稽，这点事情也摆不平，马克思他老人家不是早就在他的辩证唯物主义里告诉你们怎么办了吗？谁让你们不早学学呢？

呜呼哀哉……

第八章　培训生

开学了，一切又重新开始。

故友重逢，这本是一件令人愉悦的事。可于我，却有无数的烦恼充溢心间。原因是茫茫的故人群中，找不到我的几位同学。是的，他们没有来，关于他们的任何消息也没有来。

面对测试的考验，很多人失落了。一些经不起失落的就离校而去了。一个个活泼的生命，竟然经不起一场本来并不那么重要的考验，这是多么可怕的事实。但我认为他们并非完全被考验所杀，一切一切的真正原因也许只有他们自己知道。

面对老天的扼杀，我沉默了，而在我沉默的时候，老天的哀钟又鸣了一下。我的心开始了更大的颤动，行为也变得骚动。仅剩的39名同学中又要有几名即将离校。

扼杀！无情的扼杀！这起由老天和他们自己共同策划的阴谋就这样得逞了。但还有许多考得连他们都不如的却在风雨之后留了下来。这又是为什么呢？我想他们是选择了眼前那条更长的真正属于他们自己的路。并且在路边挂起了希望的明灯，将脚步加快了在上面跑。

我也是在风雨之后留下来的。我是否也为自己挂起了明灯呢？

也许是，至少我自己这么认为。沉默是不可少的，但已经有一阵子了，是该停止的时候了，按自己梦的方向的出发也该开始了，因为自己至少还是很重要的吧。

中国的春节属实比西方的圣诞节、狂欢节喜悦得深，幸福得久。年是什么？年是弥漫在每个角落的油汪汪的喜悦，是张贴在每一张脸上的甜滋滋的笑容；年是几声清脆的爆竹响，是一盏盏高挂的大红灯笼；年是一桌香喷喷的团圆饭，是几张皱巴巴的压岁钱……

然而醉人的酒香还没有散尽，元宵的炮仗还在稀疏地延续，学生们便一个个背起了厚重的行囊。古阳中学的校园里由于化了雪长时间没有人行走，有点板结。许佳伟重新踩在这有点荒芜和陌生的土地上，颇有些"近乡情更怯，不敢问来人"的感觉。他压抑住心跳，穿过三三两两的人群，迫不及待地向宿舍走去。宿舍里已经来了好多人，大家都换了新衣服，正横七竖八地躺着闲聊。见许佳伟进来，他们纷纷起立，一一和他握手，极像隆重的外交仪式。

"怎样？佳伟，年过得如何？"对于这位新到的"客人"，大家给了他优先发言的权利。

"能怎样？没事可干，很无聊。"

"是呀，真把人憋死了！我早就等不及了。"作为附和，冯宇杰很快重新加入进来。

"等不及上那乏味的课，还是等不及见田田？"常有男的提问一针见血，大家都把目光聚焦在冯宇杰身上，等待他的回答。

"田田有一点，你们也都有一点。"冯宇杰坦诚得让大家有些失望。

"你们可能还好一点，能和初中同学聚在一起玩一玩，我们呀，除了看电视就是看书写作业了。"热闹过后，许佳伟重又唠叨起他的无聊。

"看电视不也挺过瘾吗？哦，今年的春晚你们都看了吗？"齐二强打破许佳伟的话引起的消极情绪，也发表了一句。

"看过看过……"

"停停停，要说春晚你们得听我的……"常有男一副评论家的样子。

就这样，积攒了一个假期的话题在你争我夺中急速转移。什么亚洲金融危机，克林顿白宫绯闻，农村换届选举，某影星与大款的私人关系……上下五千年，纵横八万里，无所不及。

"佳伟，你可得请哥们儿吃饭了！"苏科走进来直奔许佳伟。

"请客？给我个理由。"许佳伟不解。

"你就说请不请。"

"有好事一定请，咱们的规矩。"

"说话算数？"

"算数，有弟兄们作证。"

"你和田田考了咱们学校并列第一名，而且进入了全市前二十。"苏科说着从裤兜里掏出一张成绩单，大家都围了上来。他们好像是在验证许佳伟的第一，看看今天的饭局能不能有着落，可实际上都是在关心自己，只是不肯说出来。成绩自然是按名次排的，班级名次、学校的名次、全市的名次，非常细致，每个人的情况很快就写在了脸上。

"我怎么就考不了第一呢？"常有男满怀感慨地长叹了一声。

"就你？下辈子吧。"冯宇杰说常有男的时候好像也有些失落。

"算了，就让佳伟的鸡大腿抚平我们这些受伤的心灵吧。"苏科打断众人的慨叹说，"佳伟，其实你也合算，拿1000块奖学金，花个零头请弟兄撮一顿也不算什么，更重要的是让我们心理平衡一点。"

"我请我请，咱们现在就走！不过不吃鸡大腿，咱们去下馆子喝啤酒。"许佳伟说话的语气近乎一种悲壮，不知道为什么他觉得考试就像抢东西，成绩就是盘子里的果子，全都让他抢走了，轮到大家都没有了。

"走。"

"走！"

男生们都从床上站起来要走。刚出门，正撞上田田和赵淑敏。她们好像是来拜年的，带了一大堆好吃的：瓜子、点心、糖，还有自家炸的大麻花。男生们赶紧把她们往屋里让，田田把东西递过来说：

"不用了，唐小平不想念书了，要回家，你们快去看看吧！"

"快！怎么回事？"许佳伟说着就往前走。

"还不是该死的考试闹的？期末成绩出来了，她被打成培训生了。"田田是今天又一个说考试坏话的人。

古阳中学的培训生就是期末考试全年级后30名，按规定他们要在新学期开学时交500元培训费，培训生转正的方法是在下一学期期末考试进入前50名。

"这学校真缺德，你们说一次考试能看出什么？"常有男愤愤不平地说。

"应该连'一次'也去掉。"田田愤愤地附和道。

"那也不至于因为这么点事就不念吧！你们女生也真……没劝劝她？"许佳伟想说什么，又打住了。

接下来，大家都没了言语。一群男生跟在田田和赵淑敏后边，径直向女生宿舍赶去。一辆"三叉机"正停在宿舍门前，脸盆、衣架摆了半车。被几个女同学围着的应该就是唐小平，她看见走过来的一大群男生又要冲进宿舍取行李。

"师傅，车子我们不雇了，你先走吧。"许佳伟他们说着将车上的东西拿了下来。

"不雇了，还不走吗？要钱是不是？"冯宇杰见车主不肯走，丢给他两元钱。车主接了钱看看众人又看看唐小平，开着车走了。

可是这样，男生们就好像江郎才尽了，对于安慰人他们是很不在行的。只能讲些大道理，或对产生唐小平悲剧的考试制度批判一番。沉默了半天，许佳伟好像突然想到了什么，"唐小平平时学得很好的，是不是学校弄错了？田田，你和我到杨老师那里看看。"

果然是学校把她的成绩弄错了，杨老师亲自来宿舍纠正了这个错误，也抹除了她的培训费。原来是虚惊一场，大家围绕着唐小平哭冤枉鼻子的事开了一通玩笑这事便算过去了。

开学已经几天了，班里还有几位同学没来报到，有的听说转学了，有的不知道下落。倒是王亦然没来让大家兴奋了好一阵子。不知道是过年的事，还是成绩的事，大家都好像一下子懂事了，都比去年用功了。齐二强和苏科自不必说，常有男也不像以前那么闹了，一整天坐在那里烦躁地翻着那几本不知所云的书，想呐喊几声，但又觉得总有一股所谓的正气镇压着自己。冯宇杰听了杨老师的建议学了体育，每天训练都很辛苦。

许佳伟本来是该高兴的，学校又开始拿他做宣传了。可是因为"抢果子"的事他心里很不安，一直想找个机会给大家还回去。这学期他换了新同桌，就是唐小平。

那天赵淑敏一脸坏笑地来找他：

"是不是看上我们小平了，我给你们撮合撮合？"许佳伟没有和她开玩笑的准备，面露窘态。

"钱的事我从田田那里知道了，其实小平更需要学习上的帮助，你知道，像这回这样的考试还会有很多次，我的意思是你给她补补课，主要是理化。"

"这……可是她会接受吗？"

"功夫不负有心人，"赵淑敏又笑了一下，"咱俩换个座位，你和她坐一起，这样补课的机会就多了，也名正言顺。"

赵淑敏是唐小平在宿舍里最好的朋友。女生之间好起来，是可以好到形影不离如胶似漆一塌糊涂天昏地暗的。一块糖掰成两半分着吃，一张饭票买不了两份饭就一起挨饿。

许佳伟和唐小平坐在一起很是受了一些冷遇。学校免了她的培训费可她没有半点高兴的意思。坐在教室里一整天不和他搭话，也不回答老师的提问，倒是一天天从校园里往回捡饮料瓶。还有，她的脸蜡黄蜡黄的，那条标志性的麻花辫也经常毛毛草草，不像先前那般光滑了，许佳伟倒是颇起了些怜香惜玉的情感。

这天，许佳伟又早早地来到教室，里面就唐小平一个人，她好像放学后就没有回去。许佳伟坐下的时候没话找话：

"吃过了吗？"

"没吃。"过了半天，唐小平心不在焉地回答了一句，声音很低。

"不吃饭怎么能行呢？"

"什么也学不会还吃什么饭？"

"你哪里不懂，我可以给你讲的。"

"算了吧，一个人总不能一直靠别人的怜悯。"

"同桌，你都说哪去了，我英语那么差，你是知道的，我也需要你的讲解，一个班的同学，不，同桌之间不就该互相帮助吗？"许佳伟急了，说话的时候近乎有些哭腔。

"我怎么敢给你补课！别误了你的前程。"唐小平的口气终于缓和了一些。

"别谦虚了，就这么说定了。我用我的物理换你的英语。"许佳伟挑拣着用了一些中性词，终于为自己解了围。

接下来的一段时间里，许佳伟总是用这种软磨硬泡的方式对付唐小平。赵淑敏不知是不是真有意撮合他们，只要她俩出现的地方就会叫上许佳伟，吃饭，打羽毛球，或者上街买东西、办事。时间长了三个人就成了一个小团体，唐小平终于接受了许佳伟为她补课的盛情，阴霾了很长时间的面孔也渐渐放晴了。

星期天上午，许佳伟又口干舌燥地为唐小平讲解了一节内容，唐小平正按照他的思路写算着，边写还边哼着几句小曲。许佳伟也在背英语单词，是他的感观给自己生了事端。

说来也只是无意中的一瞥，唐小平刚洗过的一头秀发瀑布般披在肩背上，在太阳光的照射下反射着光灿灿的色泽，洗发水的清香更加沁人心脾，此情此景直勾勾钻进许佳伟的眼睛，紧接着是她清瘦的脸庞，坚挺的鼻子，漂亮的刘海和优美的身段，就连紧锁的双眉也增添了几分妩媚。

"醍醐！"许佳伟的脑海中闪过一个念头，心脏也跟着咚咚咚跳起来，他不敢再往下看。可他的眼睛一点也不听话，一个劲把它的成果展示给主人。许佳伟觉得眼前的景致就像一块巨大的磁石，而自己是一粒细小的铁钉。

"怎么了，同桌？"不知道什么时候，唐小平收起了桌子上的书本，转过头来问了一句。

"哦，哦……没什么。"许佳伟慌忙答道。

"我都弄明白了，谢谢你！"唐小平今天的心情异常地好。她变魔术似的从口袋里掏出一支棒棒糖：

"班长辛苦了，犒劳犒劳你吧！"

"对不起，谢谢，不过……以后你叫我同桌好吗。"许佳伟接过糖的时候有些语无伦次。

"什么乱七八糟的，好好好，同桌！该你默写单词了。"唐小平好像并没有看出许佳伟的窘态。

那天的棒棒糖许佳伟一直没有吃，他把它藏在自己的抽屉里，每天下午没人的时候拿出来看一看，然后再放回原处。现在每次面对唐小平他都会想起那天的情形，无论怎么回避都无济于事。他的心里非常矛盾，一方面强烈地想得到什么，一方面又被沉重的罪恶感笼罩着。加上整日不断的沙尘暴，许佳伟不知道这个春天是怎么过的。

第九章　围追堵截

杨德晨，你真的要妥协了吗？妹儿、周老师、刘老师，你们为什么都把我往绝路上逼呢？

我知道你们说的都是对的，甚至都是为了我好，可是怎么就没有一个人理解我。我还年轻，我可以不必在迎合世俗这件事上急于求成的，你们就不能让我哪怕是做三年我自己吗？

不管别人怎么说，也不管自己怎么辜负自己，怎么辜负妹儿，把眼前这条路走完。杨德晨，你真的不可以输掉，不可以做可耻的逃兵。

杨德晨是提前两天回到学校的，他想知道自己的学生考得怎么样。上学期干得太失败了，自以为是的教育方式给学校闹出许多乱子，现在好像只有成绩可以补救了。

情况远比他担忧的更糟糕，而且着实把他吓了一大跳：火箭班，语文平均分70；数学53；英语47……杨德晨不知道是当初自己对这个学校的了解太理想化了还是自己的纵容把学生教懒散了。失败感就像一张无形的大网把他牢牢地套住了，他感觉自己快要崩溃了。

"丁零零……"是周老师的电话，叫他去家里吃饭。

86

来了都两三天了，也没过去给周老师拜个年，还有嫂子和小侄子，太不应该了。杨德晨准备了一份不很丰厚的礼物，便按周老师在电话中告诉的地址去了。周老师家不是很大，装饰和陈设都很简单，不过人很热情。嫂子很利索地摆出几道凉菜，周老师便和他喝开了。

"来，小杨，为你去年取得的好成绩干杯！"周老师提议道。

"好成绩？"杨德晨笑了一下，"火箭班，语文平均分70，数学53，英语47……这也叫好成绩？"

"你们不是有两名同学考进全市前20名了吗？这在古中的历史上可绝对是头一回。"

"可是，其他学生呢？一个班总不能就靠一两个学生。"

"小杨，过了一年，你还是老样子。你知不知道咱们学校去年考上了多少个？知不知道我们这届学生中考考了多少分？"

杨德晨无语。

"王亦然和冯宇杰你都给补过课你应该最清楚，英语当中的'D'（地）能读成汉语拼音中的'd'（德），数学不知道三角形的面积公式，不会解一元二次方程。古中在外面的名声不好，有人说我们学校的老师没能耐，不敬业，就三年的时间，要学生改掉所有不良习惯，重新回到学习中，并且完成已经落下近十年的功课，市一中的老师能耐，让他把这些学生教成大学生我看看。

"所以说，咱们的学生就是这个样子，在他们身上下多少辛苦都是打水漂。小杨，赶紧回你的报社，这年头工作不好找，找好工作就更难了。"

今天的话似乎都让周老师说了，杨德晨只一味喝酒，一杯接一杯地喝。原本以为周老师可以宽慰宽慰他，没想到连他也这么说，难道，难道自己真的错了吗？

是的，杨德晨又想到了妹儿。自己做得太绝情了，当初是那么毅然决然地离开她，现在又故意回避她。以前每星期两次的通信降到了一次，又降到两个星期一次、一个月一次，每次面对妹儿他都不敢正视，吞吞吐吐地敷衍几句生活上的事。他能感觉到妹儿的委屈，这种感觉让他窒息。有时候他真想立刻回到妹儿身边，可又不愿就这么输掉。

杨德晨第一次如此强烈地感到自己的渺小和孤独，他强烈地想给妹儿打个电话，痛痛快快地和她倾诉这一切。后来有没有打电话，他不知道，他是如何回到自己的教工宿舍的，他也不知道。他醉了。

第二天学校就正式上课了，杨德晨又投入紧张而充实的工作中，如果没有姝儿的出现，昨天的事在他心里绕几个圈也许就算过去了，可事实是姝儿来找他了，她竟然来到了他的教工宿舍。

"杨老师的女朋友来了！"这条新闻以光的速度在古阳中学迅速传播开来。

"中等个头，比较瘦。"

"瓜子脸，还算清秀。"

"笑起来有酒窝。"

"听说还是省报的记者。"

见过和没见过的都在评论。老师们从各个办公室涌来，学生也找借口往办公室跑，还有的干脆很不礼貌地趴在窗户外面围观，直到上课铃打响才恋恋不舍地拖着步子离开。学生们都说杨老师艳福不浅，他的女友不愧是省城来的。紧接着，又开始探究他何以有如此艳福，他为什么不去享受这艳福而在古阳县这破地方浪费青春，今后的某个时候他会不会丢下我们去找他的女朋友。

晚上，办公室刘老师在家里为姝儿安排了欢迎晚宴，周老师和嫂夫人也到了，三家人聚在一起气氛特别轻松。刘老师的夫人是一位和蔼的大妈，听说过去也是古中的老师，现在退休了。她见了姝儿非常喜欢，就像见了自己的女儿，姝儿也没闲着，一进屋就忙上忙下地帮刘大妈张罗饭菜。

"多开通的媳妇！"刘大妈往上端菜的时候低声对杨德晨说。

"刘大妈，我们还没结婚，是女朋友。"杨德晨忙纠正道。

"唉，你看我还没老就糊涂了。小杨呀，这样通达事理的姑娘现在打上灯笼也难找了，你可不能错过呀。要是我们家小志也能找这么个媳妇就好了。"

"大妈，您这么高兴就让我做您的干女儿吧。"姝儿从厨房出来的时候什么都听见了，怕刘大妈尴尬就这么说了一句。

"行行行，我可巴不得呢。"笑过一阵，女人们又进厨房里忙去了，男人们在客厅喝酒。

"那天喝多了吧？"周老师端起酒杯时说。

"多了。"杨德晨有些不好意思，他似乎意识到那天在周老师家出丑了。

"没事，自己家里多喝点也没事，只是出去不要多喝。"刘老师说着又带头把一杯干了，"小杨，说说你们是怎么认识的？"

"大学同学。"

"那你们怎么不往一起找工作？"

"我想当老师，她想当记者，所以就……"

"小杨啊，我们的小杨可真有意思，来，喝酒，喝酒。"周老师说着摇了摇头。杨德晨知道今天大家又要给他上课了。

"我还以为你在别处找不到工作呢。"这回又轮到刘老师提议了。

热菜上来，大家已经酒至半酣，杨德晨没忘给刘大妈和嫂夫人敬一杯酒，刘老师也终于打开了话匣子：

"小杨，今天我训你几句行不行？"

"行行行，晚辈恭听教诲。"杨德晨笑着回答。

"你不好好待在省日报社，跑我们这穷乡僻壤干什么？"

"我是祖国一块砖，哪里需要哪里搬嘛。"杨德晨贫了一句。

"周老师早和你说过，这里不是你待的地方，我还没见过你这么执拗的年轻人。"刘老师的表情告诉杨德晨，他并不是开玩笑。

"好好吃你的饭，你管人家孩子的事干什么！"刘大妈把丈夫瞪了一眼，"小杨，你叔就这么个人，你不要计较。"

"没事没事，我叔他说得对。"

"你知道啥，小杨又不是外人，我是不想他再走我的路。"刘老师回敬了老伴一句，"小杨，今天我喝多了，说什么你不要见怪。"

"没事，您说，您说。"

"要说教书，我们家祖孙三代都是教书匠，家里除了十几箱书什么都没有，受父亲的影响，师范毕业后我毫不犹豫地选择了教师。那时候我刚上班，字写得漂亮，文章也呱呱叫，县委书记看中了我几次要我去当秘书，我说什么也不肯，后来和我一个办公室的王老师去了，王老师就是现在主管科教文卫的王副县长。我在古中待了二十七年，这期间有多少人跑了出去，政府王副县长，教育局赫局长，林业局赵局长，大地路桥老总万树林，方圆集团经理乔小江……

"是啊，一个个都出去了，发达了，发迹了。只有我这个自命清高的臭老九还在做人梯，做春蚕，还在燃烧自己照亮别人。年轻时总以为置身事外，与世无争就是崇高，以为像姜太公一样垂钓，像杜工部一样在下雨天吟几句'好雨知时节'就是崇高，后来才渐渐明白姜太公的垂钓和渔人的'一叶风波里'完全是两回事，杜工部把盏抒怀的时候农人们必须冒雨劳作。陶渊明当初不愿为五斗米折腰，却选择了三斗糠。五斗米，三斗糠！五斗米，三斗糠……"

"刘老师说得对，一个人真不能活得太理想化了。"接话的是周老师，"什么清高、奉献，挣钱才是第一位的。我们不和那些庸俗奢侈的生活比，可我们总要有房子住，总要支付社会上必要的应酬，总要养活父母，供孩子成长上学。小杨我举个不恰当的例子，如果现在家里人不管谁得了病，需要10万、20万医治，你会觉得钱是庸俗的东西吗？其实大多数人还是不得不首先考虑看似庸俗的物质生活。"

"一个人如果真能为理想而活，能有一种追求、信仰，其实是最幸福的。但必须有一个条件，这就是马克思所说的经济基础。陶渊明，够清高的吧，结果怎样？在贫困中终老。尼采，自诩是太阳，只是给予并不索取，结果发了疯。生活不是作诗，是实实在在的。现在是市场经济，很多传统的东西都变了，大家都在崇拜金钱，金钱就变得神圣了，就反过来主宰人类了。"

"你老是书本上的那一套，"又轮到大妈攻击老伴了，"小杨，让我说你赶快回你的报社，这么好的一个对象，大老远跑来看你，你可不敢辜负了人家。"

"你刚来的时候我就觉得你很有才气。文章和字都写得漂亮，就是太执拗，太孤傲，这些都和我年轻的时候一样，岁月会磨平你所有的棱角，我不想你重走我的路。你有这么好的就业机会，不要在这里耗费青春了。人生没有多少个二十几岁。"老刘白了老伴一眼，没和她口角，继续对杨德晨说。

刘老师还说了许多，刘大妈、周老师夫妇后来也都成了他的同盟军，只有姝儿一句话也没说，她的表情怎么样杨德晨没敢看。杨德晨不知道自己听进去多少，无论大家怎么讲，他对这个班集体是有感情的，也只有自己最了解自己的班级。杨德晨强烈地感觉到自己已经不是刚来这里时的那个杨德晨了，如果有一天自己真的离开了，那么算不算是一个逃兵，一个可耻的逃兵。

从刘老师家出来已经快十点了，杨德晨在学校附近的一个旅店给姝儿登记了住处。闹腾了一天，终于就剩下两个人了。关上门，杨德晨开始使坏了：

"想我了吗？"

"你说呢？"姝儿的口气中带着几分不满。杨德晨抱起姝儿转了几个圈，然后放在床上狠狠地吻了一口。

"你真坏。"姝儿实实在在地给杨德晨撒了一娇，说完哭了起来。

"怎么了，姝儿？想我不是让你见到了吗？"杨德晨有些不知所措，想借自己的贫嘴逗乐女友，可姝儿还是一个劲地哭。

"姝儿，有什么事咱们摆出来说，忘了咱们的老规矩了吗？你再这么哭我会难受的。"

"我问你，你为什么委屈自己？"

"我不知道那天我都和你说了什么，那天我心情不好，喝多了酒。"

"你不要骗自己了，你怕输给我，所以不敢面对我，是吗？"

"刘老师和周老师说的都对，可每次面对那些孩子，你的想法真的不知道为什么一下子就变了，社会多么庸俗物质，经济基础多么重要，那根本是另一回事，就好像一边是堆积如山的金银，一边是大呼救命的落水者。"

"你总是把自己当成救世主。"

"我们的教育资源失衡太严重了，设备上的投入需要钱，没有办法，从师资上注入点新鲜血液也算是一种补救措施。周老师说自家的孩子想要享受好一点的教育，自己又不愿好好教书，你说这矛盾不矛盾。"

"和你说不清楚，古阳县的教育不是你一个人能挽救的。周老师不是说今年有很多试讲的人吗，那些落选的人出于生计的考虑也许更能卖力工作。"

"姝儿，如果半年后我输掉，你会特别高兴吗？"

"这个赌局也许注定就不会是双赢。"

"你的意思是？"

"赢得理想，就输了姝儿；赢得姝儿，就会输掉理想。"

"姝儿，其实你也是我的理想！无论如何再等我半年，你绝不会喜欢一个半途而废的杨德晨，对吗？"

"真拿你没有办法。"姝儿终于又回到杨德晨怀里。

"姝儿，我知道你受了委屈，欠你的我会用我的一生去补偿。"

"姝儿永远等着你。"

"你真好。"

"就知道气人。"

"时候不早了，早点休息吧，我也该回去了。"

"记住，不要喝太多酒。"

第十章　春　游

5月24日

　　不知道大家为什么把我和唐小平的事与男女关系扯在一起，难道异性之间就不能有纯洁的友谊吗？还是他们又要联合起来整我？这段时间本来就多事，先是学校搞乱收费，收就收吧，偏偏还让告了；告就告吧，偏偏还不处理；不处理就不处理吧，偏偏还玩打击报复。学校里上不成课，教室里大家又取笑我，真不知道这样的日子要到什么时候。

　　北国的春天是很难熬的，冷暖无常、阴晴不定，呼呼的西北风卷着硕大的沙粒整日整夜不停地吹，农闲里的人们一整天待在屋子里，足不出户。学生们"双耳不闻窗外事"，受风沙洗礼的时候并不多，可就这样被关久了，心里也憋得慌。这两天，学校里突然吵开了文理分科的事。分科其实是上了高二才分的，可在古中这种学校，学生总有一两门课程拖后腿，甚至挂红灯。如果这两门恰是理化，那么分科后学文科就再不用为它头疼了，恰是政史也一样。所以学生们很欢迎分科，让大家骚动的是一条不知道从哪里来的消息，说国家要推行素质教育，从今往后再不分科了，政史合卷再加进地理，叫作文综，理化合卷再加进生物，叫作理综，高考五张试卷考九门课，称为"3+2"。学生们整日里诚惶诚恐，可连杨老师也说不清这事是不是真的。

终于熬到"五一"了，学校照例要放一个星期假。这个假期，国家叫它法定假，旅游部门叫黄金周，其实早在两者之前古阳山区就有这样的假期了，不过他们的名字比较土，叫农忙假。"五一"和"十一"这两个时间正是农家里最忙的时候，学生们也要回家帮帮田，点点玉米种，刨刨土豆，至少也能看个门、煮个饭什么的。更重要的是山里的老师家都有地，田里忙开就没有时间给学生上课了。不过只要能回家学生们心里就很高兴。

许佳伟的这个假期过得不如别人平静，学校要收补课费了。补课可以说是这几年的一个流行词汇了。以前学校都是周一到周六上课，星期天休息，国家觉得学生的负担太重，便喊出了减负的口号，实行双休。这么一来学生是轻松了，学校的升学率一落千丈，一到双休日满大街都是学生，家长和学校也头疼，看来星期六这课还得上。可国家的双休不光是为学生，老师们也要减负，其他行政事业单位都实行了双休，凭什么老师就得多干一天？协商的结果是补课——星期六算补课，由家长付给老师补课费。

当然这据说是大城市的事，双休的做法根本不曾到过古阳地界。可大城市的老师——不用说大城市，市一中就是——星期六上课有补课费，凭什么我们古阳中学就得白干？老师们闹腾了多长时间，校委会终于同意向学生收钱了。

回家的路上，许佳伟就犯愁了。今年学校多奖了500块钱，本来可以多用一段时间，可他一激动请宿舍人吃了一顿，花了100多，又大公无私给同学捐了300，钱到用时方恨少，现在后悔了有什么用。眼下正是青黄不接的时候，家里去哪找钱，再说怎么向家里解释奖学金的事。

没想到父亲终于争了一回气，这次的钱他提前为儿子准备好了。其实是二伟有了出息，这家伙脑子灵，厂子里干了不到半年已经能拿下比较复杂的活计了，老板管吃管住，每个月还给开300块零花钱，这回的钱就是二伟寄回来让家里买化肥的，为了应急就先给他拿上了。

回学校的路上，许佳伟的心情说不出的兴奋，他恨不得两步跨到学校，和同学们一起去交补课费，一起！因此两小时的路程他好像走了半年。还好，他来到学校的时候同学们果然在议论补课费的事。

"你们都交了吗？"许佳伟迫不及待地问。

"交个屁，就你积极。"

"学校乱收费被人举报了，我们不用交了。"

"你们不知道，这两天报社、电视台的记者跑来一大堆。校长的乌纱帽也恐怕保不住了。"

"这回好了，又能过两个星期宽松日子。"

同学们就这样你一句我一句地谈论着，对于大家这好像是一件大快人心的好事，可许佳伟不知为什么心里却空落落的，好不容易积极了一回，学校还又不收钱了。

这两天学校每天都有数不清的人和各种各样的车辆从学校进进出出，街头巷尾谈论的全都是古中乱收费的事，谣言和猜测也好像长了翅膀，到处乱飞。每节课上学生们都想从老师那里听到点什么风声，可老师们每节课都是急匆匆地来又急匆匆地去了，一天到头多半是自习课。班干部和科代表有事没事地跑办公室同样得不到半点消息。

过了一个星期，收补课费的事好像过去了。老师们都回到了课堂上，校长也还在。据常有男探听来的消息说，这回可是局里、县里都出动了，周旋了一个星期，记者的文章还是发了出去，但校长只有动机收费未遂，所以背了一个警告处分，没被撤职。一个星期的戏就这样结束了，大家都觉得不够过瘾。可是看着再没有什么新鲜情节，也就回到了以前的生活。

收补课费的事并没有结束，远远没有结束。早上校长给全校学生开了一个大会，说国家提倡给学生减负，古中以前没有好好贯彻，影响了学生的正常发展，很是不应该。所以学校决定从今天开始，取消早晚自习，下午只安排两节正课，剩下的时间全由学生自主安排。周末自然是双休，从星期五中午一直到星期一上午。看来学校是要来狠的了，会议还没有结束，会议精神就通过无线电技术传播到家长那里。

"你说这些家长也真是的，收两个钱喊什么喊，我们可是十二个愿意。"从下午开始，就陆续有家长到学校要求补课，费用再多点也行。可这回校长的立场很坚定，已经吃过一次亏了，总不能在同一个地方栽两个跟头。一时间，封闭的校园全天开放，满大街都是古中的学生，当然，外面的人想进来也很随意。班里学习好的同学联名给老师上书，给校长写信要求恢复先前的教学秩序，可一切似乎根本没有可能。

好端端的怎么就突然生出这么一档子事，学校不上课算怎么回事。学生们完全过了看热闹的瘾，也开始愁眉苦脸了。没有老师的自习课一下子出奇地安静，可这样下去毕竟不是办法，学生的心里还是慌得厉害。

许佳伟的这段时间不知道是怎么过的。本来交了钱就不会有事的，小胳膊非要和大腿拧，现在可好，课也没法上了。其实更头疼的事还是来自唐小平。自从那天以后，他的脑袋里装满了她，她瀑布般的秀发、她清瘦的脸庞、坚挺的鼻子、漂亮的刘海、优美的身段和紧锁的双眉。一连好几天都是这样，上课和做梦都无法摆脱。许佳伟无法解释自己的行为，只觉得自己太下流了，他有意回避唐小平。他怕，怕这样下去还会做出什么更可耻的事，他更怕自己的事情败露在同学们面前。

可越是怕还越是有事了。

那天吃过晚饭，唐小平大老远和他打招呼，他硬着头皮过去了。

"这几天背单词你怎么老是迟到？"

"我，我……"

"是不是和他们一起玩牌了？那东西没什么好处。走吧，我们去写单词。"

许佳伟跟在唐小平后边直僵僵地挪着步子，也许是刚吃过饭太早吧，教室里一个人也没有。唐小平的表情很轻松，许佳伟这才想到这段时间她也好像没发现什么，终于长出了一口气。那天的物理题很简单，几分钟就搞定了。

"讲个故事吧，轻松轻松。"唐小平的心情特别好，收拾起书本，笑着对许佳伟说。

"什么？"许佳伟有些诧异。

"我没有吃错药。"

"我没那意思，我只是……只是没听清你说什么，"唐小平双手托腮的注视把他吓坏了，他根本不敢正眼看她，只低着头吞吞吐吐，"我给你讲个'老和尚和小和尚的故事'吧。"

"洗耳恭听。"

"从前有座山，山上有座庙，庙里有个老和尚，老和尚给小和尚讲故事，讲什么故事呢？从前有座山，山上有座庙，庙里有个老和尚，老和尚给小和尚讲故事，……"

"停停停！这是什么故事，不算不算。"唐小平感觉上了当，一边叫嚷一边用拳头在许佳伟肩膀上敲打了一下，许佳伟躲闪的瞬间，田田、赵淑敏和常有男走了进来。

"两个人真好，两个人真好……"常有男哼起了小调。

"佳伟，我们小平可交给你了。"赵淑敏又笑着对许佳伟诡秘地说道。唐小平追着大家打，许佳伟的脸一下子红到了脖子根上。

转眼又过了两三个星期，家长们找教育局要求补课，结果都无济于事，学生们更是无计可施。不过咆哮了一个春天的风好像突然停了，杨柳的枝条也一天天绿起来，先前遥看近却无的小草终于连成了片，这里是很规整的春天了。

"这段时间同学们憋得厉害，星期天我们去春游吧！城西有一个小湖。"许佳伟和田田向杨老师提议。

"带上餐具，我们去野餐！"杨老师的爽快显然说明他也想让大家放松放松。

星期天，大家经过一番简单的准备就出发了。上午，天朗气清，脱去背负了一冬的行装走在阳光下十分舒爽。打头的是常有男，他扛着一面用红被单做成的大旗，上面用白粉笔大大地写着"高一（1）班"，他用他的苦心孤诣述说着内心的喜悦。中间是粮草，由五台自行车押送，最后面是浩浩荡荡的行军。大家一路说笑着，很是欢快。冯宇杰突然跳出来吹起了哨子，逗得大家捧腹大笑。出了大门有两条路可通小湖，一条是柏油路，要走十多公里，一条是小路，不太好走，但可以节省一半路程。

"从哪边走？"杨老师征求大家的意见。

"当然走大路了。"常有男的口气不容辩驳。

"不行，大路太远了，再说野餐嘛，走小路才有情调。"田田总是能团结更多的人。

"可没路怎么走？"常有男据理力争。

"其实地上本没有路，走的人多了也便成了路。"齐二强今天也难得幽默一回。

"这样吧，骑车带东西的同学从大路走，先到了做准备工作，剩下的跟我走小路。"杨老师可是不偏不倚。

大家也就按他的意思各行其道了。常有男嘴上不高兴，可还是和大家一起走了小路。这条路果如他所言，走了不到一里就走不通了。到处是齐腰身的干蒿草，上面挂满了各种颜色的塑料袋，牛羊的粪便也随处可见。大家有打退堂鼓的意思，可见杨老师一路走在前边也不好说什么。

"怎么都不说话了？"杨老师看出了大家的心思，"来，就眼前的景致，大家每人说一句诗，可以是某个大诗人的名句，也可以即景抒怀。常有男你先来。"

"既然是'蒿里行'，便是'白骨露于野，千里无鸡鸣'了。"常有男想了想，有些失望地说。

"不，这叫'忽如一夜春风来，千树万树百花开'。"齐二强也在戏谑。

"攀缘的艰辛往往会带来双倍的快乐。"田田引用薄伽丘的名言为自己正名。

"既然选择了远方，就只顾风雨兼程。"赵淑敏站在了田田这边。

……

简单的游戏总算给单调的跋涉带来一缕生气。同学们就这样行进了半个多小时，终于远远地望见那潭清水和绿地了。顿时，所有的不快和疲劳一下子烟消云散，大家都兴奋地跑起来。先头部队早已经到了，炉灶也搭好了，这里真是一个好地方，有草、有树、有山，还有水，乡下来的同学好像一下子回到了故乡，回到了童年，一个个都成了演讲家，什么树上掏鸟窝水里捉小鱼的调皮事，什么哪种树上会有哪种鸟哪个季节捕什么鱼的学问一股脑地倒了出来，让城里长大的孩子目瞪口呆地羡慕了半天。

离开饭时间尚早，杨老师吩咐大家先各处玩玩，顺便捡些柴火。大家也便各处去了，一会儿有人抱回一抱干沙蒿，有的扯来几根枯树枝；当然也有男生给女生表演爬树，或跑到湖边和她们打水仗。唐小平今天有些不舒服，她和赵淑敏哪也没去，还有几个男同学，一起围着杨老师拉话。

"杨老师，你说咱们学校就一直这么下去吗？"赵淑敏的话把几个同学的目光都聚在杨老师身上，希望他能给他们一个答复。

"这事……怎么说呢？其实我觉得学校这么做挺不应该的。不过我觉得快了。"

"你是说咱们快能上晚自习了？那太好了。"唐小平有些激动。

"学校也总得找个台阶下，可能现在还没找到这个台阶吧。"

"那您有什么办法吗？"

"钱估计还是要交的，只是要另找一个名堂，学校已经吃过一次亏了。"杨老师好像是站在大家这边的，不过看样子他也很无奈。各处的同学见杨老师在这边，也都围了过来。

"杨老师，我有一个办法，你看行不行？"说话的是常有男。

"别卖关子，快说。"田田和他是死对头。

"让田田的家长去学校捐资助学，捐总不能不要吧，然后大家一起都去捐。收了钱，学校总该开课吧。"常有男看了田田一眼，说。

"你怎么总是没一句正经，你见过捐资助学捐三百块钱的吗？要捐让你爸先去。"田田不甘示弱。

"这事我想好了，明天我先来，但你们也别闲着，回去告诉家长有这回事，等我一回来，你们赶快去，杀他个措手不及。"常有男这回可是一副胸有成竹的样子，没再和田田计较。

"你爸也不在这里，你就别吹牛了。"

"明天看我眼色行事。钱不在多，三百就行；话不在多，心诚则灵。"常有男的戏是越演越真了。

"杨老师，你什么时候结婚请我们吃喜糖？"冯宇杰一语既出，常有男的高见马上夭折，大家又有了新的兴趣。

"我早就结婚了，教育事业就是我的伴侣。"杨老师很幽默。

"杨老师，你明年会离开我们吗？"

"说实话，我们大家都舍不得你走，可是我们也不忍心你丢下嫂子，不能让嫂子也来咱们学校教书吗？我们一样会对她好的。"

"不过还是算了，来这里太委屈你们了，你还一天天鼓励我们走出这个穷山窝呢。你就放心地去吧，我们会好好学的，到时候我们到省城找你。"

大家七嘴八舌地说。

"让时间回答你们吧。"杨老师叹了口气。

"11 点了，我们该做饭了！"冯宇杰打破了尴尬的气氛，同学们明白他的意思。马上各司其职，点火的点火，洗菜的洗菜。今天的饭其实很简单，除了男生的水果蔬菜，女生的锅巴薯片，主食只有手打面，豆瓣酱加黄瓜小葱做卤子。

第一锅打面很快就出锅了，齐二强赶快拌了一碗给杨老师，冯宇杰也拌了一碗给田田，田田不要，他又给常有男，"好好吃，吃了明天给我们办大事。"常有男觉得受之无愧也没谦让，马上狼吞虎咽起来，没吃两口，碗里吃出一条半寸多长的绿毛虫，常有男叫苦连天，"冯宇杰和田田公然勾结，一起对付我。"大家除了笑，并没有人同情他。

"沙尘暴！"不知道谁突然喊了一句，刚才的笑容还没来得及褪下人群就骚动起来。

"看那边，一座云山，肯定还会有雨。"许佳伟的话更增加了大家的紧张。

"周围有人家吗？"杨老师问。

"没有。"

"快撤！还是按照来时的阵容。"杨老师说完多数同学都开始沿着来时的小路往回跑，班委会的几个男生跟杨老师慌忙倒掉锅里半生不熟的面，也急着装车回家。大家的努力还是慢了点，硕大的雨点已经裹着尘土打在他们的脸上，来时的单衣一会儿就湿透了，冷风飕飕地吹着。人们已经什么也顾不得了，各自一路逃窜。

唐小平和赵淑敏跟大家一路跑着，不知道什么时候突然停了下来。许佳伟是听到喊声才注意到她们的。

"小平可能感冒了，她不能走，我们背她吧。"赵淑敏说。

"背？"许佳伟有些为难。

"怎么？"赵淑敏不知有什么不妥。

"用车推着我！"唐小平紧锁着眉头，低声说道。

"我去找车！"

衣服早已湿透了，许佳伟和赵淑敏推着唐小平深一脚浅一脚地行走在蒿草中。茫茫旷野中，只有雨声在耳边回响。

"去哪家医院？"走了一个多小时，三个人终于拐上了校园门前的柏油路。这时雨已经停了，东面的天空上还挂起了一道彩虹。许佳伟见唐小平面色惨白直冒虚汗，问赵淑敏。

"就去百草堂吧，这家门诊就近也便宜。"

"大家先回去换件衣服，一会儿还是你和我去。"

在往百草堂走的时候，赵淑敏单骑，许佳伟带着唐小平。路上积了很多水，坑坑洼洼，三个人骑得很慢。雨过初晴的早春一阵凉风吹过，让人不由自主地打起冷颤。唐小平双手抓着许佳伟，也许是实在支撑不住了，把头轻轻伏在他背上。许佳伟觉得一阵温暖，心又怦怦地跳开了，扶着车把的手也摇摆起来。

到了，这家店很大，一进门就见满墙壁挂着些锦旗和牌匾，什么"妙手回春""华佗再世""救死扶伤"……然后是高高的柜台，朱红的算盘。总之，一切都是旧时的格局，以示这是国粹。

许佳伟找了好一会儿，才在那架算盘下边看到一颗光秃秃的脑袋，光头四周隐约植被着几株苍白的头发，叫了一声，又从那儿缓缓地升起一双深陷的眼睛，接着是一副架在鼻尖上的老花镜。这情形叫许佳伟想起常有男的描述：中间溜冰场，四面铁丝网。不过他没有笑，马上恢复了从唐小平身上分担过来的那一丝痛楚，凑上去答话。

"看病？"眼镜下边发问。

"是的，她好像感冒了，您给看看吧。"许佳伟说着指了指唐小平。

老华佗走了出来，看见唐小平一脸虚汗，也没用温度计，而是把脉。这医术给了唐小平和她的同伴一种安全感，看来没走错地方。

"受风寒了，是今天遭雨了吧？感冒很重，吃两服药恐怕不能马上见效，输点液吧。很快就好！"老华佗看着许佳伟说，许佳伟又看看赵淑敏：

"怎么快就怎么来吧，明天还有课。"

为唐小平挂吊瓶的是一个小后生，看样子是老华佗的徒弟或儿子。他的手法很熟练，透明的液体很快就从塑料管里流入唐小平的身体。唐小平好像睡着了，赵淑敏偎在她身边用手护着扎针的胳膊，许佳伟也找了个凳子坐下来，看着液体一滴一滴往下掉，他感觉流入自己身体的是漫长的寂静，而背上似乎还热乎乎地躺着一个人。关于他的同桌的所有一切又在瞬间充斥了他的头脑，当然还有宿舍男生的龇牙咧嘴。

眼看就9点了，第三瓶液体才输了一半。许佳伟早坐不住了，可为了安慰两位女生，他还是装出男子汉的样子，"没事，回去和门房老高说一声就行，这几天还不知道查不查。"回去的时候已经10点多了，唐小平身上的汗还没晾尽，可三个人都不敢再等了，许佳伟将外衣罩在唐小平头上，一路向黑暗里颠去。

大门果然已经锁了，宿舍也已熄了灯。许佳伟正要叫门，一束强烈的手电光从远处射过来，刺得他睁不开眼睛。他知道是校警，便立在那里等待讯问。

"干什么去了？"强光后面果然是怀疑的口气。

"刘老师，我们班这个同学病了，我们陪她去输液，回来迟了。"

"病了？病了不能去校医室吗？"刘校警发问的时候没忘记在三个人的脸上扫视一周。

"校医室……"许佳伟想说校医室看不了病，觉得不妥，便把半句话卡在喉咙上。刘校警不知是从唐小平的脸上看出她是真病了，还是看他们是三个人不该有什么问题，便为他们开了门。许佳伟正要称谢，刘校警又问：

"哪个班的？"

"高一（1）班。"

"叫什么名字？"

"许佳伟。"

"赵淑敏、唐小平。"

"好了，回去吧。轻一点，不要打扰别的同学。"校警记下了他们的名字，抬起头对他们说。

三个人松了一口气，许佳伟没送唐小平回宿舍，只目送赵淑敏驮着唐小平消失在夜色中。

"衣服！"突然传来赵淑敏的声音。

"穿着吧，明天再说！"

男生宿舍的卧谈会议还没有结束，床头上迫于刘校警的"追捕"而熄灭的蜡烛又重新点上了，火苗调皮地一跳一跳，像在故意做鬼脸。看见许佳伟回来，大家都来了精神，本来已经卷了被子朝向内侧的脸庞也都回转过来。

"大英雄，怎么样？"常有男抢先出击。

"什么怎么样？"许佳伟很不自然。

"别装了，英雄救美谁不知道。"冯宇杰的直率逗得大家直笑。

"好了。"许佳伟意识到"坦白从宽，抗拒从严"一语的分量，想今日不能善罢甘休，乖乖地说了一句，想乘机睡去。

"很体贴，很模范嘛！"

"哇，外衣也不见了！"

"贤妻良母！贤夫良父！"

所有人都成了冯宇杰的同盟军，一句句笑话就像利箭般射入许佳伟心里，当这些又表现在他脸上的时候已经不可收拾了，"够了够了！"许佳伟大声喝道。

"别那么小气嘛，都什么年代了，还这么封建？快告诉弟兄们，几时请客？"冯宇杰还是开玩笑的口气。

"没那回事！"许佳伟语气舒缓了一些，希望大家到此为止。可冯宇杰见他软了下来，紧跟着又是一句：

"没哪回事？整天都如胶似漆形影不离还说没那回事，连傻子都知道是怎么回事。"

"怎么回事？"

"男女之事呗。"冯宇杰笑着说。大家正要笑，只见许佳伟站了起来，脸色十分难看，指着冯宇杰大声嚷道：

"我再说一遍，我们只是一般朋友，你不要太过分了！"

"怎么？和你开个玩笑也不行吗？"冯宇杰也生气了。

"不行！"许佳伟已经恼羞成怒了。

"你以后别和老子开玩笑！"

"你骂谁？"

"骂你，怎么样？"冯宇杰的一句话把俩人的关系推向了战争的边缘，大家见形势不对，赶紧出来调停，有的拉冯宇杰，有的劝许佳伟，可惜这些努力就像安理会的决议，在大国面前是没有威慑力的。这时候只听常有男从中夹进来一声悠长的叫卖："卖菜刀了——菜刀，五块钱一把，便宜了——"大家都笑起来，冯宇杰和许佳伟也跟着迟疑了一下。

这时，一道强烈的手电光从外面射进来，冲淡了昏暗的烛光。大家见校警又回来了，慌忙吹灭蜡烛，迅速钻进被窝。常有男收回刚才的叫卖声，换上粗重的鼾声，人们想笑又不敢出声，只见一个个被窝在强光里微微地颤抖。许佳伟由于刚才的严肃不好一下子也跟着乱窜，慢慢地躺下来。强光停留了几分钟，没说话就走了。

晚上的事就这么结束了，大家知道彼此都没睡，可谁也没再出声。许佳伟的头脑里就像泛滥了洪水，大家还是把他和唐小平定位成男女关系了。冯宇杰，你为什么就要和我过不去呢？他似乎又联想到刚来时被大家孤立的情形，原来这一切都是假的，假的！

过了很长时间，许佳伟又想到了唐小平，从去年的入学教育大会中晕倒，到田田生日时来叫他，再到今年哭着要辍学回家，再到他苦心孤诣地说服她补习。当然还有无法泯灭的她的发香，她留在他背上的心跳。难道？难道真是……许佳伟不敢让自己往下想。可是他确实清晰地感觉出自己已经离不开她了。只有和她在一起他才感到充实，他最幸福的时候就是手把手地教她做物理题。真不知道明天会是什么样子，唐小平知道了这些，会从此离他而去吗？

校警早已经走了，舍友们也都进入了梦乡，上铺报时闹钟的嘀答声清晰地钻进耳朵。许佳伟越发睡不着了，想着晚上的事，他有些后悔了。自己也确实太小气了，冯宇杰不也和田田搞得火热吗？还有常有男和他的初中同学，李耀丹和那个高二男生。又有谁取笑他们？别人的爱都敢大声说出来，自己怎么就不敢承认呢？明明开始时也不想这样，可后来不知怎的就和冯宇杰吵上了。许佳伟无法解释这一切，又把罪过都揽在了自己身上。

第十一章　同　桌

7月13日

一年就这么过去了，我究竟做了些什么，是学习吗？是人际关系吗？还是业余爱好？这样的日子究竟要熬到什么时候？当初是那样来到古阳中学，因此和大家格格不入，后来一路磕磕碰碰，摸爬滚打，终于走到了今天。说实话，努力也有，混日子也有，还走了不少弯路。我知道自己什么也不是，一切都要靠自己一步一个脚印地重新去争取。

今天学校要恢复早晚自习了！

昨天被暴雨赶了回来，大家再出来的时候教学楼上已经挂起了一条长长的红色条幅，上面用白字写着：常有男家长向我校捐资助学300元。学校终于迎来了补课事件以来的又一次家长高峰。

许佳伟不知怎的竟睡过了头，一骨碌爬起来擦了把脸跑到教室时已经快打铃了，门口站着一群人，教室里正在值日，满屋子灰尘。这怎么行，今天可是学校恢复早晚自习的头一天，政教处要检查的。许佳伟跑进教室，愤愤地冲值日生说：

"不是说每天下晚自习值日吗？怎么又弄到了早上？这么一屋子灰尘让大家怎么学习？"

"说得倒轻巧，别说下自习，就是熄灯了也还有人在看书，叫我们怎么值？我们总不能等到半夜吧？"值日生毫不示弱。

"叫晚上值就晚上值，谁不走是他们的事，又有谁能说你们？"许佳伟已经拿了笤帚加入他们中间，这一问差点让他理屈词穷。还好，上课铃声响时总算扫完了，大家看见杨老师过来都进了教室，只是尘埃还没有落定，大家又要当一回吸尘器了。

"许佳伟，你过来一下。"杨老师叫他。

"刚才怎么回事？"

"值日生值日晚了，大家都不高兴，现在没事了。"

"快考试了，千万要处理好这些事情，别让它影响大家学习。我都靠你了！"

"我会的！"许佳伟重重地点了点头。

"这是咱们班的地理会考报名表，具体填法和每位同学的准考证号都在这里，你组织大家填一下，课间操送过来。"杨老师边说边给他指导。

杨老师没有进教室，许佳伟拿着表一栏一栏给大家解释："姓名性别不用说，民族，汉族01，蒙古族02，注意填上代码。"下面的同学交头接耳地叫嚷着，许佳伟不断地加大嗓门。

"朝鲜族的代码是多少？"是常有男的声音。

许佳伟愣了一下，没想到自己身边还有这么一个少数民族兄弟，正要帮他查找，才想起常有男明明是汉族，前天宿舍里还一起讨论过这事，他意识到自己上当了，便厉声道："别起哄！"

"没起哄，肖静是朝鲜族。"田田替常有男回答，满教室同学跟着笑起来。肖静就是常有男的那个初中同学，现在该叫恋人吧。一说恋人，许佳伟又想到男女关系，很是反感："我下去帮你查查，先空着吧！"

"家庭出身呢？"

"报名地点呢？"

下面又吵开了，许佳伟最讨厌那些假装刻苦的同学，刚才给他们讲他们抱着一道题不放，现在讲完了又回过头问个没完。

下自习课了，第一节课也快上了，一张表还没填完。早就等在门口的数

在他们这样的年龄，每个人都有一本自己的密码日记。他们喜欢把它装饰得精致漂亮，然后小心翼翼地锁进抽屉。时而拿出来，把自己的心思、秘密和不愿向别人诉说的喜怒哀乐统统装进去。日记是他们倾诉的对象，也是他们心灵的寄托。

《经典题库》走进来，同学们急忙收起手中的东西开始上课。

上完了，现在老师就通过做题给大家进行强化。昨天布置得

起大合唱：

D、B、A、D、C……"

" ……

师继续往下对答案。

" 许佳伟语出惊人，"题干有歧义：'前 n 项和 Sn 成等比数

是名词也可以是连词，如果是名词，意思就是：前 n 项的和

再说具体点，就是前 1 项的和 S_1、前 2 项的和 S_2、前 3 项的

和 Sn，S_1、S_2、S_3……Sn 成等比数列；连词的理解是：前 n

列，第 1 项 a_1、第 2 项 a_2、第 3 项 a_3……第 n 项 a_n、前 n 项

a_3……a_n、Sn 成等比数列，对'和'字的理解不同答案自然

教室里顿时鸦雀无声，同学们都按他的思路重新咀嚼起题

不明白他说的什么名词连词，也在那里皱眉头。

师也一起来研究研究这道跨学科的难题吧！"常有男见许佳

宏论，甚似有理，心里早痒痒了，无奈自己才疏学浅，无

大家也都沉默无语，很是平衡，急忙凑了一句。没有人欣赏

男讨了个没趣，便也不再言语，继续低下头研究他的"九阴

在搞不通什么问题和主义，便弃明投暗了，课堂上老师再喋

用这分身术为自己解脱。当然这种做法并不是名正言顺的，

搞，不过这也增加了"偷尝禁果"的快感，所谓"大隧之中，

其乐也融融"。青春的人是有同感的，或者说"以逸代劳"的习气是可以传染的。一些同样研究不透问题和主义的同学对常有男的发明嫉妒不已，又不能做到望梅止渴，也就只好跟着饮鸩。这样，"敌后根据地"便扩大到今天的规模。

过了一会儿，齐二强拿着一大页稿纸站起来："经论证，连词的说法行不通，应该是……"他说得很离奇，大家好像都听不懂，只是结果和答案一模一样，人们才又骚动起来：

"慢点慢点……"

"让我抄抄！"

"我说就是做作嘛，数学里面怎么会跑出修改病句！"常有男终于最大限度找回了平衡，原来大家也都不会，幸灾乐祸的样子就像那道题是自己做出来的。

许佳伟正在苦思冥想，突然听到常有男的评判，心里又羞又恼，跟着脑门就冒汗了：别人都能做出来，我怎么看也看不懂呢？还说数学是强项……

"齐二强说得不错。这道题比较偏，能看懂就看看，听不懂就算了。"

老师没有再仔细讲解，大家都猜是不是他也不会。

后半节课许佳伟再也无法把精力集中回来。现在已经是第十八周，再过三个星期就要期末考试，还有地理会考。分科的事还没有音信，可一旦分，这次的成绩肯定就是依据。这段时间不知怎么了，虽然自己从未像学校一样松散，每天的时间都排得满满当当，也确实忙得够呛；虽然有时也会因解出一道难题而兴奋不已，为知识体系的缜密逻辑感叹折服。可一闲下来就会有一种莫名的恐惧，这学期学校里发生了很多事情，功课也落下不少。英语和数学越来越难，常常课本上稍微难一点的习题就做不出来，更要命的是他觉得自己没有初中时那种学习劲头了，日复一日的空虚不断地袭击着他，他不知道这些是不是因为唐小平。

自从那天以后，那种说不清的感情就萦绕在心中，怎么赶都赶不走。他不能控制自己不去想她，远远地看见她就不由自主地想凑上前去。他想和她在一起，逛街、散步、吃饭、打球，他又不愿意承认这是事实，他知道早恋是害人的东西，更清楚自己现在该干什么，同学们对这种事会有怎样的反应。可所有担心的事情还是不出意外地发生了。

又一天过去了。吃过晚饭，该是许佳伟给唐小平补习物理的时候了，可因为昨天的事他一整天没和她搭一句话，他不想再有什么桃色事件供大家咀嚼。一个人拿了本英语书向校园外面去了，就是昨天他驮唐小平回来时的那片荒地。快要上晚自习了，许佳伟还是没有半点看书的心思，正要回去，身后突然跳出一个人来，正是唐小平。

"嗨！"她要吓他一跳。

"怎么是你？——你来干什么？"许佳伟的脚尖下意识地向上弹了一下，口气里有些埋怨的意思。

"怎么就准你来，我就不能来吗？"唐小平并不介意。

许佳伟不说话了，想往回走，被唐小平跳到面前拦住了："怎么不说话？嫌我昨天没向你道谢吗？"

"算了！"

"还是因为昨天晚上的事？"唐小平见许佳伟没有开玩笑的意思，也严肃起来。

"什么昨天晚上的事？"

"人正不怕影子歪。你忘了但丁的话了？让别人去说吧，我走我的路。"

"哼，我不能让那些长舌妇们得逞！"

"别犯傻了，为什么用别人的错误来惩罚自己呢？再说他们也未必是有意的。像长二，谁不知道他生性调皮。冯宇杰不是那种小肚鸡肠的人，去和他解释一下，一个班一个宿舍，怎么能老是不说话闹别扭呢？"

"我知道是我小肚鸡肠。"

"我不是这个意思！算了，你还是在怪我，让我去说好了。"唐小平转身要走。

"等一下，我自己去！"

"大丈夫能屈能伸，这样做并不会降低你的身份，反而可以显示你的度量。"唐小平见自己的话终于起了效果，继续趁热打铁。许佳伟的情绪也平静了许多，不再那么执拗了。

"我知道你心里有事，说说吧。"唐小平说。

"没有。"

"你信不过我吗？"

"其实只是班里的一些事，让我自己处理好了。"

"你在说谎。"

"我……没有。"

"那你多注意点。班里的事也别干了，那么卖力又图什么呢？把精力都放在学习上。我们还和以前一样，犬吠，驼队继续向前。"

"谢谢你，同桌！"许佳伟听完唐小平的话，她在他眼前突然恢复了先前的样子，恢复了那个让他心跳的唐小平。一种不知从哪里来的亲切顿时涌上心头，这亲切又马上转变为好感，转变为信任和依赖，他迫不及待地想向她倾诉所有的一切，他的喜怒哀乐，他的成败得失和他对她的好感。可他不知道如何表达自己的情感，便说了句"谢谢"。"谢谢"是一句好话，也是一句坏话，用对场合它可以显示你的礼貌、涵养，用错了却只能拉开人与人之间的距离，所谓见"外"了——和外人才这么说的。

"谢我？"唐小平突然拉下了脸，"你一直把我当外人当可怜虫，是不是？你对我所做的一切完全是出于怜悯……"

"不，不，你说哪儿去了？"许佳伟当然还不知道自己错在哪里，可看见唐小平的样子他就手足无措了，他向来见不得哭闹的场面。小时候家里父母争吵，姐姐和弟弟都出来拉架，只有他躲在角落里打哆嗦，或者偷偷抹眼泪。和弟弟玩的时候也是一样，明明是自己有理，可只要弟弟一哭他就束手无策，因为这个弟弟没少占他便宜。

"我问你，你为什么给我交学费？为什么给我补课？你回答我！"

"我，我……"

"我家里是穷，我学习是差，可是我不需要怜悯！"唐小平喊道。

"不是！不是！你不要胡思乱想……"许佳伟更加语塞了。唐小平似乎从他的窘状中看出了什么，语气渐渐平和下来。

"我还有两个弟弟，一个上初二，一个上五年级。在我们这种地方，一家人供三个学生，困难你是可以想象的。而且人们又都重男轻女，我考高中的时候，村里的风言风语就来了，说什么女孩子总是别人家的人，供也是给别人供之类的话。于是我就在父亲面前发誓：如果我能考上，家里就供我，如果考不上，就在家里帮他们干活，供弟弟们上学。我拼命地学，也考上了，接到通知书的时候，我看不出父亲的脸上是高兴还是忧虑。

"来到这里，我总是把自己的时间排得满满的，最大限度地把自己置于学习之中。大家都觉得我不合群，可我自己非常清楚：只有这样，我才有可能考得更好，有可能继续我的学业，从而改变自己的命运。"唐小平说着说着哽咽起来，脸色十分难看。

"太不公平了！太不公平了！"许佳伟不断地重复道，拳头捏得咯咯响。

"可不知道为什么，越是这样我的脑子里就越乱，学进去的东西就越搞不明白。去年期末考试的时候我就有一种不祥的预感，可我不敢和家里人说。假期除了给两个弟弟补课，其余的时间我全把自己埋在了书堆中。开学以后，悲剧还是无情地降临了。"唐小平的嘴唇在剧烈地颤抖，眼泪也大颗大颗掉了下来。

"别说了，别说了。"许佳伟干巴巴的语言算是安慰。

"我必须辍学，这是我对父亲的誓言。一个人大哭了一场，我决定就此结束自己的学习生涯，也许这就是我的命。我去找行李，大家都使劲留我……真的，我当时感到了从未有过的温暖，可是我没有资格享受这一切，我也无法再向父亲要 500 块培训费……

"后来你和田田她们凑了钱，偷偷地替我交了培训费，还编谎话说是学校弄错了。你和淑敏换了座位，我们成为同桌，你给我补功课，安慰我，你帮我渡过了那段最灰暗的日子。对于这一切，我什么也没有说。我能说什么呢？除了捡饮料瓶充班费卖钱还你们，我只能让自己好好学，将来有一天能加倍报答你们，报答你。你为我做的一切，我一直都很感激，我真的已经把它当成最最宝贵的东西接受下来。

"我知道自己没有任何一点值得你这样为我做，可我还是很努力地告诉自己，这些都是老天对我的眷顾，你并不是在怜悯我，昨天你冒着雨推我回来，驮我去看病，更让我坚定了自己的感觉。是我自己太自作多情了，我的奢望原来如此不堪一击，大家随意的一句玩笑话还是让我失去了所有的一切。"

"够了！够了！"许佳伟再也听不下去了，"我不知道怎么和你说，反正我是心甘情愿的。"唐小平不再说话了，两个人就这么站着，太阳刚落下去，映红了西边的一大片云彩。

"别想那么多了，把精力放在学习上，到时候成功了看他们还会说什么。"

"你是说我的家人吗？其实他们并没有错，哪个父母不希望自己的儿女成龙成凤呢？而且，即使他们真的这么想也不能怪他们，我们无法要求他们超越小农意识和可怕的舆论。"

"因此，我们才更应该努力学习，要消除这落后的一切，学习是唯一的希望。"

"希望，希望……"唐小平喃喃地重复道。

许佳伟是在宿舍里找到冯宇杰的。这些天学校不要求上晚自习，教室里从来看不到他的影子。先前老往外面跑，这两天又捧了常有男的小说在宿舍里看，也许是太投入了，许佳伟进来的时候根本没引起他的注意。许佳伟往前挪了挪，准备搭话，可见他视而不见的样子，内心哼了一声，也向自己的床铺拐了过去。许佳伟随手拿起一本《地理会考全真模拟试卷》，可一个字也看不进去，冯宇杰的姿态倒是明显浮现在眼前。许佳伟干脆背过身去，这回他看到了自己的硬皮笔记本。不知道从什么时候开始，他的日记成了周记，又成了旬记、月记，只有前段时间迫于老师检查写了几十页，不过现在翻出来，那哪叫什么日记，简直是无病呻吟，幼稚得可笑，也很无聊。合上日记的时候他突然发现后边也好像有字，便又重新翻开了。荣誉栏：运动会5000米第一，4×300接力赛第一，优秀运动员，全县中小学生演讲比赛二等奖，期末考试全校第一全市前二十——几行字孤零零地躺在那里，好像在召唤着什么。

哦，都是去年的事了，这学期都干了什么？许佳伟陷入一种深深的失落当中。

"佳伟，什么时候进来的？"一个声音好像从遥远的天际传来，许佳伟急忙回过头。

"噢，大个，刚才进来，看你看得那么投入就没打扰你。"

"今天怎么还不去给唐小平补课？"冯宇杰笑着说。

"噢，我是专门来向你道歉的。"许佳伟没有细想冯宇杰话中的意思。

"道歉，我们还玩小孩子那一套吗？"

"不，昨天晚上我实在不应该那样，希望你原谅。"

"哈哈……"冯宇杰笑了，"梁山好汉不打不相识，这算什么，我原也没往心里去。咱们还是好兄弟，到时候别忘请弟兄我喝喜酒就行了！"

冯宇杰说完又狡黠地一笑便出去了。许佳伟的笑容残留在脸上，面对着墙壁，他似乎完成了一次心胸的飞跃，可强装的大度毕竟还是小肚鸡肠，而且这大度也意味着失败和默认。

时间又被淹没在寂寞的大海中，悄无声息。常有男偶尔一次的喧闹就像小鱼翻起的水花，在大海的表面转瞬即逝，而大海深处，永远都是那么静谧，那么幽暗。学生们就像一只只水母、海龟，甚至是珊瑚和海藻，在这静谧和幽暗中延续着自己的生活，不，是生命。

许佳伟的绯闻事件大家很快失去了兴趣。转眼到了会考前夜，学校为放松考生心理，意外地安排了一场电影。

晚上，很好的月色，轻风吹着树叶沙沙作响，给6月里燥热了一天的人们送来一阵阵凉爽。许佳伟和常有男从宿舍出来的时候，电影还没开始，那片沙地上早已黑压压地围了一大群人，吵闹声满校园都听得见。他们俩费了很大周折才在后面和邻班的同学挤了张桌子站上去。

许佳伟向四周扫了一圈，这个临时的露天剧院还挺像回事：最里面几圈人在地上坐着，紧挨着的几圈骑着凳子，再后边依次是坐着凳子的，地上站着的，凳子上站着的和桌子上站着的，呈阶梯状。当然最外边还有一群人挤不进来，踮起脚尖伸长脖子都无济于事，也找不到一个比桌子更高的东西来增加海拔，只好焦急地绕着人墙跑。

许佳伟看着众人的神态发笑，庆幸自己来得不算太晚。忽然隐约有声音在叫他，可在这样嘈杂的人群中根本没法判断声源的位置，许佳伟又扫视了一圈也没发现可疑目标，只当有人在搞鬼，想趁机夺取他的宝座，便又回头看银幕。那声音又来了，比刚才响亮了一些。许佳伟终于发现是赵淑敏，不过他看不清她的表情，以为她也要走走后门，好找一个地方，便慷慨地招了招手，然后指指脚下。赵淑敏一个劲地摆手，又示意他下来。许佳伟不知道她葫芦里卖的什么药，指指自己的鼻尖，确认她是在叫自己，只得依依不舍地跳下来。

"什么事神秘兮兮的？"许佳伟的语气中满带着惋惜和埋怨，说着还不由得回头看了一眼，自己的位置早被别人占领了。

"小平的准考证找不见了。正一个人着急呢。你快去看看吧！"赵淑敏也掩饰不住急躁。

"什么?"许佳伟愣了一下,"什么时候丢的?"

"不知道,去了再说吧!"

门敞开着,屋子里一片狼藉:地下乱七八糟地摆满了鞋子、脸盆和箱子,一进门的床铺上散开的被子和衣服书本堆放在一起,宿舍就好像被人抄过一样。许佳伟进来了才发现赵淑敏不知道什么时候消失了踪影。

"丢哪了?"许佳伟见唐小平呆坐在床上,面无表情,问了一句一说出来就后悔了的话。

唐小平没有理他,两个人的屋子静得可怕。许佳伟不知道如何打破这样的局面——严格地说并不是一点也不知道,至少用一句语气柔和的话,或者来一句幽默,应该可以取得些效果。但不知是环境的压抑,还是这太像演戏,他说不出来。就这样过了很长时间,唐小平眼里的泪水像断了线的珠子一颗颗掉下来,许佳伟才终于机械地挤出一句话来:"别哭了,别哭了!"

也许是唐小平嫌这安慰来得太迟了,也许是嫌它太肤浅,索性趴在那堆被卷上呜呜咽咽地哭起来。

"你这么哭能解决什么问题?好好想想什么时候丢的,丢在什么地方了?"许佳伟的声音里也带进了一丝颤抖。

"为什么我的命总是这样,为什么一到关键时候就会有事?"唐小平哭了半天,坐起来了,一点点收敛了泪水,又开始严肃认真地埋怨命运,也好像是郑重其事地考验这位同桌安慰人的本领。

唐小平的话许佳伟没有立刻回答,她的悲观反使他想到了自己:命!命!难道我的命比你好吗?不过这个念头马上就消失了——他意识到自己此时是在安慰别人而不是去抱怨:"哪有什么命不命的,我们还是想想其他办法吧!"

"想什么,大不了不考,反正这书也不知道能念到什么时候……"

"别那么想……"

"况且就算这次想出办法,谁知道下一次又会遇到什么麻烦。老天爷诚心捉弄我,我能怎样?"唐小平今天可谓消极到了极点。

"同桌,你怎么越说越离谱了,平日里开朗活泼,善解……善良可爱的你哪去了？"许佳伟的心里话说得很僵硬，连自己也觉得别扭。

"开朗活泼，善良可爱……"唐小平呢喃道。

"走，咱们到校长那里问问，或许有办法的。"许佳伟终于想出了办法，抓了块毛巾给唐小平递了过去。唐小平将信将疑地接过毛巾，处理了一下脸上的狼藉，和许佳伟一起走出宿舍。

那群人还在伸长脖子长颈鹿似的看电影，时不时从里至外传出一阵笑声，以表达他们的感受和电影的功用。他们今天的运气很好，校长室的灯还亮着，许佳伟敲了敲门，杨老师也在里面，他们好像在说什么让学生出成绩的事。

"许佳伟吧，有什么事儿吗？"校长还能认识他。许佳伟也顾不上受宠若惊，开门见山地说明了情况。

"没事，明天到考办找我，别影响考试情绪。"校长对他们的事很关心，说完还加了这么一句很人道主义的话，叫人好是感激，不过他们的感激早被兴奋盖过了，连个谢字也没说就退出来了。

"我说没事没事，你们女生就爱哭。"许佳伟也没想到事情这么简单就处理了，但见满天乌云散尽，本来面目又暴露了。唐小平也觉得在同桌面前白流了一大堆眼泪有些不好意思，不禁红着脸嗫嚅道："早知你的话好使，我就……"

"你就不哭了？"

"去你的——去操场走走吧！"唐小平见电影也看不成了，这样建议。许佳伟点了点头。

"近来发生了那么多事，多亏有你的帮助，我真得好好谢谢你。"唐小平平静地迈着步子。

"看看，你又来了，我们是互助互……"

"怎么不往下说了？"

"我不知道怎么说，总之还是那句话：为你做多少，做什么我都心甘情愿。"

"认识你真好！"唐小平的一句话让许佳伟心里过电似的麻了一下。他不由自主地抬起头，唐小平也正看着他，目光突然相撞，里面似乎包含了很多很多。许佳伟有些冲动，他觉得这很像小说中的某种情节，他不知道是不是应该及时地来一个动作或一句言语，至少一个暗示也行。可惜他的冲动还不够充分，如此犹豫几次，当他再郑重其事地抬起头时唐小平已经走在了前面，就像刚才什么也没有发生过，许佳伟的勇气一下子全跑光了。

于是两个人就这么踱着，一圈又一圈，谁也没有说话。许佳伟突然想到一件事。那天下午他在校外的空地上看书，远处过来一男一女两个小孩，大概是明天幼儿园的小朋友，女孩边走边问男孩："你知道梁漪帆找谁？"

"找尚小超。"

"才不是呢，梁漪帆找的是王兆捷，齐馨如找的才是尚小超呢。"

现在这小孩子！许佳伟当时笑了一下。

"那你找谁？"男孩问女孩。

"我……妈妈说了，找对象的都是坏孩子，我谁也不找。"

"你找我。"男孩说着凑过去抱着女孩子亲了一下，一阵风似的跑了。

男孩的举动似乎给了许佳伟很大的勇气，什么花开得过早凋零得也会过早，什么若为学业故，爱情皆可抛，全部扯淡！不就是爱一回吗？冯宇杰可以，常有男可以，连三岁的小孩子都可以，为什么偏偏我就不行？懦夫！瞻前顾后！许佳伟的血液又沸腾起来。

突然，主席台后边窸窸窣窣地拥出一对，是冯宇杰和田田。冯宇杰看见他们还吹了声口哨，算是招呼，然后俩人相跟着向宿舍区走去了。许佳伟终于鼓足勇气要来个动作了，就在这时唐小平回过头来：

"电影也散场了，我们回去吧！"她说。

"哦！好吧……"许佳伟支支吾吾地回答。看着她走进三三两两的人群，许佳伟才产生了一种失落：她那长长的沉默不就是暗示吗？不就是等待吗？懦夫！真是懦夫！可惜一切都过去了。不，并没有过去！他看见唐小平的背影还没有消失，便叫出声来："同桌——"

"有什么事吗？"她站住了。

"后天的期末考试——我想替你考理科。我知道你又要多想，可是我们……我已经计划好了，到时候你写我的名字，我写你的，反正咱们的座位是乱排的。"

"二强也这么和我说过。"

"二强？齐二强？"

"我想还是算了吧，如果让学校抓住就麻烦了，再说我也想看看自己的成绩，今年总不该再挨抓了。谢谢你！"唐小平给了许佳伟一个绝美的笑容。

一年的拼搏结束了，一场厮杀也在 7 月的烽烟中成为过去。暑假是期待已久的，可它真的来了，又让人产生了一种失落、一种茫然。坐在回家的班车上，许佳伟思绪万千，本来他想和齐二强一起留在县城打工的，可家里说什么也不让，父亲说砸锅卖铁，供他读书是自己的事，不用儿子费心。一年的经历放电影似的在他脑海里切换：军训、奖学金、考试、唐小平……

班车走着，突然来了个急刹车，许佳伟猛地向前一冲，思路被打断了。

"不要命了？！老不死的！"司机的咒骂把乘客的目光引向车外。是一个拄杖老人横穿马路。后面有个乘客站起来时脑袋和车顶相撞，他顾不得疼痛，稍微猫了猫腰继续向外张望，脑袋上方的眼珠好像眨都没眨一下。那乘客见前边并没有发生什么事，老头拄着拐杖走了，似乎有些失望，这才终于龇牙咧嘴起来，以示刚才的疼痛。

"我要下车！"进村口了，那拄杖老人不是木匠大叔吗？木匠叔其实不老，听说他干活时扭了腰，现在需拄拐杖了。原来是他，许佳伟的大声叫停加重了大叔对司机的愤恨。

眼前的一切既熟悉又陌生。半年了，村里没有发生任何变化，没有人新建屋舍。赵四老汉还没有死，正坐在路边的树荫下抓虱子，他已经糊涂好几年了。只是上次走时光秃秃的树枝和地皮添了些绿色，那条被许佳伟盘了无数遍的小道被雨水冲出好多沟壑，更崎岖不平了。一路上，许佳伟不断地碰到父老乡亲，他十分热情地和他们打招呼，虽然也有将三叔喊成四叔，大婶喊成阿姨，可人们并不介意，见了他同样的稀罕热情。

"大，妈，我回来了！"许佳伟一进院子就嚷起来。

"哥。"

"哟，二伟也回来了。"半年没见了，许佳伟自然十分亲切。

"考完试了？"父亲用这样的关切为他洗尘。

"考完了！"许佳伟笑答。

"成绩怎么样？"

"还没出来。二伟什么时候回来的？"

"估计怎么样？"父亲的追问让许佳伟转移话题的阴谋没能得逞。

"你看你这个人，没出来让娃儿咋估计？"母亲站在了儿子一边。

"你知道什么？自己考咋样自己心里能没个数？"

"估计还不错吧！"许佳伟用了模糊概念。

"啥叫还不错？"父亲穷追不舍，"没在外面胡混吧？"

"没有，你说哪里去了。"许佳伟强装笑脸。

"别说了，快看吃什么饭吧！"母亲又要为儿子解围。

"你做你的！"父亲白了母亲一眼。

"放你们出去，自己怎样自己最清楚，谁也不能照顾你们一辈子。将来的社会要的是真本事，混上群狐朋狗友抽烟喝酒找对象谁也没办法，到时候害的是你们自己，都这么大人了，做什么事自己好好想清楚……

"再说你也不能和二伟比，你是念书人，做什么事都要有念书人的样，乡亲邻里可一直夸你，你可不能让鼻涕哈喇子往眼窝里流……"

听父亲的唠叨好像许佳伟真的犯了什么错误，许佳伟很是反感，但他不能像娇生惯养的小皇帝小公主们噘着嘴说："行了，我知道了，烦死了！"他只好硬着头皮往下听，并时而满脸堆笑战战兢兢地和父亲交接一下眼神，表示自己在很虔诚地听。有时候，他也觉得父亲只是唠叨，话还是对的，于是痛苦、悔恨甚至罪恶便将他牢牢缠住：学校里过分的欢娱、他和唐小平的说不清的关系都成为他大逆不道、愧对良心的罪证来谴责他，他简直想向父亲忏悔了，可看看父亲的眼神和半白的头发，他的勇气又全没了。是不敢吗？也许也是不忍心。

"看把孩子瘦成啥样？"母亲还没去做饭，她终于又找到一个话题，想借老伴的同情心结束今天的训斥。

"念书人多吃点苦有好处！"

"这回弟兄俩都回来了，把那只老公鸡杀了吧！"母亲说。

"杀吧，我去逮！"父亲终于站起来出去了。

"哥，大说这么多你烦不烦？"二伟笑着问。

"烦也得听呀，谁让他是咱大呢！哎，真的，你的事情咋样了？"

"最大的问题还是钱，我这次回来就是看信用社能不能给贷点。"

"大约得多少？"

"三四万吧！"

"这么多？"

"钱赚钱嘛。门面开得大一点，大的客户才能看上，你想想一年承包上这么三五栋楼是多少钱。"

"就因为我，家里也帮不上你。"许佳伟觉得欠了弟弟。

"别傻了，就是你不念书，家里能拿出这么多钱吗？"

"二伟，我和班里同学说好了，假期想去打工挣点钱，大说什么也不同意，你帮我说一声。"

"说什么？你还没挨够训？老实待着看书吧。"

"二伟，你出来一下！"许佳伟还想说什么，外面传来父亲的声音，他也跟了出去。

一顿美食吃过已经一点多了，夏日午后的一点。太阳白花花地挂在天上，云彩好像全被蒸发了，只剩下灰蓝的天。地面上赤脚奔跑的小孩被烫得一蹦一跳，邻家的大狗懒洋洋地躺在树荫下，伸着长长的舌头。许佳伟在炕上热得怎么也睡不着，于是改到树荫下。这里只比炕上多一丝风，风还是热的，便又改在墙荫下，这么折腾了一中午，也没睡着。

母亲已经开始在院子里走动了，父亲粗重的鼾声也停了响，一会儿，他们灌了一大壶水说要下地。

"这么热就去吗？"许佳伟问。

"等凉快了，庄稼也荒了。"

"我和你们一块儿去吧！"

"你会干啥？睡醒了就去看书，考不上有你受苦的日子。"

父母都走了，弟弟中午吃过饭就去了乡里，院子里空荡荡静悄悄的，正是学习的好环境，许佳伟没有再睡。

"学吧！"他看着那个沉甸甸的书箱子，对自己说。

第十二章　意外的结局

妹儿：

　　这回你该高兴吧，你可以如愿了，你赢了。杨德晨无论如何都是一个失败者，要么输鱼，要么输熊掌。选择教育其实并不是为了报恩或了却心愿这么简单。如果做得不好，我的心里不踏实，不知道为什么，在这件事上我允许自己输掉。

　　现在你什么都知道了，我也没有必要和你隐瞒。西部教育远比我想象中的还差得多，许多新东西到了这里就像照相机刚发明时到了土著人的地方，根本不被接受。是的，按照他们现在的情况，他们还远远不需要这些。你可能无法体会陈子昂《登幽州台歌》的无奈，自己明明是对的，却不得不向落后的现实低头。

　　妹儿，我不准备放弃自己的理想，我的意思是即使回了省城，我不想去报社，我还是想教书，哪怕私立学校也行，请你提前帮我留意一下。你需要的只是杨德晨，而不必一定是报社的杨德晨。

　　再见，祝好！

杨德晨
3 月 4 日

　　坐在办公室里，杨德晨使劲吸着烟卷，屋子里早已烟雾重重。他怎么也不会想到是这样一种结局。

120

"小杨，你的教学方法很新颖，课堂气氛也很好。但你知道，我们是二流学校，我们必须让学生出成绩，这是我们生存的根本。很遗憾，你的方法不适合我们学校，看来我们不能继续合作了。听说省日报社需要你，其实这也是个机会，我们不能耽误你……"

余校长的话还清晰地回荡在耳畔，可杨德晨无论如何也想不清楚这是因为什么。难道真的是因为成绩，还是去年集体逃课的事，或者是妹儿的报道，他使劲地在一年来的点点滴滴中搜寻答案，记忆把他吞没了。

那是在去年元旦。星期六学校组织新年联欢会，第二天他们班学生还不尽兴，又去外面疯了一天，上晚自习也没回来。上自习课老师给他打电话说他们班学生在罢课，杨德晨回来时政教处已经在旱冰场找到了学生。校长的脸色很不好看："杨老师，你教育学生要注意方法，逃课是小事，像这样宠着惯着迟早是要出大事的！"确实，他带的这个班给学校出了不少难题，先是迟到、不穿校服、不戴胸卡。下午政教处查常规，全校十几个迟到的他们班就有五个，无校服胸卡的也能占到一半，他们班的同学还喜欢和老师顶嘴，不服管理。

"丁零零……"是校长的电话，叫杨德晨过去。

"余校长你找我？"杨德晨走进校长办公室时有些拘谨，就像念书的时候走进老师的办公室。

"请坐，坐下说话。"

"哦，哦。"杨德晨受宠若惊。

"小杨，听说你的女朋友来了？"

"哦，是的，他们报社采写咱们学校的事，她就跟着过来了。"杨德晨不知道该怎么措辞。

"是这样，"余校长笑了笑，"你女朋友就是咱古中的客人，晚上安排吃点便饭。"

"不用了吧，她……"

"饭也订好了，你就不要推辞了，一起过去。啊？"

"这……那就谢谢余校长了。"

杨德晨早就知道会有这样的事，姝儿也真是的，偏要在这个时候出现，真不知道该怎么办。没想到姝儿很爽快地答应了，"和你们领导一起坐坐不很好吗？我也好看看你混得怎么样？"她说。晚饭照例是在政府宾馆吃的，杨德晨他们过去的时候已经有很多人了，好些都是生面孔。不过王亦然家长和教育局赫局长杨德晨一眼就认出来了，他们在这个饭店吃过饭。

那时王亦然和冯宇杰的打架事件刚处理完。政教处突然通知杨德晨说王亦然家长要叫高一（1）班代课老师吃饭。老师吃家长的请在杨德晨的意识里是大不应该的，教育孩子是老师的天职，他们已经从政府那里领到了报酬。可政教处一再强调盛情而却之为大不敬，还说代课老师都去了，你班主任不去是怎么回事，况且和家长沟通交流也是为了工作嘛。杨德晨这才去了。

那天是星期天，校园里零零散散都是学生。上午十一点多钟，家长派车将他们接到政府宾馆。在座的除了高一（1）班的代课老师还有余校长、政教处刘主任以及教育局一位姓赫的副局长，据家长说是他的老同学，也是亲密战友。

老师们见了两位家长好像都特别熟，一一握手，笑脸相迎。相形之下，杨德晨就木讷多了，亏了有周老师介绍，才没太出丑。他学着大家的样子要和赫局长握手，赫局长只冲他点了点头。

那天的宴会很热闹，大家一直在谈笑，喝了很多酒。不过家长并没有和老师们谈论如何栽培王亦然，老师们也好像忘记了他是王亦然的家长，只叫他"王局长"。杨德晨很郁闷，整个席间根本没有他插嘴的份，王局长端过来的酒他推辞了三四回，还是在周老师给他使了两次眼色后无奈地喝下了。来古阳县之前他根本没喝过白酒，因此这一杯下肚就像一条火蛇穿透了他的心，辣得他顿时直掉眼泪。那天回家不知道是喝多了还是什么别的缘故，杨德晨竟痛痛快快地哭了一场。

"王局长。"杨德晨和他打招呼的时候不知道为什么用了这个称呼。

"噢，是杨老师。"

"王……王亦然这学期怎么没来？"

"我们那个不争气的东西，给杨老师添了不少麻烦，别提了。今年开学说什么也不肯念了，我给他找了关系，到部队当兵了，看在部队里能不能学乖一点。"

"他去年的进步其实挺大的……"

正说着，余校长和一位大腹便便的中年男人走了进来，大家都起来让座，坐定了，人就算全了，菜也开始一道一道往上摆。

"我先来介绍一下，"余校长说着站了起来，"女士优先，这位是我们省报的记者，姝……"

"我的名字不太好记，叫雪姝禅。"女记者说着站了起来，向大家点了点头。

"对，雪姝婵，这位是她的男朋友，我们学校的骨干教师杨德晨。"余校长今天一点没有平时的严肃，他的介绍也极有层次，"这位是我们古阳县王县长，主管科教文卫；这两位是工商局王局长、教育局赫局长；这边都是我们学校的老师，政教处刘主任、周老师、刘老师。王县长是我们的领航人、我们的舵手，王局长我们是老同学，也经常关照古中，剩下大家都是搞教育的，都不是外人，今天我们的主题只有一个，就是招呼好我们这位雪记者。来，雪记者，我先敬你一杯。"校长说着端起了酒杯。

"余校长，她……"杨德晨刚要说什么，被女朋友抢在了前头。

"不，不，要先从王县长和赫局长、王局长这边来。"几个人互相谦让了一番，酒杯还是回到了女记者这边。

"既然这样，我就恭敬不如从命了，我首先要谢谢余校长今天的款待，也谢谢您平时对德晨的关照。我不会喝酒，就以茶代酒吧，心意我领了。"

"不行，不行，怎么能第一杯就这样呢？"说话的是赫局长。

"她真的喝不了酒，对酒精过敏。"杨德晨赶快站起来说。

"喝不了就不勉强了，抿一抿，多少是个意思。"余校长看看王县长，说。

接下来大家轮流提议，一箱酒很快下去三瓶，该赫局长了。

"我提议之前先说几句，我们古中最近因为收费的事出了点问题，这种事其实也不算什么，在别的地方也经常发生，我们让抓典型了。余校长今天请大家过来，我们也该帮帮他的忙，群策群力，把这档子事解决了，毕竟我们还要开展正常教学。尤其是这位雪记者，你们的宣传报道可能会直接影响到上面对我们的处理，希望能笔下留情。"

"这个，可是我不是这次采访的负责人，你们该找我们的领导，再说，稿子上午已经发回社里了。"女记者一语既出，先前热闹的气氛一扫而光，每个人的脸色都阴了下来，还是王县长打破了僵局："来来来，不谈这些，吃饭吃饭，余校长不是说好了吗，我们今天的主题只有一个，就是招呼好雪记者。"

不管怎么说，那天的宴会是不欢而散的。迈出饭店门，杨德晨就和妹儿吵开了：

"你说你这个时候来干什么？"

"这同样也是我的工作呀。"

"什么工作？你明明是自己申请过来的。"

"人家过来看看你也不行吗？"

"看！看！我看你是存心要我难堪，要拆我的台！"杨德晨的情绪很不好，嗓门也很高。

想了半天，杨德晨似乎想明白了，可还是无法接受这样的事实。这时候，刘老师进来了。

"什么时候走？"

"等学生都走完了，你都知道了？"

"这是好事呀，你可以和妹儿在一起了。"

"我的班谁来带？"

"那得看学校的意思，拆了重组也说不定。"

"刘老师，我求你一件事！你可不可以把这个班接过来。这些孩子，其实……他们挺可怜的，我不希望他们被耽误了。尤其是许佳伟和田田，他们俩很有希望上本科的。唐小平的家境不好，如果因为钱的问题念不成了，我希望您能给她想想办法，或者打电话给我，或者写信。冯宇杰考体大绝对没有问题，可他的父母离异了，他的叛逆心理很强，如果没有一个人好好看着，他也许会变坏的。

"刘老师，不管学校如何评价这些孩子，我对他们是有感情的，谁都有第一次当老师的时候，我原本是想把他们带出去再走的。我知道带班很累，但只有你是对教育有感情的，你虽然嘴上那么说，实际上谁不知道你的认真。我希望您再辛苦两年，帮我完成这点心愿。其他人我不放心……"

"学生知道你要走吗？"

"我没和他们说。"

"你是要回妹儿那边吧？"

"会的，不过可能不是报社。我还是想教书，哪怕进私立学校也好。"

"真是个倔强的后生。不过，只要回到妹儿身边就好，她为了你可是没少费心，不要让人家等得太久了。"

"我知道了。"

"明天我和小周送送你吧。"

"不用了，没多少东西，就一卷行李和几本书。我想先回趟家。"

第十三章　开学的分别

亲爱的同学们：

你们好！

原谅杨老师的不辞而别，很抱歉不能陪大家一起走完这美好的三年。你们可能会听到什么，答应我，不要去找学校。学校做得对，因为大家需要的并不是热闹的课堂，需要的是成绩，只有考上大学才是你们的唯一出路。大家会有新的老师，能让你们考高分的有经验的老师，你们要好好配合他，大家都再辛苦两年，用两年换一生，划算。

杨老师要走是早晚的事，只是没想到会以这种方式和大家道别。我也有自己的另一半，就是你们见过的省报记者。我们不能老是这样，这回团聚了，你们应该为我感到高兴才对。回了省城我还会是杨老师，不会成为杨记者或者其他。我们还可以联系，还可以探讨问题，学习上的，生活上的，都可以通过书信或通过电话交流。尤其是常有男，你的很多观点我其实是很欣赏的。

不管学校怎么说，别人怎么看，你们在我心中是最棒的。杨老师不会忘记大家，永远不会！不会忘记冯宇杰跳高场上的凌空一跃，不会忘记唐小平树荫下背书的身影，不会忘记常有男睿智的思维和风趣幽默，田田伶俐的口才和开朗热心，当然还有齐二强的踏实稳重，苏科的勤奋好学……在我心中你们永远都是好样的。就这样一如既往地下去，关键是学习上也走在别人的前面。答应老师，不要让我失望，无论如何拼一回。到时候即便考不上也还有顽强的毅力和吃苦耐劳的精神，这些都将让你们受用终生。

有时间我会回来看你们的，希望你们考上好大学，到时候来省城找我。

就此搁笔，再见！

你们的老师、朋友：杨德晨

7月13日

古阳中学高三年级要提前开学补课，高一要和别的学校抢生源，剩下高二也没有搞特殊，大家一致在暑期最热的8月中旬开学了。偌大的校园经过一个暑假的休整，有些回归自然。健长的杨树疯狂地抽出许多枝条，毛茸茸的像顶大伞。宿舍和食堂的窗户被房顶上冲下来的白灰覆盖了一层，像加了一个天然封条。校碑上的字已经模糊了。板结而荒芜的土地和人类文明的印迹上，多种杂草自由地生长着，整个景象倒颇像一处古文明遗址。直到今天，当一群预约的垦荒者纷至沓来的时候，这片神奇的土地才再度从自然世界快速过渡到人类社会。

校园上空依旧飘荡着古阳普通话重复着的学校的辉煌。许佳伟踏进大门的时候，有一种异样的沉重和兴奋。他还穿着放假时那套衣服，褪去本色的布衫上几道折痕特别明显。头发很长了，白皙的脸上隐约长出些胡子。穿过熙熙攘攘的人群，他径直向报名处走去。

楼门前黑压压的一大群人吸引了许佳伟，他们将一面墙壁围得水泄不通。大家都使劲往里挤，虽越挤越紧，但由于及时有人补充，体积并不见压缩，人们的热情完全像超市开业时抢购廉价商品或找偶像签名。

许佳伟在最外层踮起脚尖，只隐约看到最上面一行大字：高一年级期末考试及地理会考成绩表。看看背上的大书包，他意识到要挤进去的困难，知趣地立在一边。无聊地"观战"了一会儿，见人们还没有退去的迹象，也就一头扎进人群中。前面的人叫嚷着，不断地回过头来给他一个仇恨的目光，这时他也跟着回头，一边喊着"别挤！别挤！"一边使劲往前拥。

　　终于，他挤到了最里边，眼前呈现出一大页密密麻麻的小字。这些字被人们划分成几个势力范围，用各自的手指手掌统治着，一边用笔抄录。许佳伟费了很大劲才找到自己的名字，许佳伟：语文 70，数学 85，物理 74，……总分 505，全校排名 16，全市第 896 名；地理，良。

　　此时，许佳伟的思维停滞了大约两秒，那页字变得密密麻麻，像三维立体图中的各色小方块，紧接着，一幅真的图画便展现在眼前：别人都忙碌着准备终考，而自己却在为班务奔忙；别人都在埋头苦算化学题，自己却因唐小平的事久久不能平静……

　　"你到底抄不抄？"后面又有人挤了进来，把他拥到一边。

　　"别挤，还没看完！"许佳伟是先入为主的口气。快找找唐小平的！他对自己说。然而越是着急越是慌乱，他一次次被人群挤到这边又挤到那边。

　　最后当他费了好大力气终于找到的时候，他突然不敢看了，不知是天气太热了或是挤得太耗费体力了，抑或是别的什么原因。许佳伟冒出一身汗，衬衣的领子已经渗湿了，略微恢复了本来的颜色。

　　"快抄！"后面的人又愤愤地喊道。许佳伟惴惴不安地鼓起勇气：语文 70，数学 53，物理 47……；地理，不及格。看错了吗？许佳伟认真地又看了一遍，期盼着可能出现的奇迹。然而事实是无情的，他不敢往下想了。

　　"她学得那么刻苦，本来应该考高分的，为什么？不公平，不公平！如果你听我的，让我替你考数理化，那么……可是……自己呢？"他开始往外挤，攒动的人头渐渐模糊起来。这时，许佳伟的脑力完全平均地分担着两个人的痛苦。失落？后悔？还是不平？他说不清楚。

　　恍惚中，杨老师似乎出现在眼前，不，是出现在黑板上，他在读榜："苏科，538 分，省师范大学；田田，542 分，北京电影学院；齐二强……"

　　他一直听到最后，没有自己的名字，同样也没有唐小平，难道？难道……

　　"佳伟，我知道你的头脑很灵活，基础也很扎实。可这次考试很不理想，你想过是什么原因吗？"许佳伟眼前突然幻化出杨老师亲切得可怕的面孔，而他只有用沉默等待老师的关爱或者责问。

　　"是不是课外活动和班务工作占用了你的学习时间，还是其他什么事情？"杨老师好像看出他决意一言不发，看了他一眼继续说道，"有些东西，确实比学习有诱惑力，尤其在你们这样的年龄。可是你需要克制，克制！你知道吗？如果有一天你的学业失败了，你能用这些东西上大学吗？能用他们谋生吗？不可以！这些东西这个社会根本不需要。"

"书中自有黄金屋，书中自有颜如玉。照我们现在的教育制度，上了大学，严格地说是上了好大学，你现在想要的东西不用你追，一个个自动都会实现。那时候，你说不定还会为今天的幼稚发笑的。

"现在上高二了，赶快把心思收回来。学校也会最大限度地为你们提供学习的时间和场所，希望你抓住这个机会。好好学习吧！现在还来得及。"

"谢谢杨老师！我会的。"许佳伟终于笑了一下。紧接着，也就是在两人的谈话刚刚结束，老师回头迈出第一步的时候，许佳伟迫于环境而临时制造出的表情又恢复了原样。第十六名！从第一名退到第十六名！他知道在父母面前这意味着什么。还好，这回大家的成绩都不高，第十六名和第一名的差距也不过三十多分，唐小平也没有进入后三十名，许佳伟这样安慰自己。

突然，许佳伟觉得好像有人叫他，这才一下子回到现实中。他回过头，什么也没有，只有那群人还在越挤越紧，越挤越大……

"许佳伟！"

"噢，是长二他们！"许佳伟先是一惊，忙收起脸上和脑际一切消极的东西，笑着向他们走了过去。

"大家好！"

"刚来了就乱跑什么？叫你半天也没个反应？"赵淑敏和他握手的时候埋怨道。

"我没听见——你们在这儿干什么呢？"许佳伟有些不好意思，没话找话。

"非得干什么吗？叙叙旧不行？"常有男对他的回答很不满意。

"小平还没有来，一块聊聊吧！"赵淑敏也和他调侃。

"我要走了，来和你们告个别。"田田一本正经地对许佳伟说。

"别开玩笑了，报名了吗？"

"我爸爸妈妈工作调动，要回南京去了，我的学校也联系好了，后天坐他们单位车回去，还好还能见你们一面。"田田的语气不像开玩笑，许佳伟还是不相信，把目光投向赵淑敏，赵淑敏点了点头。

突如其来的分别让大家不知说什么好，他们强烈地感觉到时间不够用了，说什么话都要挑挑拣拣，挑来拣去却不满意。要分别了，大家都客套起来，这客套让惜别的深情变得好肤浅，大家的距离好远。

"不走不行吗？"许佳伟问。

"其实我也不想走，这里有我这么多好朋友，可我总得跟着爸爸妈妈。"田田尽量表现得很乐观。

"反正你在这里也不是天天守在父母身边，一星期才回一次家。就让你爸妈当你还是住校了。你呢，平时周末假期轮流到大伙家，寒暑假再回你们家。反正大家是一家，我家也就是你家。"常有男的即兴绕口令逗乐了大家。

"话是这么说，可谁家父母能把自己的女儿撇得这么远呢？"田田笑了笑，"在这里得到你们那么多帮助，有你们这么多知心朋友，有这么美好的回忆，我知足了。上了高二，课程比以前更紧了，任务也更重了。大家都多加把劲儿，争取都考上理想的学府，也许我们过去太贪玩了。"

"我的东西还没收拾好，今天上午我是硬跑出来的，现在该回去了，要不妈妈会着急的。没见着的同学你们代我问声好，代我向杨老师问好……"田田的声音渐渐低沉下来，眼里也泛出泪花来。

"也好，回到南京换个好环境，充分展示你的才华，这应该是个好消息。只是到了那里多给大家写信，我们需要你。"许佳伟说。

"是啊，我们需要你，生活更需要你。"常有男接着许佳伟造句，"今天的消息对大家都很突然，不过既然你选择了，就放心地去吧，相信你走到哪里，都会给那里带去一片阳光。"

"有时间就回来看看大家。"赵淑敏拉着田田的手说。

"长二，再唱一回'兄弟姐妹情谊深'吧。"田田咬着嘴唇说。

"大……大青山……"常有男张了几回嘴，还是没唱出来。六七个人站在大门口，不住地向前方招手，那个消瘦的身影越来越小，越来越模糊，一转弯，消失了……

"杨老师走了！"大家正要往回走，冯宇杰和齐二强急匆匆地跑了过来。

"什么？谁说的？"大家一下子都没反应过来。

"这是他的信。"冯宇杰说着递过来两页纸。

那封信在许佳伟手里抖抖索索，同学们都围在他身后。时间好像凝固了，田田走了，杨老师也走了，这个班究竟还有多少人要走？大家面面相觑，似乎等待着能有一个人站出来给大家一个答复。

"你们打他的电话了吗？"许佳伟问。

"停机了，到省城肯定换了号。"

"现在的问题不是找杨老师，是找学校，找校长，让他把杨老师找回来！"冯宇杰的情绪很激动。

"问题是现在我们的人还不够，最好和二班联合起来，我们向校长联名上书。"齐二强继续向许佳伟说道，看来他们已经商量好了。

"不行，杨老师不让我们去，也许就是因为我们去年闹得太厉害了，才把杨老师闹走的。"许佳伟没有办法，反倒出来阻止大家。

"我们现在还怕什么，难道他能把我们大家也开除了吗？"冯宇杰说。

"不是不是！大个你听我说，我们并不是来闹事的，从其他老师那里打听一下，说不定能联系上杨老师，听听他的意思我们再想办法。"

"你们不去我自己去！"冯宇杰说完就跑了，其他同学看看许佳伟，也一个个向办公楼跑去。

下午，杨老师给生活指导办打来电话，指名让冯宇杰接。他不允许他们和学校闹，还说刘老师会接他们的班，让他们好好配合。总之全是信里说过的话，他又重复并叮嘱了一遍。现在，大家都坐在床铺上，一句话也不说。冯宇杰不知道该庆幸上午校长办公室不开门没闹出什么事，还是干脆别理杨老师，继续找学校，直到把他们的杨老师寻回来。而更多的人关心的似乎是那个上课没有丝毫笑容的历史老师带班他们会有什么好日子过。

第二天许佳伟起了个大早，他是班长，也许班里会有什么事，如安排一下值日，摆摆桌子。他不知道，其实自己是想在教室里撞见杨老师，高一一整年，他总是第一个到教室，随后就是杨老师，或者杨老师先到，他随后。杨老师在讲台上写教案，改作业，他在下面看书，有时也问他一道英语题，或者谈谈班里的事。

8月的天气，太阳刚探出小半个脑袋瓜，在漆黑的天空中强撑出一小片地盘，也许是太费力了，脸涨得通红。太阳光很柔弱，还不足以驱散室内的昏暗。许佳伟来到教室时门果然已经开了，里面似乎还有一点灯光。他的眼睛一亮，推门走了进去。灯光的位置在中间排，是一支蜡烛，火苗一跳一跳，也在和黑暗争夺领土。和蜡烛平行的是一本立着的大书，大书对面是两片圆圆的玻璃镜片，烛光照着镜片前垂下来的一缕头发，仿佛从头顶上铺下来一片灵光。

"同——桌！"许佳伟的胸脯剧烈地起伏起来，所有的话都要一下子从嗓子眼往外挤。

"哦，同桌，是你。昨天来得迟了，很晚才收拾完东西，便没去看你们。"唐小平抬起头，一字一句地说，显然没有许佳伟的激动。

此时许佳伟的潜意识中有这样一种逻辑：我因为你激动，你也应该和我一样激动，这样才能对得起我的激动，这种逻辑还变成了一种合法化的要求。因此当这要求没得到满足时，他的激动便定格在脸上，嗓子眼也好像变窄了，刚才的话全都卡在了里面。不过那些东西比他调皮，也比他机灵，挤不出嗓子眼，便都从另一扇门跳到脑子里去了：物理47，物理47，许佳伟好像全都明白了。

"暑假过得好吗？"许佳伟又憋出一句话来。

"哦，还好，你呢？"唐小平的脸是从大书那里突然转过来的。虽有后面一句表示回敬的话，可这对许佳伟的热情来说还是一瓢凉水。他又顺势把她刚才的这句"还好"推了回去。

这时他已经走到她跟前，她的形象也完全呈现在他的视野之中：红色烛光下的脸蛋在深红色外套的衬托下更显苍白，长长的睫毛向下垂着，宽阔的额头、坚挺的鼻子和消瘦的下巴连成一段绵延起伏的山脉，微微凸起的颧骨从它们中间隐隐现出来，俨然是一黛远山。嘴唇一张一合，为这幅淡雅的水墨山水画增添了一丝动感。一条不很整齐的麻花辫，静静地匍匐在背上。

许佳伟的心突突地跳起来。如果在往日，他一定会脸一红，嘴一抿，一种甜蜜便在心头涌动了，但今天不行，今天的心跳完全是另外一种滋味。他感觉她就像一块巨大的磁石——自己也是——深深地吸引着自己，他就顺着这引力向她靠近，靠近，突然，她转过身，换了磁极，又排斥着他无论如何也不能再前进一步。许佳伟就处在这磁场中，进退维谷。他挨着她坐下时也急忙抽出一本书来，翻开了用眼睛对着。

许佳伟极想在脑子里收容一些诸如秦皇汉武、爱因斯坦、y=kx+b 之类的东西，可脑子里那些调皮的东西说什么也不肯。他把头稍微歪了歪，唐小平又已经在视线中了，她还是拿着一本英语书，边看边不住地圈圈点点，平静而安详，颇有些旁若无人的意思。

为什么只隔了一个假期，那种畅所欲言的感觉和朦朦胧胧的情愫就荡然无存了呢？许佳伟真想拉住她问问，可一想到"物理47"，他又什么都不想了。考试！都是该死的考试！！这么诅咒着，他便宽恕了她。

"同桌，我们还是晚自习补物理吧？"许佳伟又找到一个话题。

"不补了吧。"唐小平回过头来。

"为什么？"

"我过去太自私了，不该浪费你的时间来提高自己的，而且，我也太让你失望了。"

"你不该这么想。"

"不要安慰我了。"

"晚一，从今天开始。"

"我决定不补了。如果分科我学文科就是了。"

"你都说些什么？"许佳伟有些急躁。

"快学习吧，早晨的时间是很宝贵的。"唐小平说到这里，看了许佳伟足足有三秒，眼里写满真诚。

这一天，大家都过得很郁闷。新课本还没下来，每节课老师都是讲解试卷，讲知识，讲方法，讲技巧，讲多少题在课堂上讲了多少遍你们还是出错，讲多少同学老是粗心，明明要选 D 写的时候却写成了 B，讲许多同学的书写极不规范，试卷就像手纸。除了个别加错分的，很少有同学回答老师的问题，倒是有许多傻呆呆地盯着黑板，做认真的样子给老师看。

终于熬到最后一节，照例是班会课，新班主任还没有来，学生们早在各自的座位上坐好了，刚才几个默读英语的也停了下来。仅仅过了一个假期，为什么就发生了这么大的变化，杨老师走了，田田走了，还有五六个同学也都走了，天好像要塌下来了，劈头盖脸走过来的高二究竟会是个什么样子。大家的心情异常复杂，似乎刘老师来了能给每个人一个答复，给大家指引一条明路，或者几句训斥也好。

刘老师是五六分钟之后才来教室的。他走得很快，站在讲台上扫视了一圈便开口了："这是咱们班去年的期末考试成绩，我给大家念一下。"说着又把目光放了出去。同学们都抬起头来，脸上写满了惊讶、期待、惶恐……很多目光和刘老师一对接便低了下去。

"第一名，田田……"刘老师对班里的气氛很满意。

"老师，能不能不要念了？"

"谁在说话？"

"……"

"谁说的？"刘老师大声地重复道，目光挨个在每位学生身上搜索。

"是我。"许佳伟站了起来，同学们的注意力也集中到他身上，"我觉得用一次考试成绩决定大家的先后顺序是不合理的。"

"许佳伟？"刘老师哼了一下，"你觉得怎么合理？"

"我不知道，但这样做绝不合适！"许佳伟今天不知从哪里来的勇气，语气很悲壮，"我们的考试中本来就有许多不公平的因素，比如，数学的最后一道题，就是《三点一测》上的原题，复习时看到的同学就能做出来，没看到的就做不出，这并不能反映学习的真实情况；还有，作文和论述题都是凭印象给分；还有发挥失常，甚至还存在作弊，所以用一次考试给每个学生排顺序是很不合理的，我认为。"

"你觉得你是谁？你对考试了解多少？"刘老师的口气缓和了些，"你说得对，期末考试中是有不公平因素，可你说的这些情况在高考中也一样存在，而且表现得更加明显更加突出，你能反对高考吗？心理素质、考试技巧，甚至运气，这些也同样是高考内容的一部分，平时的每次考试都是一次模拟高考。凡准备面对高考的人就绝不可以回避它。你以为你们现在还是保护虚荣的年龄吗？我就是要给你们念念，让你们看看自己是进步了还是退步了，下一步是好好学，还是继续吊儿郎当。"刘老师本来是在批判许佳伟，可口气明显是针对每一个人的，不过后来他并没有继续念下去，而是把那张成绩单传了下来。许佳伟被他说得哑口无言，但对于这场辩论，他输得并不服气，凭什么高考说什么就是什么，为什么我们就得围绕着高考转，他又要站起来，可又不想再惹刘老师发怒，便不再言语了。

"还有一个问题就是座位，这学期按成绩排！"刘老师的口气斩钉截铁，"1～7名，坐第一排；8～14名，坐第二排，以此类推。期中考完再排一次，期末再排一次，进步的座位也进步，退步的座位也退步。"

"刘老师，我看不清楚。"这回说话的是一个女生，她的声音很低。许佳伟本来也想说什么，被她抢在了前头。

"自己想办法，"刘老师还是愤愤地说，"都上高中了，哪有眼睛不近视的，不能老用它做借口。"

"还有，也许你们也知道杨老师是为什么走的，我本来并不想带这个班，学校也准备把你们拆了分到其他班，是杨老师给你们争取来的。希望你们长点良心，如果能好好学，那很好，我也会好好教；如果说你就是学不会，就是不想学，我也不强求。但有一点你记着，不要影响大家，你不学还有人要学。"

刘老师的班会课结束了，学生们还保持着他们的沉默。快下课时，许佳伟被叫到了办公室。刘老师在椅子上坐着，许佳伟立在旁边，这使他无论怎么调整姿势，都处在老师的目光统治之下。

"你今天出什么风头？"刘老师几乎是在咆哮。

"您如果真的那样念了，一定会有许多人受不了的。作为班长，我觉得我有义务保护大家的情感。"许佳伟没被老师的气势吓倒。

"保护保护，你先保护好自己再说！"

"刘老师，我知道我去年没考好，但我今天绝不是在保护自己的虚荣。没考好大家心里都有数，我们心里也都不好受，下一步该怎么做我们心里都很清楚。"

"很清楚？谁很清楚？你们拿什么保证下一步会好好学？你究竟能代表多少人？"刘老师的语气缓和了些。

"我可以保证自己！其他同学……您说得对，自己不想学的同学您可以不管他们，可您没有必要这么逼着我们学，没用的。"

"行了，你不要说了，书怎么教我还会，你还是管好自己吧。愤世嫉俗，标新立异，这是没有用的，这个社会需要的是实干家，不是只会发牢骚的人。

"你这次考得怎么样你自己很清楚，各科老师都提到你。我不知道是不是你说的发挥失常。我还是那句话，希望你能踏踏实实地学，尽快回到第一排，考上大学，一切都不是问题。如果考不上，你也许只能牢骚一辈子了。"

刘老师说这话的时候用他的目光锁定许佳伟的目光，这样，他的教导便通过眼耳鼻舌多个渠道灌输给许佳伟，他选择用这样的方法结束了今天的谈话。许佳伟后来每次想起这次谈话，记忆都定格在这个镜头上，可见刘老师的教育是成功的。

第十四章　雷同的高二

　　刚刚结束的这个暑假对于古阳中学高二（1）班的同学来说，就像一道分水岭。岭的两边，不论是阳光、温度、水分，还是人文都截然不同。这个变化绝不单单是岁月的简单增加。大家的心态、观念以及旁人的态度都发生了彻底的变化。

　　具体地说，高一时刚跨过中考的门槛，大家都或多或少地沉醉在成功的喜悦和自豪当中。有了这些资本，他们可以理所当然地享受家庭的褒奖和社会的恭维，甚至还可以做一些"出格"的小动作，面对新的世界的时候，单纯的心多少带着点居功自傲。升入高二，观念中突然少了一年。"考高中就是要考大学"的信念猛然叩醒每一个沉睡的心灵，随着距离高考时间越来越近，这信念变得格外清晰和紧迫，让没有足够心理准备的学生们确实有些惶恐不安。

　　更要命的是：升到高二，学校、家庭、社会的态度也一下子全变了。父母的谆谆教诲比以前更加苦心孤诣自不必说，学校也极力为他们营造出一种"焕然一新"的学习气氛。补课自然比以前更凶了，课程都安排得满满当当，早晚自习也都设置了跟踪服务的老师。报名工作完成后，学校很少再使用那个扩音器，害怕大吵大闹破坏这难得的安静。

　　杨老师走了，他也带走了一种方式、一个时代。新换的班主任是这个学校的高级教师，他和过去只给他们带历史时的事不关己完全两样。一上台就从多方面对班级进行改革，首先是重新"组阁"，许佳伟还是班长，只负责上传下达；苏科是学习委员，除管理各科代表还要每天向他汇报各科课堂教学情况；田田走了，文艺委员一职也就空了出来，对于学校一个月检查一次的板报，他叫许佳伟每次检查前将"第一期"改为"第二期"，再将"第二期"改为"第三期"，总之不再在这些形式的东西上浪费精力；生活委员的任务也简单，只管记录好哪天向学生收了几元几角，这几元几角是哪天谁花在了什么地方，并每星期在墙报上向大家公布一次就行；体育委员冯宇杰被他下了几次通牒，"如果再这样下去一定撤了你，开除也说不上，反正体育课也就那么玩一玩，早操谁带着跑几圈都那么回事。"

刘老师的第二把火是进行思想教育，在全班范围内宣传以分为纲，用强硬手段让学生坚定对成绩的绝对信仰。最后是权力巩固，他总是有事没事在教室外边转悠，谁上课睡觉了，谁回答老师问题的态度不好他都了如指掌，下了课犯事者肯定会在他的办公室面壁思过，或者向全班检讨。他的历史课更是百般严格，每节课总是先拿出一半时间考上节课讲的内容，看来不把大家都培养成大学生他是誓不罢休了。

和往常一样，这学期班里又走了一部分同学，剩下不足 40 人了。这些人按刘老师的"明令"分布在教室里，并逐渐以第四排为界分为两派。一派是苦行派，以许佳伟、齐二强为代表，这些人都坐在前三排，整日苦思苦算苦背，极像得道高深的苦行僧。一派是逍遥派，以常有男为代表，这些人就是被刘老师放弃的难雕朽木，对于学习他们已接近绝缘体，因此自己找些乐子，也算自得其乐。双方曾就地盘和意识形态展开激烈斗争，苦行派极力维持着班级纪律，企图在精神上控制整个班级。逍遥派也不甘示弱，常有他们的弟子趁着下课故意叫嚷几声，想借此引起人们的关注。然而所谓邪不压正，苦行派又有学校做后盾，最终成了胜利者。

许佳伟自从那天的班会课后，被刘老师消磨了锐气。是的，在这个学校里，从第一名退到第十六名，是需向人们交代一些什么的，交代的方式也仅限于杨老师提供的那一种：如果考上大学，一切都不是问题。

和唐小平，他们已经分开了，他坐第三排，她坐第五排。也许是由于断绝了物理方面的往来，彼此很少言语。就是在课间或其他休息时间，她也很少抬眼看他一下。有时在校园或者食堂打饭时撞见了，也只是礼节性地打个招呼然后很快走开。赵淑敏再出现的时候也不讲他们的笑话，不招呼他们一起吃饭了。许佳伟不知道发生了什么，可对于这样的变化，他几乎要发疯。在这个班，真正能称得上朋友能说知心话的也就二强、小平、赵淑敏他们三个，现在一个也没有了，许佳伟憋得发慌。

许佳伟清晰地感觉到考试对自己原来这么重要。他很想有这么一个机会，如果眼下能有一场考试，在考试中重振旗鼓，父亲大概就不会说什么了吧。他的准备工作做得非常充分：每天五点钟准时起床，如果到了教室已经有了人，他一定会在第二天起得更早。他似乎也相信了"付出与回报成正比"的定律，要拿第一就必须第一个起床，最后一个睡觉。无法避免的睡眠是拿不了满分的罪魁祸首，吃饭一定还会再丢一些分，不如不要吧，上厕所也是，呼吸也是。

这些日常的生活行为正如一道道题目，考试中错了一道选择题，说明你一定多上了一次厕所；错一道填空题，那一定是你哪顿饭吃得时间太长了；以此类推，简答题错了，准是你哪天偷懒睡了一个午觉或者早上睡过了头……原来上帝对每个人都是公平的，都量化了还不公平吗？

许佳伟悟透了上帝的法则，就尽量去迎合他。可是不知道怎么搞的，每天早上好不容易战胜了睡魔，脑子又胡乱地跑开了：素质教育、考试、前途、唐小平……

"都想了些什么，上帝能发现我在搞鬼吗？阿弥陀佛，别给我扣分，夏商与西周，氢氦锂铍硼……"

一个月很快过去了，许佳伟期盼的考试一直没有来。平时的小测试很多，可没有用红笔批着的高分，是没有说服力的。父亲的批判也已经过去了，因此他最初的那些激情便渐渐淡漠起来，冷却了。

而且他感觉到上帝是骗人的，既然你能制定出那样的法则，为什么我迎合你，你却又把我的魂儿勾去了呢？一定是你！只有你才有魔力让我这样。因为你，朋友都疏远了，笑声也都没有了。

许佳伟终于对上帝不满起来，这种不满积得久了，就成了背叛，愤世嫉俗的背叛。又由于当班长的关系，他把自己的遭际看成是大家的悲哀，自己的背叛也跟着身价倍增。再加上这些天唐小平的冷漠，便更觉得这背叛得义不容辞。

思考良久，许佳伟觉得应当"首推文艺"。鲁迅不是说过"揭出病苦"就可以"引起疗救的注意"吗？可惜他不是鲁迅般的大文豪，平时的习作尚且需要老师指点，用文艺实现社会理想之难就可想而知了。终于这又成为他的负担，加在已有的众多负担之上的新的负担，自己给自己的负担。这负担混在众多负担当中，日日折磨着自己。直到他麻木了，这负担才慢慢地模糊起来，感觉不到负担了，也忘却了。

一天吃过午饭，许佳伟回宿舍找一本生物资料。无意之中翻到了那本硬皮笔记。杨老师走了，他的"抽屉年华"也封存了，这学期由于学习忙，写给自己的记载一日言行以为备忘的只言片语也时有时无。后来他又发现这一天天的经历竟如此相似，相似得惊人，于是新一天的日期下边出现了两个字：同上。几个星期下来，这"同上"二字也像复印出的一般。

"唉，这就是学校的生活！"许佳伟不禁想到卓别林的电影《摩登时代》，我们一天天不就是在不停地拧螺丝吗？这雷同激发了许佳伟压抑了很久的创作灵感，他突然疯了似的跑到自己的床前，垫着几本大书一口气涂抹了好几页：

一　周

周一

"哟，六点了，该迟到了！"

小 Q 急急忙忙地爬起来，卷了被子。为了节省时间，他带着脸盆去了趟洗手间，然后直接去洗漱。不料洗漱间人满为患，同学们只想挤点地方，抢点时间，彼此都没有言语。小 Q 眼看没有时间了，硬挤进去接了半盆水，跑回宿舍擦把脸了事。

"洗脸水还没倒——放在床下，中午再说吧！"他急急忙忙抓了本语文书塞进书包。

"早点还没吃！——买个面包吧！"

中午老师又压堂了。放学后，前面已经有了一大群人，小 Q 怕挤不上饭了，大步流星地在人群中穿梭，后来索性跑起来。

"快回去休息！下午还有课！"小Q一边往回走一边嚼着最后一口饭，一边想。

下午，尽管他还没有睡醒就起了床。可迷迷糊糊地来到教室，老师已经站在讲台上了。

"报告！"

"进来！下次早点！"

他赶紧溜回座位，"哦！忘带课本了！"

晚自习。"做作业去！"不会，苦思冥想，不耻下问……

周二

"哟，六点了，该迟到了！"

小Q急急忙忙地爬起来，卷了被子。为了节省时间，他带着脸盆去了趟洗手间，然后直接去洗漱。不料洗漱间人满为患，同学们只想挤点地方，抢点时间，彼此都没有言语。小Q不敢久等，硬挤进去接了半盆水，跑回宿舍擦把脸了事。

"洗脸水，中午再说吧！"他顺手将水盆推到床下，急急忙忙抓了本数学书塞进书包。

"早点还没吃！——买个面包吧！"

中午老师又压堂了。放学后，前面已经有了一大群人，小Q怕又要挤不上饭了，大步流星地在人群中穿梭，后来索性跑起来。

"快回去休息！下午还有课！"小Q一边往回走一边嚼着最后一口饭，一边想。

下午，尽管他还没有睡醒就起了床。可迷迷糊糊地来到教室，老师已经站在讲台上了。

"报告！"

"进来！下次早点！"

他赶紧溜回座位，"哦！又忘带课本了！"

晚自习。"做作业去！"不会，苦思冥想，不耻下问……

周三

"哟，五点五十，该迟到了！"

小Q迅速爬起来，卷了被子。为了节省时间，他带着脸盆去了趟洗手间，直接去洗漱。洗漱间又是人满为患，同学们只想挤点地方，抢点时间，彼此都没有言语。小Q不敢再等，硬挤进去倒掉昨天的水，又接了半盆，跑回宿舍擦把脸了事。

"洗脸水，明天倒！"小Q顺手把盆推进床下，然后塞历史书。

"早点！——买个面包！"

中午老师又压堂了。放学后，前面已经有了一大群人，小Q怕挤不上饭，在人群中跑了起来。

"快回去休息！下午还有课！"小Q一边跑一边吃，一边想。

下午，尽管他还没有睡醒就起了床。可迷迷糊糊地来到教室，老师又开始讲课了。

"报告！"

"进来！以后早点！"

他赶紧溜回座位，发现又没带课本。

晚自习。"做作业去！"不会，不耻下问，苦思冥想……

周四

"五点五十，迟到了！"

小Q迅速爬起来，卷起被子。为了节省时间，他端起昨天的水先去厕所再去洗漱。洗漱间又是人满为患。小Q敏捷地挤进去，倒水，接水，跑回宿舍擦把脸了事。

小Q熟练地推水盆，塞物理书，挤早点面包。

中午老师又压堂了。放学后，前面已经有一大群人，小Q怕挤不上饭，在人群中跑起来。

"下午还有课！快去休息！"小Q一边跑一边吃，一边想。

下午，尽管他还没有睡醒就起了床。"呀，又迟到了！"

"进来！怎么回事？——算了！坐吧！"

溜回座位，小 Q 意识到自己又没带书。

晚自习。"做作业去！"不会，不耻下问，苦思冥想……

周五

"五点四十，又要迟到了！"

小 Q 迅速爬起来，卷起被卷。为了节省时间，他端起昨天的水先去厕所再去洗漱。洗漱间又是人满为患。小 Q 敏捷地挤进去，倒水，接水，跑回宿舍擦把脸了事。

推水盆。塞英语书。挤面包。

中午老师又压堂了。放学后，前面已经有一大群人，小 Q 急忙向餐厅跑去。

"下午还有课！快去休息！"小 Q 边跑边吃边想。

"不能迟到了！"中午小 Q 没怎么睡，可下午还是迟到了。

"进！"

总算没忘带书——老天，怎么带错了！

晚自习。"做作业去！"不耻下问，苦思冥想，不会……

周六

"五点四十！迟——周六也不让休息！"

小 Q 迅速爬起来卷了被子。端了水去厕所，又去倒水接水，又是人满为患，小 Q 回到宿舍擦脸。

推水盆塞化学书挤面包。

中午老师没压堂，小 Q 在前面大步流星地走着，不住地回过头看，后来还是跑起来。

"去休息！下午有——噢，没课！"小 Q 边跑边吃边想。

周日

"噢！五点半！不能再迟到了！"

小 Q 一骨碌爬起来，端了水去厕所，又去倒水接水，今天洗漱间破例没有人，小 Q 得意地在洗漱间洗了脸，并倒了水。匆匆地塞了本政治书去买面包。听到有人喊：

"干啥这么忙？也不休息一下！"

"干啥？休息？要迟到了！"

"今天是周日。"

"噢——"

"走吧！去玩吧！"

"等会儿，我把语文书塞进书包，周一还有课……"

注释：1.一周，①星期，②周期。2.小 Q，① quick，② "Q" 像一双瘦弱的脚拖着个大脑袋不停地跑。

许佳伟放下笔的瞬间产生了一种异样的舒适。这是一种幸福的倦意，一种满载而归的成就感，一种理所当然的享受。仿佛四世同堂的垂暮老人脸上恬静的笑容，又仿佛舐犊母牛眼里慈祥的目光。在他眼里，《一周》不是《一周》，而是《资本论》，是十世单传的男婴。思想停滞了二三秒，他又坐立不安起来，迫不及待地想做点事情。

对！该投稿！许佳伟终于把自己的兴奋与那忘却的激情联系起来。《古阳日报》覆盖面小，影响也太小了。《大梁日报》不太相关，《中国教育报》，对，就该投那儿，这本来就是教育的事。他急急忙忙向阅览室跑去的时候，仿佛自己的《一周》已经在头版头条刊登了，还有他的大名和评论中堆积如山的赞美词，自己只是去取样刊。

许佳伟没找到《中国教育报》，很是失望。其实找一本杂志也是可以的，他不自觉地降低了标准。他要了一本《中学生》随便翻看着，突然一则征文启事跳入眼帘："世纪杯"……体裁不限……一等奖 1680 元。许佳伟急忙把地址抄下来。

晚自习上，许佳伟把自己的作品在稿纸上认认真真地誊写了一遍，自认为准确无误后，按杂志上的地址寄了出去。

第十五章　抢救友谊

古阳县好像又快到秋天了。因为天气虽还热得非常嚣张，可昨晚突然降了霜。冻死的作物遭了强光，很快就被晒干了，人们顶着炎炎烈日，提前进入收获的季节。树叶还很绿，一阵风过后，却也开始一片片往下落了，于是所谓的夏天只留下一个最高气温的标志。

古阳中学的校址选在县城里，沾了一个"城"字，应该便属于城市了。高二（1）班的学生在这里也已过了一年多，也便是城里人了。因此也就沿袭了城里人的生活方式——老死不相往来。本来住在同一幢楼里，同一个单元，可在公共汽车上聊了半天才弄明白彼此原来是夫妻。

学生之间的隔绝根本不需要水泥和砖瓦，两个桌子间的缝隙已经足够了。如果再翻开一本书，隔离效果便登峰造极了。

当然学生们也在竞争——这本是一个竞争的年代，学校又是竞争最正规的场所——竞争谁对"城市精神"学习更深入，竞争谁在桌子前"默坐"的时间更长。这些都有纪录，流动的纪录，日日刷新的纪录。这里的学员没有最优秀只有更优秀。齐二强、苏科自不必说，唐小平也毫不逊色。不过谁也不能将纪录保持到一个星期，正所谓"江山代有才人出，各领风骚三两天"。

逍遥派做得自然比苦行派差一些，不过他们可以借助"闲书"和瞌睡虫，也基本能维持这种游戏规则。常有男失掉了娱乐的机会，也学乖了，而且有良好的家庭背景，前途是大可不必担忧的。成了金庸、古龙的狂热追随者，琼瑶、席绢的"自有颜如玉"的书也读。而且读得很投入，长时间下来，也

145

能在桌沿上伏上几小时了。因此也成了苦行派的竞争对手。冯宇杰是那种有彻底背叛精神的人，他反感学校但不像许佳伟那样发牢骚。自从老刘发布了"解放宣言"他便经常失踪，成神秘人物了，正如城市中那种"游移不定"的人，总之也有"城市精神"。

只是许佳伟的乡巴佬味太浓，学不了城里人的方式，便阿Q似的对城里人不满起来。而且觉悟也实在不高，竟蛊惑大家劳逸结合，甚至企图用思想渗透的方式瓦解"城市精神"。许佳伟确实适应不了这样的生活。单单是学习就把他整得狼狈不堪。物理中的好多定理实在太抽象了，什么左手定则、右手定则的，还有化学中那些千奇百怪的分子式，数学中晦涩难懂的图像平移，常常花上几小时弄懂了一科，下课的铃声也响了。他感觉到时间严重不够用，而且这种不够用也不是学校的拓宽和他自己的勤奋所能弥补的。他觉得自己就是那可怜的小Q，一天天无休止的忙碌，换来的只是越来越多的疑难。还有考试的压力，回答错问题时老师那犀利的目光。这些都让他焦躁不安，一焦躁注意力便不能集中。

还有那令人窒息的班级气氛。他最受不了的是大家甘愿臣服学习的奴性，那份虽被他唾弃又为他深深嫉妒的对学习的媚态，那种比他更小Q的小Q劲，以及被这种小Q劲带走的人情味和集体观念。值日中你值了他没值，今天早了明天晚了已是常有的事。那天齐二强值日值了一半就放下了扫帚，他的理由竟然是："六个人一组，我一个人值了一半还不行吗？"许佳伟怎么也不能把心目中的齐二强与现实的他联系起来。是什么让他变得这么自私，这么斤斤计较？许佳伟的结论自然是应试教育。他能意识到齐二强也是受害者，可或许因为他又是应试教育的积极追随者之故，便对他反感甚至仇恨起来。还有唐小平，不补就不补吧，也没必要整日冷冰冰的，比路人还路人，而自己偏偏又是老孔雀开屏——自作多情。就这样许佳伟反感的对象也渐渐扩大，后来竟包括自己了。

最致命的还是他那愤世嫉俗的脾性。而单靠他个人的力量又无力回天，徒为他一厢情愿的豪情壮志带来更多打击。许佳伟终于又开始牢骚起来。而且牢骚也成为牢骚的对象，牢骚自己为何只是牢骚。

的确，许佳伟的牢骚不是无中生有，他是拥有过集体温暖、荣誉和友谊的。这牢骚正是对那段时光的痛苦回忆，是对无能为力的豪情壮志的哀号，恰如战士出征前细碎的马蹄声。

一有机会，许佳伟便革命了，这便是前些天的投稿。他的这一冒天下之大不韪之举一半是冲着应试教育来的，一半也是冲着他眼里的这些学习机器。这次机会出现在牢骚牢骚的当儿，便有些捡来的味道。因此也便比较郑重，甚至有些炫耀的意思，自然期望也就很高。他得应付可能有的失败之后大家的幸灾乐祸或落井下石。他现在已经是破釜沉舟了。

这几天，许佳伟老是坐立不安，课间大家都在学习，他却在阳台上走来走去，为此也遭受了一些横眉冷眼。终于，一个文学社的征文专用信封飘然落在他的桌子上。他终于让全班爆炸了。

"佳伟，又交什么好运了？"常有男的焦急似乎加在了他身上，许佳伟抖抖索索了一阵才把信封拆开。原来里面是一份复赛通知单，大致内容如下：

许佳伟同学，您的参赛作品《一周》经过评委会专家严格筛选，现已进入决赛，特此通知祝贺。由于上级拨款有限，证书制作、文集出版等耗资巨大，为不使大赛有遗珠之憾和有负各界人士关爱，经上级批准，凡取得复赛权的作者需象征性交纳费用三十元，希望理解，欢迎复赛。

"哇，原来是骗人的勾当！"齐二强路见不平一声吼。

许佳伟不解，一脸漠然。

"还不明白？你看，这封信除'许佳伟'三字以外都是胶印的，这不是说明凡参加比赛的都能得到这么一张催款单吗？"

"这并不能说明什么，你想，参赛的人那么多，每个人都一一亲笔回信，那还不把那些老编累死？"许佳伟这样为自己辩解。

"非也非也，"常有男说话的口气俨然是个见过大世面的人，"这很正常啊，现在什么东西不和'钱'字挂钩，人家苦心孤诣地举办这么大一个活动，经济目的是显而易见的，至于奖金，虽然只是九牛一毛，但也肯定不会骗人，所以关键问题是你的文章能不能经受住考验。"

"那么你的意见呢？"大家觉得常有男的话句句在理，无情地把问题抛给了许佳伟。许佳伟表情复杂，什么也没说。

"我看佳伟文笔不错，再说这种事宁可让碰了也不能让误了，大不了扔三十块钱。"赵淑敏也凑了进来。

"就是，没有大胆的投资哪来丰厚的回报。"

"我觉得这三十块钱与其送给他们还不如让弟兄们撮一顿。"常有男忽又改变了立场，好像在否定许佳伟。

"如果复赛真评上一等奖，那还愁一顿饭吗？"

大家七嘴八舌地争论着。许佳伟却俨然一个旁观者，但"旁观者未必清"，此刻他完全没了主意，成了墙上的芦苇，哪边风大向哪边倒。看样子长二一方要赢了，他也真对自己的文章产生了怀疑，《一周》最初创意的新颖变成了古怪：那几处细微的变化人们不知道能不能注意到，还有讽刺应试教育的主题，其实许佳伟怀疑的并不是自己的文章，而是评委和读者。

"这样吧，佳伟这篇文章算我的，这三十块钱我出，复赛的结果也由我来承担。"赵淑敏可是用了最大的心思反驳常有男。

可惜上课铃响了，一场课间小插曲也不了了之。

许佳伟的注意力没有很快集中回来，他有些兴奋：其实他最初的动机也不在得什么意外的惊喜，发什么意外的横财。如果死寂的班级气氛因此被他撼动了，他也便如愿了。最令他受宠若惊的是唐小平刚才也向他投来许多目光。这学期大家都疏远了，平时很少往来，二强也是，赵淑敏也是，许佳伟受不了这种没有友情的日子，便在课堂上和老师辩解，课间大声嚷嚷，凡有她在的场合，他的表现欲都特别强烈。因此能像今天这样引起她的哪怕是一丝一毫的反应，他便觉得有莫大的成就感了。

许佳伟的情感刻度特别小，在他的情感天平上每落一粒灰尘指针都会发生偏转。前些天他曾想试着召集大家联络联络感情，至少赵淑敏、齐二强和唐小平是不能走出他的生活的。可每次事到临头，他又心凉了：是不愿，也是不敢，不屑。当时，他已认定大家的友情不复存在。情感的指针漠然地停在零刻度线上，在一千倍的显微镜下观察，那指针也没有半点偏转。然而今天的事一过，他又对生活充满美好的幻想了。现在指针指向还是零，不过已经是转了一圈后卡在零上的了。而且似乎还要发生偏转，要超过量程，天平可以当手表用了。许佳伟被这种情绪弄得坐立不安，他去找赵淑敏的时候已是十分激动了。

11月的古阳大街已经有了几分寒意，虽然雪还没有来，这个时候出来玩，断然不会收获太多的好心情。枯黄的草，灰蓝的天，干冷的风，街道两旁的树早掉光了叶子，干巴巴的树干直刺向天空，几个废弃的食品袋挂在树梢上，与西北风不停地周旋着，风的叫嚣声是这个季节唯一的气息。街上行人很少，拉人的"三叉机"已换上厚厚的毡篷，时而咆哮着从人身边飞驰而过。

许佳伟、齐二强、唐小平和赵淑敏不紧不慢地向前走着，四个人很不紧凑，根本不像是一支队伍。赵淑敏哼着小调，齐二强昂首望天，唐小平悠闲地踢着石子。过了一会儿，他们又分成两组，唐小平和赵淑敏在前边彼此挽着胳膊，许佳伟和齐二强在后面说着不相关的话。

"到底去哪里玩？都倒是说句话呀！"许佳伟终于憋不住了，他是针对三个人的。

"你们看吧，我去哪都行。"赵淑敏完全是那种在迫不得已时推出的无关紧要的搪塞。

"破古阳县能有什么好玩的地方？"齐二强也没有合理的建议。

唐小平什么话也没说。

"去看录像吧。"沉默了片刻，齐二强说。

"不去那种地方。"

"那……"

"哟，这么浪漫，大冷天在外边兜风？"这时，从路边的淋浴店探出来一颗湿漉漉的脑袋，是常有男。

"又搞减肥了？"许佳伟问。

"减肥？"赵淑敏不解。

"洗澡是男生最有效的减肥方法。"常有男主动进行自我解剖，大家都笑了。

"这回好了，长二给推荐个好玩的地方吧。"许佳伟好像突然找到了救星。

"嘿，原来是找乐子，跟我来！"常有男的专长终于找到了用武之地，"你们呀，就知道学习，整日忙忙碌碌，剩下一点余暇却犯起愁来，悲夫！"他又即兴化用了歌德的名句进行抒情。

大家都跟在常有男后边，转了好几个弯，他们来到了古阳县最大的旱冰城。唐小平还在和赵淑敏嘟囔，常有男早进去了，现在正拿着冰鞋招呼他们呢。

几个人也只好走了进去。冰城里没有光源，只有几行小彩灯在幽暗中不停地闪动。音响里令人恐怖的音乐冲向墙壁和屋顶，又一次次被弹了回来，重重地砸在人身上，唐小平不由得捂上耳朵。冰场上多是些初中生，还有一些七八岁的小孩。他们的节奏好像比音乐还快，"嗖嗖"地从远处飞来，近了才一个急刹或转个险弯滑走了。古阳中学这几位高才生还没有上场就被吓出了一身冷汗。

也难怪这些山里的孩子，他们从小和麻雀壁虎为伴，恬淡与平静才是他们的生活，即使伙伴间的嬉闹也满带着乡间特有的柔和与笨拙。像今天这样的刺激带给他们的新奇早被恐惧和排斥覆盖了，几个人呆呆地立在原地。

"快换鞋呀！"常有男在人群中滑了两圈才注意到自己的同伴，急刹在他们面前说。

"你玩吧，我们不会。"

"没什么，来吧，没有数理化难。"常有男又来了一句冷幽默。

许佳伟和齐二强做了表率，却怎么也说不服两位女同学，便自己上了场。他们在条凳上换好鞋，相互搀扶着站起来。不料脚下的轮子一点也不老实，拖着他们的腿不断地前冲后突，像踩了风火轮，两条腿刚用力收拢了，却又向相反的方向打开。两个人都死死地抓着对方，不像是溜冰，倒像是摔跤。

常有男过来教他们动作要领，许佳伟已经心不在焉了。赵淑敏和唐小平破坏了他的心情：明明说好出来玩的，却一个个在那里装深沉。他真想结束这无聊的游戏，不就是一场友谊吗？你们都不在乎，为什么我就要多情，他于是在离门口最远的一个角落里坐下了。

常有男滑到赵淑敏耳边说了几句什么，她换鞋上场了，唐小平也被她硬拖进来。许佳伟还没弄清楚是怎么回事，常有男突然从侧面钻了出来，对着他喊："过去拉着她！"

许佳伟完全说不清心里是什么滋味，也不知道该怎么办。过了好长时间才迷迷糊糊地扶着墙壁边的栏杆站起来，一点点艰难地向唐小平滑去。大家都注视着他，这让他极不自然，他反感别人为他设置的这种情节，也不想当这样的主角。常有男和赵淑敏的几次暗示他都装作若无其事，只是说："早就说大家一块玩嘛！"

"一块儿个头！"赵淑敏见许佳伟违背了大家的"约定"，愤愤地说。

"一块儿玩，那就拉火车吧！"齐二强好像入了些门道，这样建议。常有男向赵淑敏挤了挤眼睛，抓了许佳伟的手，赵淑敏也抓了齐二强和唐小平，许佳伟和唐小平对视了一眼，也把手拉上了。

"呜——"常有男学着火车的声音来了一嗓子，这列火车便在人群中缓缓起步了。他们的火车保留了詹天佑的设计思路：最前边的常有男和最后边的齐二强是机车，为其余三人提供动力。这样转了两圈，突然从对面冲过来一个小孩，赵淑敏和常有男乘势松开许佳伟和唐小平的手，各自向前滑走了。火箭的两节燃料舱自动脱落，卫星也进入了预定轨道。

许佳伟和唐小平都明白发生了什么，可他们没有把手松开。唐小平一个趔趄，被许佳伟抓住了。许佳伟本来就不怎么会滑，再加上唐小平的重力，他已经是全力以赴了。唐小平的手像大理石一样冰冷，而且满是汗，俩人滑得稍微平稳了，许佳伟意识到该说些什么打破彼此的尴尬。

"近来过得好吗？"许佳伟不知道自己为什么选择了这句话。也许是情感的比热容太小，在时间里又极易挥发，因此最不宜搁置吧？自从调整了座位，俩人再很少说话，更不要提补课逛街的事，这情形积久了便成为一种定势：谁也不知道发生了什么，其实也真的没发生什么，但他们的感觉变了。大家都把这归结为对方，都感觉自己在恼气，恼无名气，可又小心翼翼地保护着这份无名气。直到两人的交流变得势在必行，许佳伟还是避开了近来发生的一切。

"你不觉得你这话太抽象了吗？"唐小平的话里也带了些挑衅意味。

"其实学习不应该带走这么多，对吗？"

"不应该带走的太多了。"唐小平冷笑了一下。

"我们为什么不回到以前的生活？"

"不要天真了，每个人都有自己的人生轨迹，没必要非纠缠在一起。我会选文科，学物理没有用了。"

"那我也选文科。"许佳伟语气有些悲壮。

"前途的事不允许我们任性，你输不起，我也承受不起。"

"我不懂你的意思。"

"你懂……"

"……"

"我不希望你做出让我不能安心的选择。"唐小平说话间眼前闪过一道人影，心里一慌脚下便出了问题，拉着许佳伟的手还没来得及撒开，俩人已摔在了一起。

唐小平的脸涨得通红，手忙脚乱地挣扎着。脚底的轮子好像故意逗她，拖着她前后乱跑。她手脚并用也没能站起来，反而把衣服弄得狼狈不堪。许佳伟有些过意不去，可急中也没有生出智来，扑腾着也没站起来。

"哟，有难必然同当呀！"赵淑敏滑了过来。

"不，是'必须同当'。"常有男也跟着开玩笑。

唐小平的额头被汗浸透了，她没理会常有男递过来的手，伸手把鞋带解开了。大家都呆呆地看着唐小平提着鞋走在冰场上，脚下是一双雪白的袜子。

立冬一过，北方的白天更短了。晚饭过后，天已经全黑了。古阳中学的教学大楼被数百支白炽灯管照得如同白昼，这白昼又被窗户切割成一个个朦胧幽深神秘莫测的小格子，就像作业本上的小方格，等待学生把它填满，用身体，用精神，用脑力和时间，用孜孜不倦、如饥似渴、迫不及待、无条件无目的无休止的热忱填满。

期中考试已经过去，一班考得很好，尤其是历史，平均分比全年级高出15.4 分，比第二名高了 7.2 分，刘老师和同学们都很高兴。晚自习的铃声还没有响，教室里早坐满了人——学生们现在已经不需要铃声了。也许在高二，这是很平常的一幕：高二的生活本来就是这样平淡，因为学习是平淡的。学生完全被学习征服了。解决掉吃饭、睡觉、上厕所等琐碎事，大家都会及时自动地回到教室。逍遥派的残部都是在外面活动的，因此教室里的氛围还是很令刘老师和余校长满意的。

许佳伟把凳子放倒了，背靠墙坐着，腿上放着一本政治书，眼睛却好像冻结了，很久也不眨一下。本来想联络大家的感情，没想到反加速了感情的灭亡，把这种隔膜明确化了。他又想到了出发前设计好的那一大堆理由：座位调换，学习繁忙……可是，凭什么单单让我来维护这份感情，自己又为什么这样低三下四呢？

"佳伟，你出来一下。"冯宇杰不知道什么时候从后边蹿了出来，鬼鬼祟祟地拍了拍许佳伟的肩膀。许佳伟抬眼看了看他便跟了出去。

"什么事神秘兮兮的？"许佳伟直追到操场上，才停了下来。

"来支不？"冯宇杰从兜里摸出一盒烟。

"怎么又开始抽烟了？"许佳伟的话中带着些作为班长的语气。

冯宇杰没理许佳伟，很熟练地把烟点上了。

"期末考试能不能照顾一下？"冯宇杰开门见山。

"这……"面对如此直率的问题，许佳伟有些不知所措，"这事我没法帮你，再说我这样不是在帮你，而是在害你……"

"还是这一套！我不嫌你害，你尽管害就是了。"冯宇杰不等许佳伟说完便解除了他的"后顾之忧"。

"不是，大个，学校有明文规定，再说对我们也确实没什么好处，我们又何必自欺欺人呢？"

"什么明文规定，就你还守着明文规定。上学期二班转正的那么多，咱们班一个没有，还把你的唐小平也搭进去了。你以为他们真是自己考出来的？"

"不要再提我和唐小平好不好？"

"我不会白用你，如果通过了，省下的五百块培训费我们平分。"

"不是钱不钱的问题。"

"你是不是已经答应别人了？唐小平吗？"

"没有。"

"一句话，行不行？"

"大个，我平时是什么人你也清楚。如果是其他什么事，我一定倾力相助，这件事我实在无能为力……"许佳伟还要说什么，冯宇杰已经扭头走了。

"等……"许佳伟第一次看见冯宇杰还有这样难看的表情，而且是因自己而起的，便有一些自责，或许因为他不想再失去更多的朋友了，他叫住了冯宇杰，"大个，你是不是觉得我不够意思？"

"算了，你也有自己的难处。"冯宇杰语气平淡。

"我实在是……得了，我依你。不过我不要你的钱。"

"这才是好兄弟嘛，我不会亏待你。"冯宇杰拍拍许佳伟的肩膀，很哥们的样子。

"转不了正别怪我！"

"OK！"冯宇杰拥着他向教室走去。

两节晚自习，许佳伟上得懵懵懂懂。铃声一响，许佳伟第一个出了教室。回到宿舍，他连脚也没洗便和衣躺下了。不知从什么时候开始，男生宿舍也失去了往日的喧闹，快期末了，或者干脆说快高考了，大家都忙着学习。常有男耐不住寂寞，常抓抓这个挠挠那个，大家都不怎么理睬他，时间长了他也就觉得没劲了，一回宿舍就钻进被窝看他的小说去了。他现在的阅读范围远远超越金庸、古龙、温瑞安，琼瑶、池莉、王跃文、郁达夫、痞子蔡，甚至关汉卿、但丁、乔伊斯，总之，除了鲁迅的书他都读。另外，报纸、杂志、漫画也都是他的兴趣所在，现在几乎是来者不拒，反正学校离县图书馆不远，那里有的是书。常有男现在的阅读速度快得惊人，《平凡的世界》那么厚三本，上百万字，他一两天便看完了，并且能在一个星期后说出孙少安为父亲砌窑时的个人资产是四万元，孙少平和田晓霞的第一次接吻是在大牙湾煤矿后面的山坡上。

冯宇杰还是整天往外面跑，有时候晚上也不回来。大家都为他担心，可除了长二谁也不敢跟他说。

苏科的成绩一直很稳定，又不偏科，又是学习委员，成了老师面前的红人，大家都很羡慕他。他也很懂得珍惜这份来之不易的"特殊待遇"，学习自然十分刻苦。每天都得等到教室熄灯才回宿舍，匆匆洗漱一下，又开始在被窝里继续钻研他的数理化，和大家极少的交流只限于"递一下毛巾"或"借你的化学练习册一用"。

齐二强的情况比苏科坏多了，论基础，论下的功夫，论智商，他都不在苏科之下，平时的表现也总是胜他一筹，可一到考试就会出问题，有时候甚至连常有男都不如。老师找他谈过好几回话，说他不要过分计较名次，放下考试压力，他也觉得这可能就是"病因"，可下次考试时他又会莫名地恐惧，仿佛他又考砸了。他不自觉地和苏科比，按苏科的标准要求自己，苏科几点去教室他也几点去教室，苏科看语文他也看语文，苏科在数学课上回答了一个问题，他也必须得在数学课上回答一个问题，苏科每天熄灯后才回宿舍，他也熄灯后才回宿舍……

常有男又完全不像齐二强，他的目标只是高中毕业证。他没必要和苏科争第一，也不用担心考倒数第一，前程已有家里人为他设计好了，他的"任务"便只有娱乐了，只要让自己开心就好。常有男绝对是个厉害的角色，头脑无比灵活，读的书也多，可就是不爱学习。他经常能带来些乱七八糟却又无懈可击的题目，让老师们头疼不已又不得不佩服。例如他出的数学题：等差数列中 a_1= 马，d= 马，求：a_2，a_3，a_4。（答案：骈，骖，驷）还比如，代数几何三角三角三角三角代数三角三角三角几何几何？〔答案：三角（￥0.30）。注：《代数》+《几何》+《三角》=￥0.30+￥0.30+￥0.30，《代数》=￥0.30，《三角》=￥0.30，《几何》=￥几何〕老师骂班里的学生一个不如一个，他说反过来看就乐观了，一个比一个强。这家伙的文科比谁都厉害，可就是不做大题，也不写作文，用他自己的话说叫不屑，老师拿他没一点办法。不过他从不主动找老师的茬儿，在同学中找乐也适可而止，决不过分。学校外边有的是乐趣，旱冰城、游戏厅、录像厅、网吧，只要有钱，哪里不能让他逍遥洒脱呢？

许佳伟一个人躺在宿舍里，没有开灯。他怎么想都是自己最倒霉：成绩的下降和友情的疏远姑且不说，就是大家变成现在的样子，他也觉得自己有责任，投稿，组织滑旱冰，这些都是他改变这一切的举措，可惜都失败了。学习给他带来了威信，也一点点消磨着他最初的豪情壮志。可每次给田田的信中他都说班里的情况很好。

"怎么不开灯？"常有男问。

"为国家节省能源呗！"

"你说数学老师也是的，都什么时候了还想着照顾每一个学生，一道题三遍五遍地讲。"苏科说。

"就是，人家三四班等差数列都快学完了，还不耽误做《三点一测》。"齐二强跟着发感慨。

"依你们的意思照顾好你俩就行了呗？"常有男有些听不惯他们的话。

"无须讳言，谁也没能耐把每个人都教成大学生，那就不该让部分学生拖住大家的学习进度。"苏科觉得自己说得很在理。

"大家都被拖住了吗？"常有男的反问一针见血，"同样是学生，同样交八百块钱学费，凭什么单单要照顾你们几个？"

"照顾？不知道真正受照顾的是谁。"苏科冷笑了一下。

几个人还要说什么，常有男被刚进门的冯宇杰拉走了。

第十六章　神经性头痛

　　时间已经进入 12 月底，自然界完全被冬天统治了。树木脱光了衣服垂头丧气地立在寒风中，就像被罚站的学生。枯草被风卷着满地乱跑。人类耐不了这样的严寒，都挤在自己制造的"小格子"里求温暖。

　　古阳中学基本上都结了课，学生们都进入了更紧张的复习之中——其实这个"更"字是无从说起的：自从升入高二以来，学生们就把自己的时间安排得无缝插针。有的同学两个星期才为自己"放松"一次，这也多是回家寻点经济来源或上街买些生活必需品，因此在学习时间上是无以复加的。要说"更紧张"也许只能归结为心态了。学生们明显比以前更紧张，更焦虑了。整日紧锁着眉头，不说一句话，他们恨不得一天有 48 小时，把自己分成两半去对付这场考试。更有甚者，对洗脸、洗衣服这些生活琐事也像应付差事，白床单都一律换上了耐脏的颜色，军训时的豆腐块被子也早已成了花卷。是的，他们实在没有时间再供浪费了。

　　许佳伟也顾不得什么友情不友情、班务不班务了，全身心地投入学习当中。他不想再从第一名退到第十六名了。刘老师对他的态度有了很大转变，"能学好数学就是最有希望的。"这是他的原话，许佳伟没理解出数学与逻辑思维的关系，可单单是老师的一句凭空鼓励，也可以重新燃起他的希望之火。

　　等差数列终于学完了，许佳伟掌握得很好，物理、化学和其他尖子生比也差不到哪去。他意识到自己的主要弱点在英语上，背单词、读课文、记语法成了他学习的主要内容，他也不管以前的学习计划了，不论早晚自习，他必须完成了英语计划才去考虑其他学科。还有，他觉得英语老师的讲法很不对劲，自己成绩不好或许有她的原因。自学，许佳伟心里刚冒出这样一个想法就付诸实施了，他的心里憋着一股劲，靠自学英语也照样能学好。

刚上早自习，许佳伟被刘老师叫到了办公室。学校又要迎接一个什么检查，全校大搞卫生。

"现在都什么时候了，还要搞这些形式上的东西。上面也是，检查就检查，先通知了再来能查出什么。"

"不要说了，就一节早自习时间。"

"这几天大家都忙着准备考试呢，我怕说不动。"

"住校生回去打扫宿舍，走读生打扫教室，明确分工，让各组组长和各舍舍长负责。"

许佳伟往教室走的时候就开始犯愁了，他把刘老师的指示传达下去后同学们的抱怨果然来了，有的甚至骂出很难听的话。

"别嚷了，要节省时间就赶快行动。"许佳伟说。

齐二强拿了本书先出去了。走读生也要往外走被许佳伟拦了回来，几个住校女生还没有走，走读生便愤愤地拿起扫帚，故意搅得一教室灰尘。唐小平还在原地写着，她连着咳了几声，连头也没抬。

"唐小平，值日了！"终于有人耐不住了。

"你们值你们的，我的给我留下。"唐小平依旧没抬眼睛，许佳伟站在一边气得直跺脚，真想过去一把将她的稿纸撕掉。可意识到也许要由自己解决他们的"纠纷"，他还是胆怯了，宿舍里也要看看的，他给自己找了个理由离开了。

宿舍里并不比教室好多少。冯宇杰和常有男一边吸烟一边扯着闲话，齐二强把他的木柜子拉了出来，正坐着算题。

"快弄吧，就剩咱们宿舍了。"许佳伟强压住火气，规劝大家。一边拿起了扫帚。

"就别干，看他学校能怎么样！"冯宇杰的话不是针对许佳伟的，可更让许佳伟为难。

"真是形式主义！"齐二强似乎也有些不好意思，要从许佳伟手里抢扫帚。

"把自己的床铺收拾一下，白床单都铺上。"许佳伟没给他扫帚，冲着大家说。

"白床单？看你有没有白床单。"苏科的话不是玩笑。这段时间他们的衣物和床上用品都是脏得不能用了才换下来，换下来的又是积累到实在没法替换了才集中处理一次，要说白床单都还在柜子里脏着呢。

"我教你个绝招。"常有男要站在许佳伟这边。

"别说是翻过来铺。"苏科今天比他反应敏捷。

"你也知道？"

"地球人都知道，可惜我的正反面都黑了。"苏科显然没从常有男那里得到惊喜。

"和我去女生宿舍看看。"许佳伟对齐二强说。虽然他刚才还在生他的气，可要去女生宿舍，他还是得拉上个人。

还好，女生宿舍比他们干净，不过她们的琐碎东西比男生多，书本、小闹钟、布熊娃娃，还有洗涤涂抹的东西都毫无章法地堆在床上，几张代替墙围布的明星画都脱落了一角，向下耷拉着。地是刚刚扫过的，垃圾还在门口堆着。

"其他同学呢？"许佳伟对着仅有的几位女同学说。

"回教室了。"

"还没回来呢！"李耀丹故意拉长声调说。许佳伟知道她说唐小平，想要说什么又把口水咽到肚子里。

"你们的舍长是谁？"许佳伟又问。

"不知道。"又是李耀丹。

"李耀丹你什么意思？"许佳伟的火气一下子上来了，指着李耀丹大声嚷道。

"算了算了，"赵淑敏出来调停，"我们宿舍的舍长是按星期轮着当的，现在也不知道轮到谁了。"

"怎么？有人能在教室里做作业，我们就不能在宿舍里看书？"李耀丹也不甘示弱。

"别说了，耀丹，小平情况特殊，你也知道的。"赵淑敏又来劝李耀丹。

"特殊情况怎么了？特殊情况就应该特殊照顾吗？"李耀丹的话一点也不留情面。

"你不要太过分了！"许佳伟脸涨得通红，好一会儿说不上话来。

"都把白床单铺上。"许佳伟的语气稍微平静了一些，李耀丹也没再说什么。女生们把不在的同学的床单也从柜子里找出来铺上了。

"赵淑敏你出来一下。"许佳伟的语气让赵淑敏吓了一跳。

"唐小平怎么了？"出门走了两步，许佳伟咄咄逼人地问。

"你这是怎么了？"赵淑敏笑了笑，她试图改变这种气氛。

"唐小平怎么了？"许佳伟把刚才的话重复了一遍，脸上没有表情。

"医生说是神经性头痛。"

"什么？"许佳伟确实没能控制住自己，他知道神经性头痛很是难缠，好多学生因此离开了校园，"什么时候？为什么不告诉我？"许佳伟不等她回答便向教室走去。

"你多想了，问题没那么严重。"赵淑敏急忙去拽许佳伟。他什么也听不进去，只是一个劲往前走。

"等等！小平不想见你。"赵淑敏说。

许佳伟终于停住了脚步，一下子停住了脚步。

"她不让我们告诉你，"赵淑敏平静地说，"怕影响你学习。"

"这病就无药可救了吗？"沉默了良久，许佳伟说。

"有，可是……"

"可是什么？"

"这种病不看书时完全是个正常人，一看书脑袋就像要炸开。治没有办法只能靠养，医生说休学半年，或许可以……"赵淑敏说话的时候不住地观察着许佳伟的表情。

"那她怎么能撑这么长时间呢？"

"她一直在吃脑清片和安神补脑液。"

"她的学习……"许佳伟的思维仿佛掉线了，真正自私的原来是自己。

她的妩媚，她的善良，她的遭际，她的冷漠……往昔的一幕幕在许佳伟的脑海中急速切换，可无论如何也不能形成一个整体，记忆被打成了碎片，在他面前一片片飘零、坠落……

许佳伟紧紧攥着拳头，狠狠地向墙壁砸去。泪水不知道什么时候溢了出来，在干瘦的脸颊上画出明晃晃的两道痕迹。

突如其来的不幸让他来不及想到：毕竟现在还什么都没有发生。

第二天许佳伟起了个大早，他想在教室里单独撞见唐小平。唐小平来得很晚，和一群女生相跟着，许佳伟只好背地里默默地注视着她。直到教室里熄了灯，一切又重归于黑暗，他才默默地回到宿舍。

太阳又一次升起的时候，许佳伟采取了相同的战术。依然一无所获。刘老师说上面的检查取消了，班长的努力也被大家捎带着埋怨了一通。不过许佳伟好像无所谓，他的心思不在这里。

吃过中午饭，许佳伟像往常一样漠然地向教室走去，他的午休已经取消好长时间了。推开门的一刹那，他停住了脚步。眼前的一幕鲜明地跃入眼帘：一个穿着红外套，留着小子头的女孩静静地坐在那里，脸深埋在两条胳膊抱成的圈子里。是的，她是唐小平。为了不影响学习，她把自己心爱的麻花辫剪掉了，她对面站着的是赵淑敏。

许佳伟感觉到自己的心跳在加速，是兴奋，是震惊，也是不知所措。他好像明白了什么，又好像什么也不知道。

"还没有吃饭吗？"许佳伟问。

"没有。"赵淑敏冷淡的回答并没有给许佳伟解决多少困惑。

"唐小平，怎么了？"他的话很不自然，连自己也不知道它能否理解为是针对唐小平的。

"没什么。"赵淑敏见唐小平没有反应，便替她回答了许佳伟。

"对不起！唐小平！"许佳伟把眼前的情境进行了一番联想后，一字一顿地说。

"小平，别生气了，别和她计较。"赵淑敏也重新来劝唐小平。

"不，不！不关大家的事。"唐小平强抬起头，她想迅速改变眼前的情境，泪水却不争气地涌了出来。

"我真的不是故意的，我不知道发生了这么多事！"许佳伟急躁地解释道。

"佳伟，这事不是因为你，是李……"

"是李耀丹……"

"真的不关你的事，我该谢谢你才对，班长。"唐小平同时打断两个人的话。

"不，我不想听到你的'谢'字！"许佳伟一时找不到表达自己感情的句子，只机械地喃喃道。唐小平的感谢无情地拉开了他们的距离，还有那声"班长"，许佳伟觉得她好陌生，好遥远……

"该吃饭了，过会儿又得泡方便面！"唐小平止住泪水，强装出一个笑容，在她那苍白的脸上显得那么浅显，那么凄美。

唐小平和赵淑敏出去了，带走了不愉快的局面，可许佳伟觉得带走的是他的整个世界。他从座位上站了起来，木木地注视着她们的背影。此刻他似乎才深深地感觉到，即使是痛苦和误解，他也不想再让她离开自己了，哪怕是短暂的一瞬间。是的，不能再等了，有些话不说就再也没有机会了。他在桌子上铺开一张纸，埋头写着。

小平：

希望你不介意我这样的称呼，此时此刻我只想尊重自己的真实情感。

回顾一年多的高中生活，真的无法忘记你。单纯、美丽、善解人意，你是我的天使，是我生命的动力。是否还记得我讲给你的那些故事，还有那些物理题。也许你没有感觉到，我的很多次拼搏都是因为你。你我的相逢也许本就是一场戏，你和我就是主角，爱便是主题。真的不知道这学期发生了这么多事，最初以为仅仅是因为学习。因为我们曾有过一个心照不宣的约定，所以我无须怨悔。然而事实令你悲哀，也叫我失望。我不知道你当初的想法，也许是善意的隐瞒，可对于我来说这永远是一个背叛。我可以和你共享成功的喜悦，眼前的困难为什么不让我和你共同承担。

我承认自己的自私和狭隘，可我也是在考验我们之间的情谊。黑暗之中，我在痛苦地等待着昔日的重来，可我在不经意间步入一个生命的误区。也许这是一个美丽的错误，可它必将让我悔恨终生，也让我痛恨终生。你不该让我这样浑浑噩噩地活着。

我怀念那一段美好的时光，怀念那纯真的感情，我恨自己为什么不让梦想成为现实。生活的戏剧唱出了悲调，可这并不是尾声。昔日的感情依然会支持我陪你走过困难的里程，你会支持我吗？

许佳伟

放下笔，许佳伟的心情十分悲壮，有一种"风萧萧兮易水寒，壮士一去兮不复返"的感觉。他把那页纸撕了下来，端端正正地塞进信封，又在信封上用正楷写下：唐小平亲启。

赵淑敏又回来了，一个人。许佳伟刚要开口，她先说话了：

"去外边说吧！"

许佳伟稍微收拾了一下，拿了信跟了出来。

北国的冬天，即使在中午也没有多少暖意，枯死的草，凋零的花木，冰冷的秋千都反衬出几分格外的清寒，灰蒙蒙的天幕后边太阳强撑着一丝温暖。

"昨天小平她爸来了。"赵淑敏说。

"很严重了吗？"许佳伟尽量不让自己的话触到痛处。

"他是来给小平送钱的，这段时间吃药花了好多钱。"

"那刚才她……"

赵淑敏摇了摇头，长长地叹了口气。

昨天下午，赵淑敏一下课便拿了本书离开教室。回到生活区时，远远看见宿舍门前的垃圾池边蹲着一个人，头发有些乱，衣服又土又脏。

锹头队。赵淑敏脑海中掠过一丝淡淡的印象。在古阳县的每个街头巷尾和大小市场上，到处可以看见这样的人。他们本是山里的农民，冬天地里没活了便扛着大铁锹出来赚几个活钱补贴家用，人们由此形象地称他们为"锹头队"。锹头队专干城里人不愿干的重活、脏活，让装土便装土，让卸煤便卸煤，让打扫房子便打扫房子；价钱稍微高一点，他们也为城里人淘茅厕，给各个单位清理垃圾。不过他们的生意并不好。常见的情形是：几个锹头队员

163

聚在一起打牌消遣，其余的在旁边观看，还有个别的对打牌不感兴趣，头枕着铁锹在地上就睡着了。如果这时候突然过来一辆拉煤的卡车，围观的在第一时间撤出包围，打牌的也很快收拾完战场，提锹上阵，就连睡觉的也能立刻醒过来，并以超人的爆发力一窝蜂似的没命地往车上爬。然而由于竞争太激烈，本地卸一车煤的市场价从前年的四十块降到了去年的三十，又降到今年的二十五。这些一群一伙的人多数又来自同一个地方，谁也不好意思把谁丢下，所以只好十几个人挤一份生意，有时候忙碌半天，一人还挣不到两块钱。有些锹头队员挣不到钱，也干一些偷鸡摸狗的事，古中也被盗过一两回，所以有时候老师和学生都是谈锹头队色变。

赵淑敏头皮有些发紧，加快脚步往宿舍走。可刚开了门，那人却从后边跟了进来：

"唐小平是不是在这个宿舍？"

"妈妈哟——"赵淑敏毫无防备，几乎吓得跳了起来。

"吓着闺女了吧？"那人忙不好意思地嘟囔道。

"你找谁？"这时候宿舍区的人也渐渐多起来，赵淑敏回过头重新打量了一下眼前这个人。

大个，略有些驼背，看样子四十上下。上身穿一件很不合身的旧校服，几道乱七八糟的炭黑不怎么分明，显然刚做过专门处理。红褐色的脸上蒙了些灰。他说话时的眼神很急切，一开口，便露出一嘴焦黄的牙齿：

"唐小平，红旗乡杨家营子的。在这里上高二。"那人回答得特别仔细。

"你是……"赵淑敏这才发现那张脸似乎有些熟悉。

"噢，我是她爸。"

"原来是唐叔叔，快进来吧！小平还在教室用功呢，我给您叫去。"赵淑敏好像意识到刚才有些失礼，便热情地招呼道。

"噢，不用了，我等会吧。"那人说着又退了出去。

"快回屋里坐。"赵淑敏这回表现得很热情。如此推让了几回，那人便进了宿舍，找了个床位坐下来。

"近来学习忙不忙？"

"伙食怎么样？"

"屋子里生这点火，不冷吗？"

长辈不停地问这问那，赵淑敏——回答了。

宿舍里陆续回来好几个同学，她们都疑惑不解地看着这个脏兮兮的锹头队员。

"你看谁来了，小平。"唐小平一走进宿舍就被赵淑敏拦住了。

"是爸爸——"唐小平高兴地叫道，可一看到父亲的样子，她又有些难堪了。

"噢，刚给人家卸完一车水泥。怕你们上课，就赶来了。"父亲看出了女儿的窘迫，急忙解释道。

"吃饭了吗？"唐小平不想让父亲的形象成为大家关注的焦点，便转移了话题。

"吃过了，来时候在街上吃了碗面。"

久别重逢，父女俩家里学校聊了一会儿。李耀丹进来的时候，唐小平才意识到父亲坐在她的床上，便把父亲叫了起来，可就在父亲站起来的一瞬间，大家都看见李耀丹雪白的床单上留下两个明显的灰印。

李耀丹的表情立刻冻结了，她在那两个灰印前站了几秒，一句话也没说。

"对不起，耀丹！我帮你洗吧。"唐小平见状忙向李耀丹赔礼道歉。

李耀丹依然一声不吭，一把扯下那块床单，狠狠地扔进盆里，甩门出去了。

"你看都是我太老土太不注意了！"唐小平父亲拍了一下自己的脑袋，难为情地解释道。

"唐叔叔您是大人，别和我们这些孩子一般计较。这床单是刚铺上的，近来大家学习都紧没时间洗，所以耀丹才生气的。"赵淑敏也急忙解释道。

"就是，您别计较。"大家都跟着说。

"爸，我送您回去吧！"唐小平的表情不太好看，大家都忍不住背过身去。

"好吧，你好好学，缺什么就给我说，我就在这街上。"唐小平父亲的话是针对自己女儿的，大家听了都很难受。

赵淑敏说完眼眶不由得湿润了。是啊，在古阳中学这样的学校，有多少这样令我们感激的父母啊！他们平时扛着锹头风里来雨里去，渴了喝口凉水，饿了在路边的饭馆里要碗最廉价的手工面，一碟咸菜，一勺辣椒，吃得大汗淋漓。用以解乏解馋的二两烧酒便是奢侈品，好几天才能喝上一回。他们干重活脏活，穿孩子替下来的衣服，所有的爱都毫无保留地给了儿女们。单单因为孩子是他们的希望吗？不，单单是因为爱！有多少功成名就的儿女能还父母这样一个完完全全的爱呢？正如一句歌词里唱的："老人不图儿女为家做多大贡献，一辈子不容易就奔个团团圆圆。"也许这就是他们的生活吧！

可是，当他们那因生活和儿女之迫而狼狈不堪的形象摆在儿女面前时，年轻而虚荣的心却不敢接受他们了。生活的戏剧啊，你为什么要上演这样深刻的悲哀呢？然而连这样的悲哀我们的父辈们也好像毫无察觉，只是不好意思地回避了，真像自己犯了什么错误。

父母的爱呀，你用"博大"就足以形容吗？

"又是我惹出的祸！"许佳伟说话的时候把手指分开了深深地插进头发里。

"你别自责了！耀丹也觉得自己过分了，她已经向小平道过歉了。"

"那唐小平她爸没问她的病情吗？"

"她还没告诉家里，这学期买药花了不少钱，她一直撒谎说是学校的收费。"

"这怎么能行？你没给她做做工作吗？"

"小平的性格你是知道的。"

"我想和她面谈一次。"

"也好，也许她能听你的。不过一定要注意说话方法，她现在的精神状态承受不了大的刺激。"沉默了好一会儿，赵淑敏说。

许佳伟抬起头看了赵淑敏一眼，眼前是一轮灰黄的太阳。

2002 年 1 月 1 日，古阳县人民医院。

新年的头一月，例外地没有风，天气清冷清冷的。天灰蒙蒙地阴了一天，现在终于下起雪来，起先是雪粒，啪啪地敲打着路上的行人，后来就成了极薄的雪片。

医院里静悄悄的，昏暗而幽深的甬道里到处弥漫着消毒水的难闻气味。

一个人走在里面难免有几分恐怖和压抑，也极容易产生不太吉利的幻觉。

"11 号，12 号，13 号，前边就是了！"许佳伟放慢了脚步，在 14 号病房门口停了下来。不知道是手里拎的东西太重了，还是别的什么原因，他出了一头汗。站了五六秒，他抬起手在门上轻轻地敲了两下。

"找谁？"开门的是一个庸俗的女人，妆化得很重。

"阿姨，唐小平是不是在这个病室？"许佳伟让自己显得很有礼貌。

"不是！"那女人边说边咣当一声把门关上了。

"就是 14 号呀！"许佳伟急忙推开门解释道。

"这是妇产科！"那女人完全像在吵架。

"噢，对不起，不是……"许佳伟憋得满脸通红，忙退了出来。

"连病室也找不着，还来看人……"女人的唠叨从门缝里钻了出来。

"今天怎么这么晦气？"许佳伟拎着一书包东西来回踱着，时而向远处看看。一会儿又在走廊的长椅上坐了下来。

"麻烦问一下神经性头痛住哪个病室？"终于过来个穿白大褂的，许佳伟便迎了上去。

"三楼北侧。"

照着医务人员的指点，许佳伟很快找到神经内科 14 号病室，可他却在门口呆住了。病房门开着一条缝，可以看见许多古阳中学的校服，那不是赵淑敏吗？还有齐二强、常有男、李耀丹……许佳伟感觉到自己的心跳在加速，他看了看手里的那个大书包，把一个心形的巧克力盒往里推了推，鼓起勇气进去了。

"佳伟来了！"常有男的惊奇里毫无意外地带着怪腔。

"哦，大伙都在这儿……"许佳伟没敢迎接大家的目光，背着手从大家身后绕过去，把那个书包放在桌子上。

"这些孩子真多心，人来就行了，买这么多东西干什么！"说话的是一个中年妇女，看样子是唐小平的母亲。

"噢……没事……一点心意……"许佳伟觉得自己像是在表演节目，大家都是观众。

"这是我妈，这是我以前的同桌，特别能帮助我的那个，他叫许佳伟。"

167

一个低低的声音笑着说。

听到声音，许佳伟这才抬起头，病床边的人墙马上闪出一个豁口，唐小平的脸完整地露了出来。许佳伟脑子里乱哄哄的，不想看，不敢看，一道不知从哪里来的命令拖着他的两条腿机械地往前挪。

唐小平盖着一床白被子，只露着头和胳膊，脸比以前更白了，颧骨、鼻子、下巴就像退了潮的礁石，高高地耸露出来，一丝淡淡的笑容挂在嘴角。刘海儿和眉毛一绺绺的，显然被汗水浸渍了很长时间。许佳伟说不出自己的心情，满脑子都是这张苍白的笑脸。

"谢谢你来看我。"唐小平依旧笑着说。

"没关系，感觉好点儿了吗？"

"比前两天好多了，估计很快就能出院了。"

"赶快回来吧，同学们都希望看见你。"

"谢谢！"唐小平勉强笑了笑。

接下来许佳伟便没有台词了，直愣愣地干站着。大家的谈笑声又渐渐高起来，许佳伟终于如释重负地从"舞台"上退了下来。

"医药费说得怎么样了？"常有男问。

"只报药费的80%，还得要医院和学校的证明。"赵淑敏说。

"她爸去了两次，总说这个不全，那个不对的。我看人家是不想给报。"说话的是唐小平的母亲。

"那哪能由着他，保险公司也真是的。"李耀丹说。

"哎，长二，你家老爷子关系广，让他跑跑吧，要不打个电话也行。"赵淑敏的话一半是玩笑，一半也是认真，大家都看看常有男，要求他回答。

"打什么电话，咱这是光明正大天经地义的事，我去。"

"你别吹牛。"

"不吹牛，阿姨你把保单给我，一会儿——明天我把钱给您送来。"

"能报就报点，不给报也别让这孩子为难。"唐小平的母亲说。

"那我先走了，要不二强和我走一趟吧。"常有男摆出要走的架势。

"我也走了。"

"我也走。"

一说走，大家都站起了身，许佳伟也慌忙加入了大家的队伍。

"佳伟你刚来，就再待一会儿吧！"赵淑敏说。

"没事就待会儿吧，小平也喜欢你们陪她说说话什么的。"小平母亲也这么说道。

"我……"这时许佳伟已来到桌子旁边，手伸进那个大书包，"我还有点事，明天我再过来吧。"一说完，许佳伟又后悔了，包里的东西……好一会儿，许佳伟僵直地立在那里，不知道该怎么办，最终，他还是把里面的东西一件件掏出来，暴露给大家：

果冻、奶糖、巧克力……

许佳伟的头埋得极低，有些掩耳盗铃的意思。他今天的表演好像已经到了尾声，如果说演出效果，这应该是高潮。背后还有些旁白在烘托渲染着这种效果，那就是唐小平的母亲。

"你看这孩子，买这么多东西做什么？这些你们拿回去吃吧，这里东西多，搁久了也会坏的。"她说着把那盒巧克力递过来，硬要往许佳伟的包里塞。

"不，不，让唐小平留着吃吧。"许佳伟和眼前这位长辈推辞的时候可以清晰地感觉到大家的目光像芒刺一样扎着自己的脊背。

"阿姨，您就放着吧，这是佳伟的心意。"常有男本来已经跨出了门槛，见屋里热闹又回过头来，"心意"两个字还做了特别强调。

这时，许佳伟和唐母都迟疑了一下，互相推搡的手没有了方向。那心形巧克力"啪"的一声摔在地上，裂成了好几半，里面包着锡纸的巧克力球在地上跳了几下，滴溜溜地钻到床底下去了。

大家都怔住了，许佳伟和唐小平对视了一下，好像会意了什么。

剩下的时间里，许佳伟没有再去看唐小平，那天在教室里写下的信还在他的抽屉里，唐小平也没有参加两个星期以后的期末考试。太阳还是那样灰蒙蒙地轮转着，统治着这个世界的依旧是永无休止的西北风。

第十七章　分　科

不知道从什么时候开始，回家度假成了许佳伟的一种煎熬。不同的生活经历无形地拉开了他和家乡的距离，他开始看不惯那半夜半夜弥漫着烟雾的闲谈。先前礼貌懂事的孩子沉默了。许佳伟躲进了自己的书房，他把两册化学书重新复习了一遍，准备迎接开学后的分科。

分科是期末考完后学校突然通知的。学校真是和他们开了一个大大的玩笑，市一中上学期就分了，古中偏要玩什么素质教育，说不分，结果白白浪费大家一学期时间。现在突然又要分了，人们都不知道该怎么办。在人生的这个岔路口，无论向哪边伸出脚，都觉得不踏实。究竟哪条路上有金子，哪条路上有陷阱，好像谁也无从考察，只能去赌。

现在人们都迷信理科，成绩好的都学理科。文科和文科生则相对受冷落，说出来多少有些"后三排"的意思，带了些贬义色彩。然而在古中，事实上理科也至多只能上个省师大什么的，将来当个人类灵魂的工程师。MBA、IT精英等至今还是一个美好的幻想。

也有学文科的自我安慰，说什么学习好的凤凰都学了理科，留在文科班还能当个"鸡头"，"宁为鸡头，不为凤尾"嘛。

说归说，做归做，真正到了分科的时候，大多数尖子生还是搬着桌子坐到理科班去了。而且到了这种时候，尖子生的选择权往往不那么神圣了。他们就像俱乐部里的球员，去哪里踢球，踢什么位置，踢多少分钟都有人为你考虑、谋划，根本用不着自己操心。关于他们，分科、高考估分和填报志愿等工作全是圆桌会议研究的结果。家长、各科教师、学情分析专家、考试研究专家和信息专家都被召集在一起，对各方面的情况逐个进行分析、研究、讨论，最后以投票的方式决定下来，付诸实施。

学校这样做有自己的难处，古中是二流学校，他们断然不敢轻言升学率，只能抓住几个学生做文章。有时候运气好，就像五年前，突然冒出个名牌大学，便可以向外扬言：古中照样有人上好大学。对于那些笃信"是金子在哪里都会发光"的家长，这绝对是一剂定心丸。如果因为分科、填报志愿这样的事情耽误了一个学生，学校的损失就不可估量了。

此时此刻，许佳伟的心里却刮着另外一场风暴。按照学校的规则，他应该学理科，他属于那种典型的逻辑思维能力强而记忆力较差的学生，这连他自己也深信不疑。可是如果依同样的规则，唐小平就该学文科了，理科学不好的自然要选文科。

真正的抉择还没有到来，另一个砝码已经加在许佳伟情感的天平上，他心乱如麻。

是的，他在为自己找学文的理由：

数学好在文科班不是一个优势吗？

政史都是死的，功到自然成，再说自己的化学不行呀！

选文科本身不就避过了很多竞争对手吗？

许佳伟的想法不是没有道理。可是他自己也知道，这些话最终都是要上桌面的，能有说服力吗？他似乎已经看见自己那强词夺理却又理屈词穷的样子。

终于过了元宵节，许佳伟迫不及待地坐上了返校的班车。一路上，他没有兴致欣赏西部大开发给山村带来的巨大变化，心思早飞到了学校。

古中还是老样子，只是比先前略旧了一些。就像在箱子里藏久了的古董，刚取出来不免有些蛛丝和灰尘。大门上一副财源兴旺的对联被风撕掉了一角。由于下半学期没有新生入校，校园里不像秋天时那般热闹，那块写着"全面实施素质教育，努力提高全民素质"的校牌也被拆掉了，让人觉得少了点什么。许佳伟进校园后直接向办公楼走去，他想了解一些关于分科的最新情况。

在楼门口，他遇见了冯宇杰和齐二强。

"佳伟，多亏了你！我转正了！"互相寒暄之后，冯宇杰兴奋地说。

"是吗？恭喜你。"许佳伟显然没有多少喜悦，"分科的事有什么新变化吗？"

"没有。你们都选理科了。"

"没有呀，我还没决定选什么呢！"

"你和苏科还在（1）班，理科重点班。已经贴出来了，去看看吧！"齐二强说话时的口气许佳伟没有听出来。

"你们去吧，我先走了，中午我请客。"冯宇杰说完就走了。

"这又是学校一厢情愿了！"许佳伟说。

"你这回考得不错，尤其数学和物理，排年级第二和第七。学校也重视，抓住机遇好好干吧。"齐二强说。

"你呢？"许佳伟问完又后悔了。

"哎！马尾提豆腐——提不起喽！"齐二强说完又加了个长长的叹息。

"知道其他同学的情况吗？"许佳伟知道触到了齐二强的痛处，便转移话题。

"刚才碰见赵淑敏和李耀丹，她们都说要学文，小平还没来。"

"哦……"

"去报名吧！"沉默了片刻，齐二强说。

"你报了吗？"

"还没有。"

"等等再说吧。"

两个人好像没什么话可说了，便告别了。许佳伟漫无目的在校园里走着，想着分科的事。起先他误解了素质教育的意思，以为素质教育了，就不需要分科了，他把各门课都像自己的业余爱好一样来者不拒地接受。非常具有戏剧性的是，许佳伟的想法和一个人不谋而合，这个人就是杨老师，不过杨老师的想法绝对有胜过许佳伟一千倍的理由，他的启发式教学的设想甚至有初步的模式和纲领，可惜杨老师被"调走"了，一场教育改革之风最终没能刮起来。

走过操场时，许佳伟停下了脚步。这是他和唐小平两次长谈的地方，那棵老杨树依然直挺挺地立着，此刻正默默地注视着他。就像通人性的猎狗等待着主人的一声指令。

理科还是文科？文科还是理科？

许佳伟一遍遍不停地问自己。

学校安排的报名时间就剩最后半天了，许佳伟在高二（1）班的报名册里填上了自己的名字。班里的同学都以不同的成绩被编制在不同的教室里：苏科和许佳伟等八名同学留在了（1）班——理科重点班，齐二强也在理科班，不过他没进重点班，编在（5）班了。冯宇杰在（3）班学了体育，刘强、常有男和大多数同学都被分在了（4）班，赵淑敏和李耀丹等一些女同学选择了文科，在（2）班。宿舍暂时还没有变。

分科了，分别了。在军训、运动会等各种活动中争来的奖状被常有男从墙上撕下来，一片片丢落在地上。是啊！这些荣誉是属于整个集体的，如今集体没有了，留着它们还有什么用呢？然而飘落的又何止奖状，昔日的欢声笑语，昔日的汗水，昔日每一处难忘的记忆，每一张熟悉亲切的脸，都随之飘落了。

大家都在默默地收拾东西，不知谁突然唱了起来："我不想说再见，相见时难别亦难，我不想说再见，泪光中看见你的笑脸，一生中能有几个这样的夜晚，一辈子能有几次不想说再见……"

歌声无疑让现场更加伤感，大家也都跟着唱起来。这时候，苏科突然闯进来喊了一句："还不快去占座位？"

歌声戛然而止，大家在一阵慌乱中解散了，原高二（1）班解体了，一个时代结束了。

也许是上帝把离别的气氛弄得过于伤感，也许这只是步入茫茫人海的一个最平常的过渡，为了生活，人们总要经历许多这样的场面。可这又何尝不是把短痛变成了长痛呢？大家都清楚地记得彼此当时的表情，以及黑板上"苟富贵，勿相忘"的粉笔字。

进入新的班级，学生们都觉得到了"人不为己，天诛地灭"的时刻。彼此都不太熟悉，没必要再保护自己的"君子形象"，先前的谦让和"不好意思"

也就荡然无存了，自私的生物本性毫不隐讳地暴露无遗。

和所有的东西一样，学生的座位也有好坏之分。学生们对此区分得尤其明显，有诗为证：

> 一排二排粉笔灰，三排四排乐歪嘴。
>
> 五排六排不算亏，七排往后最倒霉。
>
> 坐在南行视力偏，北行黑板太刺眼。
>
> 借问宝座何处有，众人皆指最中间。

学生们都明白最好的座位在中间第三、四排。这里既能准确无误地听到老师讲的每一句话，又可以清清楚楚地看见黑板上的每一笔画，而且不会吃到粉笔灰。因此这里历来是"兵家必争"之地。先前多被各班的学习精英们占据着。分科之后，各路诸侯旗鼓相当，看来就该胜者为王了。好多同学早早地守候着，教室门一开就冲了进去。有些女同学老早在周围的桌子上也放上一本书，替自己要好的同学占个位子。外班的男生自然不认可她们这种"先入为主"的规则，把书往旁边一扔便坐下了。先入者难免要斗争，可他们不能像扔书一样把人扔开，多半毫无意义地谴责埋怨几句也就偃旗息鼓了。没抢到第三、四排的同学马上给自己降低了标准，这样"吃粉笔灰"的第一、二排和"不算亏"的第五、六排也很快被坐满了，只剩下"最倒霉"的第七、八、九排。委身这几排的同学虽然来自不同班级，可相同的命运让他们马上表现出作为"底层阶级"的强大团结性和反抗性。他们集体向老师提出抗议。老师的几种包括按个头排在内的建议都一个个被否定了，因为不管采用哪种方式，都不可避免地要有第七、八、九排，而只要落在第七、八、九排，学生们就会自发地团结起来进行反抗。老师们实在没有办法多造出几个第三、四排，便采用了"强权政治"。

后来有聪明人发明了"流动座位"，就像大学里一样。即学生不设固定座位，每天到教室临时抢座位，抢到哪个坐哪个。这样不仅能以公平竞争的方式解决棘手的座位问题，还可以最大限度地调动学生的学习积极性。因此，马上作为一项新技术传播到每一个班级。"流动座位"的优越性马上显现出来，第二天就有人四点钟起来抢座位，抢到第三、四排的同学怕丢了座位，甚至连上厕所的次数也减少了。

分科后第二个令学校头疼的问题便是选班委会成员。学生们不知何故变得"淡泊名利"了，给班长也不当。又有聪明人分析说："名利名利，利即是名，名即是利，若无利可图，则何为名焉？"各班主任把问题反映到校长室，校长说今年正好有两个省级优秀学生干部指标，到时候高考能加10分。这才解决了班主任们的难题。许佳伟就是这样被选为班长的。

理科（1）班的新班主任是古阳县的化学权威。那天到班级进行的第二次全民选举是他二十余年教学生涯中遇到的头一个百思不解的问题。现在的学生！他在心里不断地感叹道。课上他宣布了班委会成员的"新价值"，又根据上次选举时学生的表现圈定了两名班长候选人，许佳伟和李振强，分别是原（1）班和（5）班的班长。选举前还做了些欲盖弥彰的要求，叫大家不要自己选自己班的。又衡量了一下全班四十五名同学中原（1）班和（5）班的各占八名才放下心来。结果去掉二十张弃权票，许佳伟以14∶11勉强得胜。

选举的成功和老师的鼓励并没有给许佳伟带来多大的喜悦，今天已是开学第三天了，学校里分科的事还没有彻底稳定下来，学生们还陆陆续续有转文转理的，老师讲课和学生听课都特别乏味。许佳伟一直注视着文科班的动向，唐小平还没有来。他的脑子里已经有了最坏的结果，记忆也不由得翻腾出来，定格在其中的一幕：

"分科的事你准备怎样？"唐小平问。

"我想学文。"

"我要学理呢？"

"我……你会学文……"

此时此刻，许佳伟强烈地要求自己兑现曾经的承诺，可几乎与此同时，记忆中又弹出另一个对话框：

"前途的事不允许我们任性，你输不起，我也承受不起。"

"我不懂你的意思。"

"你懂……"

"……"

"我不希望你做出让我不能安心的选择。"

怎么办？我该怎么办？许佳伟一次次地将十指插进头发里。他试图将所有的记忆删去，可一种无形的力量却一次次把那张苍白的脸推到他面前。

我要学文！

许佳伟不敢想象这样做的后果。可这仅仅是一念之间的感情用事吗？不！许佳伟郑重其事地回答自己。

"老师，我要去（2）班学文科。"化学办公室里寂静得可怕，许佳伟的声音似乎也没有打破这份寂静。

"什么？"老师惊愕地抬起头。

"我想学文科，这几天的化学我一点儿也听不懂。"许佳伟第二次表述的时候已带上了理由。

"刚开始都这样，过一段时间就好了。"

"我知道，我学不了理科的……"

"你的数学和物理不是很好吗？你……你是不是有什么情绪？"

"没有……"

"你们这样的年龄很容易产生情绪，你们也不愿意和我们讲……"

"不是的……"许佳伟打断老师的话。

"你们现在已经是高中生了，干什么事都应该有自己充足的理由。这是关系到你一生的选择，你好好想清楚了。"

"是的，我想清楚了！"许佳伟不敢看老师的眼神，也不敢让他刚才的话重新经过大脑，拿出那句来时准备好的尚很矛盾的话推了出去。

"……你家里人知道不知道？"

"他们不干涉我的选择。"许佳伟不知道自己说这句话时的表情。

"既然这样，把桌子搬过去吧。手续上没什么问题，到注册处修改一下就可以了。"

"老师，实在不好意思。"

"我没什么，以后的路还很长，每一步都需要你认认真真地去走。"

"谢谢老师。"

许佳伟转学文科的消息不胫而走。可几乎每一个消息传播者都难免遭到最初的攻击。正如苏科所言，理科班的大班长到文科班做布衣确实是不多见的。只有常有男明白其中的蹊跷，还专门为他作了一首诗：分科诚可贵，爱情价更高。若为小平故，乌纱算个鸟。

文科班的布局比大家想象中的还要萧条得多。教室前边零零散散地摆着四五排桌子，后面的地空了出来，形成一个规模不小的室内体育场。整个场面就像傍晚时分的集市，很多摊点已经撤了出去，剩下的只是几声无精打采的叫卖和寥若晨星的买主。

许佳伟在教室的最后边单独坐了一排。其实后边的座位还有很多，不过都是空的，班里的好几名同学都还没有来，因此桌子还留在教室里，其中就有唐小平的，她的空座位和许佳伟同桌。

"佳伟，你这是干什么？"现在是晚饭时分，晚自习的铃声还没有响，齐二强推门走了进来。

"噢，二强，我在写一封信。"许佳伟的表情明显是装出来的。

"我是说你的桌子为什么在这里？"

"我转学文科了。"许佳伟笑了笑，极力把话说得轻描淡写。

"你是不是发神经，你也不看看学文的都是些什么人，学文能有什么出路？"齐二强已经抑制不住自己的情绪，甚至忘记了自己是在文科班。他的话立刻引来一道道仇恨的目光。

"我们出去说吧！"许佳伟先站起来。

下午的天气出奇地好。温和的太阳放大了面孔斜射在地上，连风也被驱散了。校园里的小杨树剑拔弩张，极像要憋出几片叶子来。学生们也都走出了教室，按一定距离分布在操场上，南边的篮球场上不时传来一阵爆炸般的欢呼声，那是高一的学生在进行篮球联赛。齐二强和许佳伟在操场北边一棵杨树后边的石头上坐了下来。

"是因为唐小平吗？"齐二强直截了当地问。

"我的化学不行……"

"你不要自欺欺人了，重点班、班长、数学、物理、老师的偏爱……哪一点不胜过文科班千倍万倍？"

沉默是许佳伟的回答。

"佳伟，你是我们大家的希望，包括唐小平。你这样做有什么好处，对唐小平又有什么好处，你这是毫无意义的懦弱的牺牲。"

"不，这是我的承诺。"沉默了好长时间，许佳伟十分肯定地说。

"承诺？"齐二强愣了一下，"我不知道你们之间有什么承诺，但我不相信她自己不念了还让你承诺……"

"不，她会回来的！"许佳伟斩钉截铁地打断了齐二强。

"她……"

"我知道没有人能理解我！"

"佳伟，你变了！"

"谁又没有变呢？"

"我承认时间的流逝给我们带来了隔阂，可我还是为你好呀。佳伟，你真的不能这样任性，你会毁了自己的。你这样做只能徒然增添两个人的痛苦，你这是自私的表现，你知道吗？唐小平知道了也一定……"

"也一定会反对我的。"许佳伟打断了齐二强的话，"可是我自己更明白，如果不这样，我会因悔恨而一事无成的。"

"有唐小平的消息吗？"齐二强不再坚持了。

"不知道。"

"我听赵淑敏说小平不念了，她的弟弟今年考上了中专，家里供不起。"

"这一定是她自己的主意！"许佳伟好像明白了什么。

"佳伟，回理科班去吧。现在还来得及。"

许佳伟闭上眼睛摇了摇头。

"二强，你知道的，我并不比任何人差，在文科班我一样会做到最好。"

"我们还可以是好兄弟吗？"

"永远是！"许佳伟重重地点了点头，把右手搭在了齐二强肩上。

"记住，你曾经对我也有一个承诺。"

太阳完全落下去了，西面的一片云彩被染得像血一样鲜红。

178

第十八章　梦醒时分

天气又恢复了它的任性，上午还晴空万里，下午却淅淅沥沥地下起雨来——一楼的同学说是雨，五楼的却说还有雪。由于是星期天，校园里十分冷清。偶尔有一两个学生急匆匆地跑过，踏起几脚水花。教室里的同学多是被雨困住的。开学已经一个星期，学校的一切都基本步入正轨，学习也自然恢复了先前的紧张忙碌。

许佳伟还是一个人坐在最后排。刘老师嫌教室里的空桌子会影响大家的情绪，把它们都交回学校了。此刻他的眼前摊着一本《中国近代现代史》，可他怎么也看不进去。绵绵的雨雪不免给人带来几分惆怅，更何况是在教室里憋久了的学生呢？看看身后的一大片空地，他不由得又想起了唐小平，她还没有来。但他也并没有放弃最后的希望和等待。即使这一切确是真的，他也需要她亲自向他证实，亲自！

突然，教室门开了，黑沉沉的屋子亮了一下。赵淑敏扑踏扑踏地跑进来时已经成了落汤鸡。她没顾上处理头发上的雨水，径直向许佳伟走去，低声说："唐小平她爸给她取行李了，你去看看吧。"

许佳伟猛地站起来要冲出去了。但他又马上立住了，苦笑了一下算作对赵淑敏的回答，和刚才站起来时一样重重地坐下了，重新翻开了那本历史书。

然而他又是斗不过自己的，朦朦胧胧，片片段段，眼前全是唐小平的影子。她时而冷，时而热，时而躲得遥不可及，时而又特写般展现在他眼前。

窗外，雨还在不停地下着。淅淅沥沥的雨点无声地敲打着这个世界，地

179

上的积水中冒起一片片水泡。当一声格外嘹亮的车笛声穿过湿漉漉的天空钻进许佳伟的耳朵时，他忍不住抬起了头。一辆包着塑料篷布的"三叉机"咆哮着向校园外边开去，车子的两边是一片污浊的水帘……

许佳伟觉得自己的呼吸太重了。船沉了！在希望的茫茫大海上没有留下一根绳索，一块甲板。自己也一并被这滔天的巨浪打翻了，吞噬了……

雨还是淅淅沥沥的雨，街还是泥泞不堪的街。许佳伟拼命地向着车子消失的方向狂奔。无数次倒在泥里，又无数次爬起来，继续追赶。终于，他停了下来，漠然地盯着前方……

过了很长一段时间，许佳伟不知道自己是活着还是死了。如果是活着，这个世界为什么突然没有了声音？如果是死了，怎么还能看见东西呢？他看见一张张图画般的脸向他飘来，熙熙攘攘，来来去去，幽灵一般从眼前掠过。他们想干什么？为什么把自己抬了起来？他想从他们那里找到答案，他们却掉转了头，只顾往前跑。自己好孤独，周围好冷，好恐怖。

突然，他看见唐小平笑着向他走来，他忍不住伸手去抓，那人却忽然变成了自己的父亲，变成了严厉的目光，他赶紧捂上眼睛，手不知为什么湿漉漉的。捂上眼睛的瞬间，他又看见了齐二强，他轻飘飘地从楼上飞了下来，和地面粘在了一起，然后被人抬走了。

"啪！"许佳伟觉得脸上麻了一下，但不知是左脸还是右脸。先前的图像一下子没有了，嘈杂的雨声让他不由得捂上耳朵。

二强？你不是被人抬走了吗？——你打我了！你为什么打我？许佳伟觉得嗓子好像被人掐住了，怎么也喊不出声。

"啪啪！"紧跟着又是两下，他听见响声了。

"爸？你不是二强？你为什么打我？"许佳伟终于喊出了声音，他很痛快。

"你……你这个不争气的东西！"父亲的嘴唇在颤抖，脸在变红，变紫，许佳伟不明白这是怎么回事，只是疑惑地盯着周围的一圈人，焦躁地哭起来。

"许佳伟，快醒醒，你醒了吗？"

"醒？"这声音怎么这么熟悉，这是天国的声音吗？许佳伟强迫自己睁开眼睛。一道强烈的光射过来，他眨了几下眼睛，出现了一个模糊的轮廓：一面"再世华佗"的锦旗和一个倒吊着的输液瓶。这不是百草堂诊所吗？我怎么在这里，我是病了吗……应该是病了吧，希望是病了吧，是心病了吧。

为了证实自己看到的一切，许佳伟把头转向另一边，是一位留着长头发的女生，与此同时，他感觉到自己的右手被一只温暖的小手按压着。小平！小平！他边叫边急切地翻过身去抓那只手，那手倏地抽走了，他的手抓空了。

"这怎么能行，要不你们换个地方吧。"他看见一个穿白大褂的走过来，拿扫帚扫着什么。

"许佳伟……"

"赵淑敏？大姐，你怎么在这里，为什么哭了？"许佳伟终于看清了周围的一切。

"你患了重感冒，一直高烧不退，还不停地胡言乱语，刚才又把药瓶打翻了。快醒醒吧，好好让医生给你输液。"赵淑敏用带哭腔的语气央求道。

许佳伟醒了，他明白了一切。闭上眼睛，他仿佛又看见自己在追那辆车子，车子却越走越快，越走越远……

许佳伟在百草堂诊所输了两天液，又回到了学校。几天的经历让他瘦了很多，眼睛微微地陷了进去，颧骨却明显凸了出来，头发和胡子都长了很多，整张脸也好像变长了。这几天他老是一个人坐在那里，整天一句话也不说。

看书的时候，他还经过那片杨树林。不过先前那种"桃花依旧，人面何方"的感慨已经越来越淡漠了。汹涌的洪水已经过去，是该收拾残败家园的时候了。现在，唐小平的走留给他的已经不再是费解，更有深深的思考。

她是一个从山里来的优秀女孩儿。大山给了她生命，给了她希望，同时也给了她不公平的待遇和要求。稚嫩的肩垮了，一个希望陨落了，这本是大家共同的希望。

齐二强比他幸运，他获得了极大的支持，可这又何尝不是一种过重的负担，而且这种负担在日久天长的环境中已变得自然而然。他会不会是那样的结局？他强烈地感觉到那天绝不是一个简单的幻觉。他也曾想过和他提起，可几次都未曾启口。

还有社会的弃儿冯宇杰，家庭的娇子王亦然。社会对他们的义务远远没有履行，或者这种履行也只是一种义务。他们得到的只是物质上的支持，物质上的盲目支持。

　　这些古阳县最高学府里聚集着的精英们就要这样一个又一个地陨落了吗？在古阳县这样的人才也并不多呀！许佳伟似乎已把这看成是一种现象，正在用自己粗浅的经验寻找着结论。

　　贫瘠的家乡，愚昧的父老啊！你们让我如何爱你们呢？

　　"……你说你爱了不该爱的人，你的心中满是伤痕，你说你犯了不该犯的错，心中满是悔恨，你说你尝尽了生活的苦，找不到可以相信的人，你说你感到万分沮丧，甚至开始怀疑人生。要知道伤心总是难免的，在每一个梦醒时分……"

　　一楼教室里飘来的歌声打断了许佳伟的思绪。"梦醒时分！梦醒时分！"他苦笑着重复道。他最后回过头看了眼那棵老杨树，迈着大步走开了。

　　回到教室，许佳伟顺手抽出那本历史书，刚打开，一页彩色信纸掉了出来：

　　　致许""

自　信

　　　　小小的挫折难不倒你，

　　　　因为你是男生。

　　　　你有你的威严，

　　　　有你的魅力，

　　　　启动你的航船，

　　　　不要让它抛锚。

　　　　你有信心，

　　　　有能力用自己无穷的智慧，

　　　　叫它再次启程。

　　　　只有不怕狂风，

　　　　不怕暴雨，

　　　　更不畏惧大波大浪的冲击，

　　　　你的魅力将在搏击中，

不显自见。

别怕，

我，我们支持你。

真的，一次的失败代表不了什么，

更不象征着将来，

过去的，让它过去吧！

我给你自信，我坚信在它的支持下，

你会成功，会走向憧憬的彼岸！

以：赵淑敏

许佳伟坐着一动也没动，他不知道自己此时的心情。他现在变得连表情也是先想好才显露出来。终于，他的嘴角微微向上扬了扬，在那张纸上写了一个"谢"字。他看见赵淑敏偷偷地记下了他的全部动作。

分科以后，日子就像吱吱呀呀的磨盘，学生就是拉磨的老驴。不紧不慢，不温不火，也没有一点激情。文科班的学生更是拼命地保持着他们那份"文"：文静、文雅、文质彬彬，"文"得叫人不忍破坏他们营造的气氛。可是在教室外边，男生当中，下饭馆过生日不知从什么时候开始已蔚然成风。他们的方式多是 AA 制聚在一起吃顿饭，有点像农村的凑份子，当然也有的学着社会上的样子请客答礼。学生当中，冯宇杰的生日是过得最"气派"的。星期天上午，大家收到了他的大红请柬，宴会是晚上举行的。

那天许佳伟从操场上回来时，撞见了冯宇杰，这家伙如今转了正式生，笑容比以前多多了。

"佳伟，跑到哪里去了，找了你半天。"

"有事吗？"

"你帮了我大忙，我还没来得及谢你呢，今天我做东。"

"什么地方？"许佳伟不知道自己为什么这么干脆这么直接。

"政府宾馆，我们一起走。"

"二强还在教室，我和他一起去吧。"

"那不要太晚了。"

"好的。"

许佳伟并没有去找齐二强，冯宇杰一走，刚才的爽快便随之消失了。况且领着二强去和冯宇杰这帮"五毒分子"大吃大喝，他没感觉到什么地方合适。可是二强来找他了：

"还没走吗？"他问。

"去哪里？"许佳伟装糊涂。

"冯宇杰过生日没有叫你？"

"过生日？他上学期不是已经过过一回了吗？"

"收礼呗，可能又财政赤字了。"

"他只和我说我去年期末帮了他，要谢我——去不去？"

"去吧，不去以后见了不好看。"二强说。

许佳伟和齐二强相跟着走在古阳大街上。隆冬季节路上行人很少，两个人都没有言语，空气特别寂静。这对从前湾来的兄弟明明心里都关心着对方，可彼此都感觉到过去那种畅所欲言的默契没有了，有时候关心的话说出来倒像是见外了，这种感觉真比互相打上一架比友谊的破裂更让人难受。

"答多少？"走了半天，齐二强终于挤出一句话来。

"三十吧，有个意思就行。"

"是不是有点少？现在一般都是五十。没听说吗：逛面子三十，普通朋友五十，关系铁的要一百。"

"和他也就是逛个面子。"

"还记得田田的生日 Party 吗？"

"可惜现在不流行了。"许佳伟苦笑了一下。

俩人再没有说话，就这么干巴巴地走着，走着走着，并排的两个人竟成了一前一后。

"二强！"

"来了……"听到同伴的召唤，齐二强忙应答了一句，同时加快了脚步。可抬起头许佳伟却在诧异地看着他，他并没有叫他。

"二强，在这儿！"又有人喊了一声，齐二强才发现对面大树后边的面食馆门口立着一个人，穿着前湾中学的校服。初中同学？齐二强和许佳伟都愣了一下，边琢磨边往马路另一面走。那人的校服与他高大的身材很不符合，袖口处露着一大截毛衣袖，他的头发和胡子都蓄得老长，黝黑的脸上罩着一层灰，眼睛和鼻孔周围各有一个明显的黑圈。他一直笑着，露出一嘴焦牙，不过有黑脸做对比，牙并不显黄。可他还是没认出那人是谁。

"看什么看，连你的亲大也不认得了？"这时候，面食馆里又走出来一个人，对着齐二强喊。

"噢！五叔。"齐二强不好意思地叫了一声，足足过了两三秒，才不很分明地对黑脸人说道："大，你怎么在这里？"

"来，进来，进来！"父亲好像完全不生儿子的气，赶紧把他和许佳伟让进那家面食馆，他又打量了一下许佳伟，"这是许四十七家的大儿吧，高了，瘦了。"

许佳伟应了一声。

屋里的布局很简单，长方形地面上凌乱地摆着几张桌子，齐二强他爸坐了靠窗子的一张，和他们一起的还有三四个人。

"你爸看见前边走过几个穿校服的，就说你也会从这里经过，这还真让他给说中了。吃过了吗？一块吃点。"齐二强刚才叫五叔的那个人把一筷子面停在嘴边说。他吃面的碗足有小盆子那么大，碗跟前摆着一碟咸菜和一小罐辣椒，面条用辣椒拌得通红。

"你们吃吧，我们刚吃过。"齐二强说。

"是看不上我们的饭吧，要去下馆子？"五叔开玩笑说。

"不是，五叔还是那么风趣。"

"老齐呀，你儿子看不上咱们的饭，你还是赶紧吃吧，来，我再给你添个鸡蛋！"五叔今天看来是要一直风趣下去了。

"回家添吧。"齐二强父亲敷衍说。

"怎么，给儿子节省呢？儿孙自有儿孙福，我那帮崽子我是不管。"五叔又说。

"钱花得还有吗？"父亲没再理五叔，对儿子说。

"钱……有呢。"

"开学拿了一百，现在还有？"父亲说着把衣服解开了，从衬衣里面翻出一个手工缝上的很深的兜。他解下别针，掏出一大沓钱，钱用手帕包着，手帕上还别着别针。费了半天工夫，老汉才把钱拿出来，五块的、两块的，还有许多毛毛钱。

"一百三十四块五，拿一百三吧。"数了两遍，老汉将一叠十块和五块的钞票递给儿子。

"一百就够了。"儿子对着递过来的钱推辞道。

"拿着吧，同学之间少不了有应酬，人大了，没钱走不在人前头，我还可以挣。"

"行了，我有一百就够了。"

"拿着，都拿着。"

"看这爷俩，钱是不是烫手？二强呀，你爸让你拿着你就拿着，他呀早就想去看你了，只是我们这副行头见不得人，正愁呢，赶巧你就来了，都拿着吧，要不还得托人给你送去呢。"五叔说。

"好了，你们忙你们的吧，该玩就玩会儿，不要累垮了身子，我和你五叔他们再坐会儿。"

"学校里好好干，早点给你爸领回个漂亮媳妇。"

"你又来了。"

从面馆出来，两个人的心情都很沉重，走了一段，许佳伟突然停住了脚步。

"你不要去了。"

"你这是……"齐二强说。

"你真忍心这些钱都喂了狗吗？"

"佳伟，面子有时候该撑也得撑，成长要付出代价的。"

"你和他们并没有交情，这是虚荣。"

"虚荣……"

"回去，你给我回去！"许佳伟冲着齐二强喊道。

"那你呢？"

"我和你不一样，许佳伟是王八蛋，是败家子！你不能学我。"

齐二强回学校了，许佳伟一个人悻悻地向政府宾馆走去，就像去赴一个鸿门宴，或者是去打仗。

政府宾馆离古中不远，许佳伟也时常路上路下经过，可到里面吃饭对他绝对是头一回。在他的印象中那是招待上级领导的地方，大概和县长的办公室差不多，是十分神圣因而闲人免进的。先前路过了大家都会猜测里面如何富丽堂皇，猜测里面卖不卖面条。

"欢迎光临！"两个身着旗袍的女服务员在门口迎接，这礼节让许佳伟有些受宠若惊，慌忙回答"谢谢"。一进门是红地毯，两边各有一只大花瓶，许佳伟走得战战兢兢，如临深渊，如履薄冰。是的，他不明白这里的规则，不知道像他这样带土的布鞋能不能直接踩在上面。

"冯宇杰他们在哪里？冯宇杰，古中的。"许佳伟尽量让自己在这样的大地方不失礼貌。

"三楼，牡丹亭。"服务员显然没有许佳伟一样激动，这让他多少受了些冷落。

"谢谢。"许佳伟再踩红地毯的时候有几分愤恨，自己虽不是领导吧，但也是花了钱的。什么宾馆酒店，你其实不就是一个卖饭的地方吗，牛什么牛？他看见楼道上没有服务员甚至狠狠地在地毯上跺了两脚。

进了房间，大家已经到了，正在一起小声议论着什么，许佳伟猜测多半是关于这宾馆这房间的感慨。服务员忙着端茶倒水，许佳伟趁机扫视了一圈房间的布局，红地毯依然铺着，不过好像比外面的高档不少，房间的四个角落各摆着一个大花瓶。除去窗户的三面墙壁上都镶着木雕画，题材都是衣着轻薄的舞女。屋顶上开了天窗，紫红色木头结构，中间是一组四色八盏莲花吊灯。

这种装饰许佳伟只在香港拍的故事片里见过，没想到我们古阳县也有。他好像有一丝自豪感，可惜这自豪感转瞬即逝了。不知是什么缘故，他迅速把眼前的奢华与街道的破败联系在一起。许佳伟这样埋怨的时候没有意识到自己也正坐在这里，正在享受着这里的一切。不过他这种忧国忧民的情怀还远远够不上激愤，只是瞬间的不平衡而已。

"怎么不点菜？"冯宇杰推门走了进来，还有两个染着黄头发的男生，应该是职中的宏老大他们。

黄头发男生谈吐肆无忌惮，旁若无人，马上占领了牡丹亭的领空。古中的同学不知如何是好了，默默地立着，像在等待命令。

"我来介绍一下，"冯宇杰笑着说，"这位是古阳地皮上第一条蛇，八大金刚的宏老大，宋宏星，这位是杨老五，杨启轩。谁要是有什么事只管找他们……"

"行了行了，别再给爷脸上抹黑了。"宋宏星打断冯宇杰。

"各位，点什么菜？"立在一旁的服务员找了个空插话。

"简单一些，不要太铺张了。"许佳伟说。

"挑好的上，别怕花钱。"宋宏星的话几乎与许佳伟同时说出，说完两人互相对视了一下，虽不是有意抬杠，可俩人都觉得不大舒服。

"挑好的上，宏老大来了总不能应付。"冯宇杰站在了宏老大一边，一口气要了十几个菜，又转问宏老大，"酒要白的还是啤的？"

"看你们这些同学吧。"宋宏星这回收敛了一些。

"我们同学不喝酒，不像你我这样的街头混混。"冯宇杰的自嘲也带上了宏老大。

"大个，来啤酒吧，是个意思就行。"讲话的又是许佳伟。

"这位兄弟好像不太爽快。"宋宏星的口气很不满。

"我们都是学生，不会喝酒。"

"学生怎么了？谁他妈不是学生？不要给老子装，谁今天不喝就是不给我宏老大面子，上白酒！"宋宏星说完拍了一下桌子。

"你也别装，今天老子陪你喝。"冯宇杰以东家的口气维护住了现场的气氛，可上来的还是啤酒。

许佳伟意识到自己口口声声的"学生"伤到了宋宏星的自尊心，便不再作声了。低头往大家的酒杯里倒酒，可啤酒也好像和他过意不去，没倒半杯，泡沫先溢出来了。

"佳伟，不对不对，不是那种倒法，倒啤酒有三部曲，第一部，歪门邪道；第二部，卑鄙下流；第三部，改邪归正。"常有男显然是个老手，边说边把杯口倾向一边，让酒斜着往杯里倒。快满了，又一点点把杯子立了起来。正好是"歪门斜倒，杯壁下流，改斜归正"。

大家那些故意用来装点气氛的说笑声并未改变现场的沉闷与尴尬，生日宴会进行得很松散。吹蜡烛，切蛋糕等过程都毫无秩序，雅间里死气沉沉的。时而有人起来祝冯宇杰生日快乐，多半也是对平时不怎么深厚的友情大加吹捧，对分科以后感情的疏远表示感伤，或者对冯宇杰的为人处世赞叹一番。这些都随着一声沉闷的撞击声咽进了肚子，跟着排泄物流走了。

许佳伟尊重了宋宏星的要求，很快把自己跟前的一瓶酒干了，起身要离开。

"多坐会儿吧，弟兄们难得聚聚。"冯宇杰拉住许佳伟，"再说我还没感谢你呢，你去年帮了我大忙……"

"你不是将我们以兄弟相称吗？兄弟间不说这些。"许佳伟不知道自己的话是从脑子里来的还是从舌头里来的。

"宏老大，我的任务完成了，失陪。"许佳伟说着把酒瓶倒过来，宋宏星斜视了许佳伟一眼，什么也没说。

"要不我送你回去吧，"冯宇杰说，"是不是喝多了？"

"时间还早，我想出去走走。"

许佳伟出来时天已经全黑了。昏黄的路灯映照着"缝补"了多次的路面，更显示出几分破败。许佳伟虽然来时穿了外套，但还是禁不住打了个冷战。刚才一瓶酒下肚，已有些醉意，风一吹一下子清醒了许多。

冯宇杰，你为什么要与宋宏星之流为伍呢？许佳伟，你明明和冯宇杰没有什么交情，明知道参加这样的活动完全是出于面子，为什么还要如此虚荣呢？当想到自己担负的希望和刚来古中时的雄心壮志时，许佳伟觉得自己太脆弱、渺小，太不堪一击了。思维的潮水冻结了，苦闷的雪球在上面越滚越大。他不知道自己想走、想跑、还是想停下来，无奈中抬起头，脚下的路那么崎岖，那么遥远……

"叔叔！"突然，一声稚嫩的童音挡住许佳伟的脚步，抬起头，是一个七八岁的小女孩，她正用恐惧的目光盯着他。

"你叫我什么？"许佳伟有些惊慌。

"叔叔！"小女孩开始往后退，身子也开始发抖。

"我的样子很吓人吗？"许佳伟自尊心受到打击，咄咄逼人地追问道。终于，他意识到自己面对的只是一个孩子，便换了平和的语气，"你能找到自己的家吗？"

孩子依然缩成一团，一声不吭。许佳伟便绕过她向前走了。

叔叔！叔叔！孩子的童音不断地在他脑子里回响。我已经变成叔叔了吗？许佳伟几乎是冲进路边一家商店："拿面镜子！"卖货的老头儿诧异地看着他。"看什么？你也要叫我叔叔吗？"许佳伟忍不住大声叫道。

拿到镜子，许佳伟又回到大街上，天还是一如既往地黑。沿着五十米一杆路灯的街道往下走，一会明一会暗，每次走在路灯下，许佳伟的心都会往外跳。终于，他闭着眼睛把镜子端在面前。睁开眼睛，他看见一张通红的脸，涨满了血，眼角和额头竟有了皱纹。他把目光向上移了移，是一堆凌乱的头发，怎么又添白头发了？

叔叔！许佳伟对着镜子大叫一声，镜子在地上摔得粉碎。出师未捷身先死，都当叔叔了还一事无成，念书，念书，念一辈子书又有什么用呢？父亲呀，我怕是要辜负你的希望了。突然之间，许佳伟感到了从未有过的绝望和恐惧，他害怕面对父母，更害怕面对自己的前途。像冯宇杰一样吗？像唐小平一样吗？许佳伟一次次否定着自己，又一次次否定着刚才的否定。

"上网吗？"又一个声音挡住了许佳伟的脚步。他抬起头，是一个"E网情深"的牌子。门口坐着一位二十多岁的小伙子，正微笑着看着他。

"上！"许佳伟也笑了笑，非常肯定地说。

第十九章　堕落与懊悔

那天晚上，许佳伟玩了一个通宵。以前不知道，原来网吧里有那么多古中的学生。这里也的确是个极乐世界：玩反恐、红警、聊天，看搞笑视频，这里能找到你想要的任何快乐，也可以带走你的所有不快。虽然只有一晚上，许佳伟知道自己已经迷上这里了，只是收费有些高，一晚上要十块钱，据说通宵还便宜，白天一小时就要两块钱，所以学生们都是晚上来玩。那天常有男和冯宇杰还有黄头发男生他们也去了，他们玩大活，几个人联机玩，许佳伟还不会玩那个，可单是看着也过瘾，他终于解开了冯宇杰、长二夜不归宿的秘密。

"哟，佳伟也来这种地方？"冯宇杰看见他的时候说。

"别取笑我了。"

"让我说这就对了，凡事都得想开点，过去就好了，时间可以冲淡一切的。"长二一派哲学家的样子。

"什么意思？"许佳伟笑问。

"天涯何处无芳草，何必单恋一枝花，女人这东西……"

"好了好了，我们不说这些，"许佳伟及时打断了冯宇杰，无论如何，他不允许别人如此粗俗地议论唐小平，"以后出去玩，带我一个。"

"怎么，准备堕落了？你可是我们学校的重点培养对象！"这是冯宇杰。

"你又来了，我看破红尘行不行？"许佳伟像受了侮辱。

"其实这就对了，像咱们这破烂学校，有几个能考上！别看齐二强、苏科

191

一天天装得跟孙子似的，不是兄弟说他们，他们哪，是心比天高，命比纸薄。到时候多说考个大梁师专，毕业后像老刘头儿一样半生失意。我说这人呀，就得及时行乐，今朝有酒今朝醉，你呀……"

"长二，咱们不是说好不谈这个吗？"许佳伟脸色有些变化。

"哎，你小子！世界上像你这样纯情的男人不多了，多乎哉，不多也！好吧，不说就不说吧。"常有男蛮有感慨。

"说吧，今天怎么安排？"许佳伟努力换了一种轻松的口气，想敷衍过刚才的尴尬。

"没那么正规，先去吃饭，到时候兴趣来了，咱想干啥就干啥。"

"那么，先给我一本书吧。"许佳伟急于表现自己堕落的决心，非要来点什么标志。

下午天气又变坏了，许佳伟不得不临时取消了他的堕落计划，拿了从长二那里借来的《射雕英雄传》和大伙一道上课去了。

第一节是英语课，老师又在喋喋不休。对于英语，许佳伟已经放弃了，自从去年他鬼使神差地要自学，到现在计划彻底失败了，要再拿起它却很难了。不过英语老师太讨厌也太多情了，他不学了，他还硬是要拽着他，上课时有事没事就要提问许佳伟两个问题，弄得许佳伟很是狼狈。这不，上课才几分钟，他又来了：

"许佳伟，No.47."

"A."许佳伟对老师反感，但不能直接表现出来，他急忙将《射雕英雄传》塞进桌兜，并迅速做出判断，照他的经验，习题课上回答问题只要说出答案就可以了，因为"对与错是能力问题，做与不做才是态度问题"。然而不等老师发表意见，同学们先笑了起来，许佳伟以为刚才的动作曝光了，憋得一脸通红。

"看好题再说！"老师倒没有笑，给了许佳伟一个很不满意的眼神。

许佳伟在众目睽睽下拿出课本，在同桌的指导下翻到今天的页码，一道也没做。再猜一下吧，有33%的概率，不会做就选C，这是常有男多年猜题的经验，说C比A、B、D把握大10%～20%，于是许佳伟也就这么说了。

没想到又是一阵大笑，许佳伟感到特别别扭，茫然中暗暗埋怨起长二的歪门哲学来。这时同桌终于探过头来，很大公无私地给他指了指，原来老师问的是一道翻译题。许佳伟今天丢尽了脸，心里不禁有些发毛，老师是明摆着要我出丑了。

"Sorry, I can't."许佳伟的回答很干脆，也很悲壮。

"Try."老师依然没有放弃最后一丝努力，直勾勾地盯着许佳伟说。

许佳伟没敢接老师的目光，低着头一声不吭，同学们的笑声也收了起来。

"Sit down please, next."漫长的寂静过后，老师终于放弃了努力，很平静地说。

这个题目其实很简单，后桌一下子就答对了，许佳伟也只是前几天学过的一个单词不会讲。后半节课，老师没再打扰许佳伟，可《射雕英雄传》的精彩情节再也无法吸引许佳伟，有那么几次，他甚至把英语单词表翻了开来。他真的不知道自己该怎么办，他觉得四面八方都有人在注视着他，一边是长二和冯宇杰，一边是齐二强和赵淑敏，一边是老师，一边是父母，他向每一个人都有过保证，保证考上市一中，保证在文科班也同样是最优秀的，保证这次堕落是真的看破红尘：许佳伟觉得自己就像一个孩子，他的父母都在跟前，问他"你最亲谁"。

终于盼到下课，许佳伟以为老师会叫他到办公室，结果没有。倒是冯宇杰和常有男来找他了。

"佳伟，三缺一。"常有男开门见山。

许佳伟没有犹豫，跟着他们出去了。可第一次逃课还是有些心虚。他们打牌在宿舍里，门窗都紧闭着，还拉了帘子，许佳伟正要去门头摸钥匙，常有男在窗户上有节奏地敲了三下，窗子开了，开窗的是（5）班的罗彦彬，里面已经有了三四个人，好像是现在进行时。

常有男和冯宇杰很敏捷地跳了进去。许佳伟向四周望了望才跟进去。

"玩多大？"冯宇杰凑上前去。

"一块，封顶二十。"

"太大了，要宰爷？"

"谁能宰你？你现在不是冯老大吗？"

"五毛，五毛怎么样？封顶十块？"

"不许在牌上玩花样。"

"真麻烦，发牌吧。"

"过来，佳伟。"冯宇杰招呼他。

"这玩意儿我不会。"

"交点学费就会了，过来过来。"

"这不是许佳伟吗？你们把班长也拉下水了？"罗彦彬用鄙夷的眼神看了许佳伟一眼，对冯宇杰说。

"少给爷扯淡，"冯宇杰顶了罗彦彬一句，"来，佳伟，咱俩买一把牌。这东西其实很简单，就是三张牌比大小：炸最大，清一色第二，链车第三，再下来是对子，最小的是三张单牌，单牌A最大，2最小。你觉得自己的牌值多少就押多少，最后开牌谁大谁吃，觉得牌小可以飞，像咱这对K就飞了。"

"对K？哪有K？这不是A、Q、7吗？"

罗彦彬看着冯宇杰笑了笑，许佳伟没弄明白其中的蹊跷，只见一堆钱从你手中转到他手中，又从他手中转到他手中。

"许佳伟！你这是在干什么？"许佳伟突然有些自责，而且这自责瞬间扩大，好像快要侵占他的整个头脑了，"你真的已经沦落到这步田地了吗？"他开始一遍遍责问自己，现在他终于有些堕落的痛苦了，因为供大家转手的钱当中就有自己的一份，开学时父亲还在四处为自己筹集学费，可自己却在这里赌博挥霍，你还是个人吗？许佳伟痛苦极了。

"佳伟，跟五块。"冯宇杰打断了许佳伟的思绪。

"你们玩吧，我对这玩意儿不开窍。"许佳伟终于退了出来，在冯宇杰身后坐立不安地观战了一会终于躺在自己的床铺上了，许佳伟不知道自己怎么扯起一本书，竟然还是英语练习册，这回他很郑重地将英语书放在前胸上，又郑重命令自己往下看，可他很快意识到这是自欺欺人，赌徒们的叫嚣钻进他的耳朵，无比刺耳，他的头脑乱极了，老师和父亲凶神恶煞般的面孔一直浮现在他的面前。又有人敲窗户，节奏和刚才他们进来时的一模一样，许佳伟知道一定是自己人，可他还是将脸背了过去，苍白的神色倒蛮像个病号。

宿舍里的时间比英语课上过得更慢，不知道等了多长时间，下课铃终于拉响了，许佳伟迫不及待地冲出宿舍，从后面追来的一阵笑声他已经顾不得了。

许佳伟和冯宇杰他们的第二次见面是在三天以后。班里的老师和同学还不知道他参与打牌的事，不过他自己明白放弃堕落在圈子里意味着什么。

"想混并不是谁都可以混的。"

"就他那样？充其量也就是个三好学生。"

许佳伟似乎已经听到了大家的嘲讽，也许因此才避着他们吧。

今天许佳伟是课间回宿舍找书无意撞上他们的。他有些不好意思，主动给大家赔了个笑脸，罗彦彬果然不肯放过他："大班长还敢玩吗？"

"不敢玩五毛钱的。"许佳伟不知道自己为什么跟他接话。

"口气不小，咱玩一块的，五块也行。"罗彦彬自然不肯让步。

"玩就玩，都别给老子装。"冯宇杰出来调停。

"五块的不玩可以，但五毛的坚决不玩。"许佳伟捏了捏兜里的一百多块钱，给自己打气。

"就咱俩赌？"罗彦彬继续挑衅。

"大家闲着也不好，让大个发牌吧。"

罗彦彬往池里扔了一块钱，算是默认了许佳伟的提议。一起玩的几个人都站了起来，要看俩人的笑话。冯宇杰被夹在中间不好说话，还是常有男为他解围："大个不能白效劳。"

"当然不白效劳，今天不管谁赢了钱，全部用来请弟兄们吃饭。"罗彦彬不知是没明白常有男的意思，还是决意要和许佳伟争个高下，胜券在握地说。

"赌注轮着下吧。"许佳伟拿出两块钱扔进池里，把罗彦彬的那一块推了回去。俩人是抬上杠了。

"这一块算我暗跟。"罗彦彬说。

许佳伟也暗跟了一块才拿起牌来。对于这玩意儿，规则其实他懂，现在又有大个发牌，他大可不必担心罗彦彬做什么手脚。今天这口气他就赌运气了。

许佳伟运气不错，争回了面子。只一节课时间，罗彦彬身上的八十多块钱全到了他手里。罗彦彬的脸憋得通红，说不服输，让许佳伟等着，他去找钱继续玩。

"玩我随时奉陪，只是这几毛钱我们是提前说好的，走，彦彬，我请你吃饭。还有大个，辛苦你了，长二、弟兄们，都走。"许佳伟知道这一回合自己胜了，胜得漂漂亮亮。可是他也知道，这回不可能像上回那么容易逃脱了。后悔吗？走一步说一步吧。

许佳伟机械地跟在人群后面，听他们激情澎湃地讲着粗话，他不知道一时的情绪用事会将自己带入一种什么样的境地。但是他此时的后悔还不足以形成一个决定，因此当前边有人喊快点，他迟疑一下还是沉闷而响亮地答了一声："来了！"

是的，许佳伟在一遍遍地问自己：为什么非要用这种方式表达自己的堕落决心？然而一转念他又十分坚决了：堕落就是堕落，要什么理由，许佳伟呀许佳伟，你总是这样畏首畏尾，学习学不好，人际关系处不了，难道连堕落也堕落不好吗？与此同时，许佳伟在心中已经完全否定了自己，先前的辉煌和雄心壮志成了他的耻辱，他的信念终于坚定起来，他不想再受这种耻辱，他不想让自己改变要堕落的主意，于是加快脚步走到了队伍的中间。

这一年剩下的时间里，许佳伟整日过着这样醉生梦死的生活：抽烟，喝酒，泡网吧、录像厅。他不知道在和谁赌气。或许是唐小平吧，也或许是齐二强。其实，他原是设想二强来骂他一顿，或者干脆扇他两耳光的，然后在那个时候很悲壮地和他说：二强你别管我了，我要堕落。可是二强什么也没有说，甚至根本没来找过他。许佳伟同样不知道二强因为考试恐惧症正忍受着怎样的煎熬。

学校里只有一个人问过他，她是赵淑敏。加上她给他的勉励字条，加上他感冒时她的悉心照顾和女孩子给别人撮合这种事情时撮合着撮合着就把自己撮合进去了的经验，长二得出结论：她对他有那个意思。许佳伟不知道自己的感觉，也不想知道，自己也许不好再轻易对谁有那个意思了吧。可是丘比特这段时间好像和他过意不去，他甚至还被卷入另一场网恋。当然网恋是长二他们的说法，有诬蔑的嫌疑。他只是和一个叫飞雪的女孩狂聊了一段时间。在这个虚拟的世界里，他尽情地诉说着自己的一切，悲的、喜的、真的、假的，和所有没来得及也不敢向唐小平说的。许佳伟过得很充实。直到对方突然提出索要他的爱情时他才明白，原来她不是唐小平，根本就不是，从来也不是！

这段时间，许佳伟也曾自责过，甚至郑重地坐回到教室里好几回，可这样只能徒然增加他的痛苦。只有让自己堕落起来，在网络、烟酒和各种刺激的麻醉中他才可以获得暂时的解脱。

第二十章　中国年

时间的列车哐当哐当地驶进了终点站。农家的一年又在炸年糕的香味中结束了。过了腊月二十三，农闲里外出打工的农民和在外地念书的学生都开始陆陆续续带着沉甸甸的收获返乡。村子里尚无劳动任务和学习任务的孩童们一群一伙地相跟着，像迎宾仪仗队似的在村口迎接着一批批从远方归来的人们。

许佳伟参加完学校的考试坐车赶回前湾的时候已经是下午了。天空很明朗，没有一丝风，古老的山村静静地沐浴在阳光下，那么静谧，那么安详。一群手举麻花的孩子活蹦乱跳地围绕在它周围，叽叽喳喳地叫嚷着。

回到阔别已久的家乡，进入大山的怀抱，许佳伟的鼻子里不禁掠过一丝酸酸的感觉，这是一种无法言表的亲情。大山哺育了他，他爱大山。然而几年来外乡的生活经历又无形地拉开了他与家乡的距离，他已渐渐看不惯家乡父老们那半夜半夜弥漫着烟雾的闲谈，他开始与故乡格格不入了。

这就是我常常朝思暮想魂牵梦萦的家乡吗？这就是我马上也将永远要扎根的地方吗？心中闪过这样两个念头，许佳伟加快了脚步，他不想让这些烦心事现在就占据自己的头脑。

许佳伟家的土屋里聚了很多人，正在搓麻花，一边不住地说笑着。麻花是一种传统的面食，形状就像山姑们的大辫子，是山里人在过年的时候用来招待客人的，功能相当于城镇里的花生、水果、糖块。由于制作程序复杂，山里人至今仍保持着分工合作的方式。几家几户聚在一起，做完这家再去做

198

那家。这种在农家传递着的接力赛式的油汪汪的欢笑，也许正是山里人家的年的一种特色吧。

许佳伟三大姨四大姑五大婶地问过好，便回里屋去了，这种场合他从不参与。过了一会儿，姐姐端进来一盘刚炸好的麻花，满脸笑容地问："几点坐的车，这么晚才回来？饿了吧？"不等许佳伟回答，母亲也进来了，她一说起话来就像打机关枪："先吃些麻花吧，刚给你四婶家搓完就来咱家，没锅灶，等晚上再做饭吃吧。"

"行，你们忙你们的吧。"许佳伟接过母亲递来的麻花说，"噢，对了，我大去哪了？"

"过河那边做豆腐去了，咱们村连个做的地方也没有，每年人忙得要命，还得往河那边跑。这不，一大早就走了，到现在还不见回来。"

"过年真麻烦，也不知道弄这些干啥，明年干脆别弄了。"

"瞎说，这都是老一辈人留下的。"母亲马上反驳道，"今年可是好多了，馒头粉条，二伟都说他给往回买。"

"二伟什么时候回来？"

"唉，那个死娃子，挣钱挣疯了。前天你大给他打电话，说得二十八九才能回来。"

"装电话了？"

"买了这么大的灰匣子，花了一千多块钱，咱也叫不来人家的名字，"母亲动情地比画着说，"不过这东西倒挺灵怪，上回我还拿它和你姥姥说上话了。"

"妈，那叫手机。"姐姐接茬儿说。

"噢，对对，叫手机，就是手机。"母亲激动地说，"哟，你看我，光顾说话了，麻花也炸焦了，你快吃吧，吃完就看你的书去吧。"

母亲出去以后，许佳伟边吃着麻花边想着刚才的话。母亲关于二伟的好消息还是给了他几许失落。这书是真不能再念了，许佳伟又一次肯定了自己放假前的决定。可是如何跟家里人说呢？许佳伟一遍遍在心里打着腹稿，又一遍遍否定着自己。

接下来的几天里，许佳伟一直把自己憋在屋子里，他还没和父亲说关于退学的事，好几次话到嘴边都被父亲面无表情的脸吓退了勇气。"在屋里看书"是家里人对他的一贯要求，可现在许佳伟再没有心情也没有必要看书了。不过他还做着先前的样子，对物理他还存着很大的兴趣，另外，他放假前曾从常有男那里借来几本《读者》杂志和两本文学书，《鲁迅作品集》和路遥的《平凡的世界》，父母亲都不识字，他便常趁他们不在的时候翻看这些书籍。在如此沉闷的生活中，只有在这些书里，和作者的感情产生共鸣的时候，他才可以暂时排遣内心的愁苦，让头脑获得瞬间的休息与片刻的安宁。

腊月二十八夜里，前湾下了一场大雪，天空放晴的时候已是二十九中午了。站在院子里放眼望去，整个村庄一片洁白，近景和远景迷惑了视线，分不出距离。落光叶子的柳枝上挂着一串串毛茸茸的雪条，一阵微风吹过，柳枝忍不住打个寒战，雪条便扑簌簌飘下来，迎着阳光看，就像撒落了一片水晶。低矮的土屋静静地匍匐在积雪下边，就像轻柔的棉絮下婴儿在酣睡。好玩的孩子们一大早爬起来，在父亲扫开的空地上撒秕谷，支筛子，准备捕鸟。静谧的山村里，孩子的欢呼声那么响亮，那么优美。难怪有人说雪是专给山村下的。只有在村庄里，才能真正显示出它的恬淡自然，纯洁美丽。

远远望见孩子们的欢畅，许佳伟也不禁心潮澎湃起来。别动！麻雀进去了，石鸡也进去了！拉！快拉！唉，笨蛋，真是一群笨蛋，白白放走了那么多好鸟。

正想着，门开了，父亲阴沉着脸走进来，母亲的唠叨也从门缝里传进来："这鬼天气！大过年的下什么雪，这回班车一定是跑不成了！这小子也真是的，非得等过年才回来。"

"我看他是挣钱挣红了眼，连家也不顾了。"父亲沉默了半天，一张嘴就是这样的话。

"大，妈，你们别着急，说不准他现在就在路上走着呢。"姐姐安慰大家。

"过年过年，年就过个团圆，少上这么一个人，这年还有什么过头。"母亲依旧在絮叨。

父亲没有再说话，盘着腿坐在炕沿上抽起烟来。烟气弥漫在屋子里，制造出一种压抑的气氛。许佳伟拿着本物理书立在地下，不知道该怎么办。

"他大，要不你再去书记家给打个电话，下雪天路滑，别出点什么事。"

母亲从里屋出来的时候手里端了个面盆。

"要去你去，我不管！"父亲对母亲说话的时候从来都是这个口气。

"我去吧。"许佳伟终于发现自己也能做点什么了。刚出门，他看见一辆红色的小面包车，两个小伙子正从车上往下卸东西。

"回来了！"许佳伟本能地喊了一句，母亲和姐姐也迅速跟着走了出去。

"妈，姐，哥，我大呢？"

"二伟，你怎么才回来？"姐姐埋怨弟弟。

"你个愣小子，二十八九也不知道回来，快把人急死了。"母亲说这话的时候脸上已不由得绽出了笑容。

"实在忙得走不开，这不，昨天下午才买了点东西，今天一大早就往回赶了。"许二伟笑着说道，边说边打开了车后盖，把一袋袋一件件东西取出来放在地上。

"别往雪地上放！早就给你说别买这么多，能自己做瞎花那钱干啥？"母亲不停地唠叨着。

"挣钱不就为了花吗，咱现在也该过个像样的年了。"许二伟没管母亲，和刚才那个小伙子抬下来一个特大号的纸箱子。纸箱上面画着一个电视机。

"这是什么？"母亲忍不住自己的好奇。

"彩电。"二伟说。

"你这孩子，尽瞎花钱，你们在外面开销大，能省点就省点，再说咱们这土茅屋哪配这么大的电视？"母亲这么说着不由得走到纸箱跟前，眼睛也不由得湿漉漉起来。

这个村子1984—1985年通电的时候，当时村里有两家富裕户，各自搬回一台14英寸黑白电视机。看着红匣子里面的人又说又跳，见多识广的老年人也不禁半好奇半恐惧地说："这里面是不是装进去鬼魂了？"这鬼魂马上吸引了全村所有人的兴趣，人们不顾一天的劳累，不分男女老幼都往那两户人家挤，屋子里坐不下又延伸到院子里，直到两三个频道都出现"祝您晚安"的字样，主人家说"完了"大家才恋恋不舍地离开。时间长了，那两家都起了烦，天一黑就关灯睡觉，约莫人们都退回去了才打开电视。那些被拒绝的人心里很不好受，可那是人家的，也没有办法，只是不懂事的孩子哭喊着要看电视。

这些记忆深深地留在那一代人的心里，他们多想拥有一台自己的电视机呀！那样就可以舒舒服服地躺在自家的被窝里看了，也不用看人家的眉高眼低。可老许家就二三十亩旱田，碰上好年头能收入一二十石粮，留够人和牲口吃的就所剩无几了。后来收入多了，生活的担子也重了，母亲得了哮喘病，常年用药维持着，三个娃儿也都念上了书，那买电视的梦更遥不可及了。其间父亲也有过结余，也和她提过此事，却都被她否决了："孩子大了，攒点钱给他们花吧。"再后来，大儿子许佳伟考上了高中，二儿子许二伟做生意挣了钱，冲淡了电视梦留在心中的阴影，直到今天，遥远的旧梦突然被儿子重新提起，几十年的愿望一下子突然实现，她的心中该有多么的喜悦和伤感啊！唉，这些过惯了苦日子的人，突然给他们一个物质生活上本该有也早该有的满足时他们竟有些不知所措了。

母亲还在不住地摸索着那个纸箱，小面包车也不知道什么时候开走了。

"车……刚才的车呢？"

"租人家的，你儿子回家过年，人家的儿子也得回去过年呀！"二伟笑着说。

"哦，——大冷天的该叫人家回家喝口水。从县里到家得二三百块钱吧？你这孩子，总是大手大脚！"

"二伟回来了？哎呀！给你妈买了这么多年货，这回一定齐全了吧？"突然，一个妇女的声音如破锣般响起来。

"呀，赵大妈，快来吧。"许二伟热情地招呼道。

"看看人家挣大钱的，还是你们老许家有德行，娃儿们都长出息喽。"赵大妈说完又加了一个长长的叹息表示抒情。

"挣啥呀，也就挣一年辛苦。"二伟的谈吐已经是个大人了。

过了一会儿，左邻右舍的人都聚了过来，围着许二伟和他买回的年货不停发着感慨。许老汉被老伴叫出来搬东西，二伟叫了他一声"大"他也没答应，二伟没在意，依旧笑呵呵地忙碌着。他把东西一件件打开了，嘱咐母亲如何处理。烟、酒、炮、各种蔬菜、鱼、肉和正月里拜年用的礼品，都打点好了，许二伟扯过一个大编织袋，拿出一个纸盒子。

"大，这是我给您买的毛衣，辛辛苦苦受了一年，也该享受享受了。来，把褂子脱了，看看合不合适。"二伟说着便去解父亲的扣子。许老汉对儿子这一手毫无防备，慌乱里直推儿子的手："行了行了，先搁着吧。下午还干活呢！"逗得一家人都乐了。赵大妈代表大家说话道："儿子回来了，当大的连气也不生了，老人呀，就是这样，经不起儿女们的三句好话。"

许二伟又拿出一件深褐色的呢子上衣说是给母亲的："过年了，每人都该换件衣服，还有我姐的和我哥的。"

"哥。"

"佳伟，佳伟呢？"

人们这才想起许佳伟，谁也不知道他什么时候消失的。

此刻，许佳伟正一个人在里屋对着那本《鲁迅作品集》发呆，自从常有男读小说考高分的事在学校传开以后，他和学校里的很多同学一样不自觉地找来许多老师们所谓的闲书，期盼着能在高考中出现什么奇迹。同时也是借以挨过高三枯燥乏味的时光。然而，令许佳伟惊奇的是，这些闲书里没有预习提示，也没有文章注释，更没有老师喋喋不休的讲解，反而引起他很多的思考。这些在过去的语文课堂上没想过的东西自动地活跃在了他的脑海中。

"唉！中国的知识分子！"许佳伟这样感叹道。

尤其是那些从偏僻封闭的地方走出来的知识分子，他们从决定走上这条路的时候，也许就注定要承受孤苦的折磨吧？最初是为了闭门读书，被迫与家人与伙伴们隔绝起来。名字上不了榜，他们就得像孔乙己一样做人们的谈资和笑柄；一朝发迹了，便得去奔赴理想或仕途，多半孤零零在异乡异地漂泊半生，就像鲁迅，就像巴金，他们看着陌生的面孔，听着生硬恭维的话。多愁善感的知识分子多么惦记家乡，他们多想在故乡的土地上酣睡一宿，多想在故乡的南山上开半亩田地悠然而居，多想回故乡哪怕是听一声亲切的乡音呀！然而几经周折回来了，街还是老街，石头还是老石头，期待已久的却全变了，故人们换了恭维的神色，换了"八房太太""八抬大轿"的尖叫，甚至连先前的至交也在久久的尴尬后分明地叫道："老爷。"几十年的还乡梦就这样破灭了，就像一只盛满希望的水碗一下子掉在地上摔得粉碎。

唉，知识呀！你这让人发迹与荣耀的东西，又何尝不是拉开了人与人心灵距离的罪魁祸首呢？当你学富五车，位极人臣的时候，有谁能和你平静地坐在一起，推心置腹地谈谈生活、理想，抑或是角鸡和跳鱼呢？又有谁能真正理解你内心的孤苦和无奈呢？

那么，可是，自己现在算是什么呢？学者？官家？成功人士？都远远不是，那为什么也给我同样的孤苦与尴尬呢？

是的，让许佳伟不平衡的是自己的弟弟，是为了他而辍学却突然发迹的弟弟：半年以前，仅仅在半年以前，人们的欢笑还是围绕自己的，而现在……凭什么？凭什么一个连初中也没上完的小子夺取了自己的"待遇"呢？内心的不平像一条虫子在缓缓蠕动。我们姑且不认为这是一种自私，任何听惯了别人赞扬，过惯了以自己为中心的生活的人在一下子失宠的时候都难免有些情感落差，有些悲凉，这是一种很正常的生物本能。

"佳伟，二伟叫你呢。"母亲推开门说。

"有……有什么事吗？"

"哥，我给你头了一套西服，试试看合不合身？"

"哦，哦，你先搁着吧。"许佳伟见弟弟在众人的目光中向自己走来，他突然觉得弟弟是在众人面前故意向自己示威，或故意奚落自己，年轻脆弱的自尊心让他像一只弱小的动物不断地往后退，好像面对的是一头狮子。

"哥，过年了，都该换换衣服，要考大学的人更得好好打扮打扮。"许二伟一把拽住哥哥说。

"行了行了！你自己放着穿吧！"许佳伟急了，大声叫嚷着。此刻，在他眼里，弟弟的笑容和大家的目光就像一根根无形的绳索，死死地捆绑着自己。

"哥……"许二伟好像意识到了什么，可刚一开口就被他哥狠狠地一甩门打断了。

许佳伟把自己关在屋子里越想越气，自己从小学习好，一直是大人们称赞的对象，也是伙伴们学习的楷模，后来又全村第一个考上高中。可起先是一些没考上的同学发了财，在他面前摆起了阔气，现在连自己的亲弟弟也歧视起自己来……念书，念书，念一辈子书又有个屁用，我念了这么多年书又得到了什么？

一场剧烈的思想风暴最终平息下来的时候，许佳伟意识到自己错了。也是在这时他才回忆起弟弟刚才的眼神中似乎有一丝委屈，他……他当初也是为了自己才被迫辍学的，今天的一切都是他含辛茹苦奋斗的结果，他本来应该是被人怜悯的，被人尊敬的，被人感激的！自己太不应该了，"不要忘了乡亲和二伟。"去古阳中学前父亲的叮嘱重重地撞击着他的耳膜，不解，不平，不服，不屑，有多少炮弹轮番轰炸着这块满目疮痍积烦积乱的心灵土地。

许佳伟不知道自己该怎么办，他太累了，只想极力把自己隔绝起来，完全隔绝起来。可隔了门窗人们刚刚恢复的谈笑还是那样清晰地钻进他的耳朵。

"这电视总有96英寸吧？"

"人们以前说笑话说我给你买一台96英寸遥控大彩电，没想到真有这么大的。"

许佳伟的意识又被搅乱了，记忆也随即被带到另一个遥远的地方。

前湾的人挤看两台电视的时候，村里只有一类人不参与，就是他们这些念书娃。大人们怕他们看得晚了第二天起不来，往往吃过晚饭，喂罢牲口，把被褥一铺，家门一锁便出发了。有多少个夜晚，许佳伟心头又好奇又委屈，一边哄着身旁哭鼻子的弟弟一边默默地流眼泪。有一次父亲不在家，在二伟的再三要求下母亲带他们去看了一次。弟弟眼都直了，许佳伟至今清晰地记得，电视里那几个衣着怪异的彪形大汉在一颗猪头前磕头喝血酒，红乎乎怪吓人的。大人们说那是关老爷和两兄弟在拜把子。第二天，他便和同班的另外三个最好的同学模仿电视里的样子进行桃园结义。

"拜把子还应该说些什么话？"伙伴提示说。

"等我们长大了一起建设我们的家乡吧，给每户人家都买上电视。"过了半天，早熟的孩子红着脸说，没想到伙伴们很痛快地答应了。

如今想来，当初的即兴发挥好像并不是一句无忌童言，也不是无中生有。在孩子眼里，对贫穷的感受是那样清晰敏感；在孩子心中，建设家园的愿望是那样纯洁坚定。在后来的成长过程中，他们也经常用这件事相互勉励，情到深处甚至伤感落泪。是啊，在如此贫困落后的山区里生活过的人，即使是孩子，又何尝没有感受到贫穷给他们带来的痛苦，何尝没有过前进的意识与发展的要求呢？

然而十多年过去了，村子里几乎所有的人家都搬回了大电视，儿时的四伙伴却走上了不同的人生道路。一个在初中毕业后当了农民，常见他戴着副深度近视镜在田间劳作，一个和二伟一样做买卖挣了些钱，搬到城里去了，还有一个去年中专毕业，创业去了广州。现在，他们甚至连坐在一起的机会都没有，其实，即便坐在一起，除了农民的卑怯，商人的健谈，文人的谦虚，还有什么呢？依稀遥远的旧梦只有在许佳伟这里还残存着一些片段，而这些片段也只是用来羞辱和苦恼他自己的：以他的现状，这梦在近期内还只能是一个梦。

十年了，难道这十年全白过了吗？儿时的梦就要这样断送了吗？想到行将辍学的自己，许佳伟没有一点信心。

整个下午，思想就像春天里泛滥的洪水，无边无际，无遮无拦。他终于想累了，便倒头在炕上睡着了。一觉醒来，太阳已快落山了，灰黄的光线斜射进低矮的土屋反显得更加昏暗。许佳伟揉了揉眼睛，才看见地下站着一个老汉，是他叫醒自己的。

"佳伟，又得麻烦你了，我们这一家睁眼瞎……"

"哦，是二叔，写对子吧？我也正准备晚上写呢。"许佳伟一骨碌爬起来，思绪又要往中午退，硬被他拉了回来，只有现实充实的忙碌才可以制止他胡思乱想。

吃过晚饭，又有两户人家拿来红纸和墨汁，许佳伟便和他们一起忙开了，两个人负责裁纸，一个人负责传递和晾晒，木匠二叔的小孙子用小手给他当镇纸，许佳伟只管在桌子上挥洒。现在，他好像又找回了下午的失落。然而他不曾意识到，这些还是源于他曾抱怨甚至摒弃的知识。

在前湾，写对子向来是许佳伟的专利。前些年村里的穷人不识字，也雇不起先生，便用碗底在红纸上印相同数目的圆圈贴在墙上。后来，有了识字的，可字丑不说，有倒着贴的，有十个字和八个字粘在一起的，有把"槽头兴旺"贴在家门头上的，闹出不少笑话。现在，庄户人自家里也出了高中生，而且据说这孩子肚子里的墨水比当年的秀才还多，于是人们从写到贴都请许佳伟把关。原来这对子还真有讲究，那小子也不简单，一副对子还分出上下联，这片必须贴在左边，那片必须贴在右边，农人们不懂，却乐呵呵地听他指挥。

206

第二十一章　绕地兰

转眼到了年三十，佳节的喜庆除了在一大早噼噼啪啪地热闹一番，其余的时间还是平静而安详的。这种不动声色的庄重严肃也许正是年的神圣所在吧。上午的天气特别好，阳光贪婪地注视着山村，就像年轻的母亲用慈祥而恬静的目光呵护着自己的孩子。几片鱼鳞般的云朵若隐若现地飘浮着，仿佛一阵风就能吹散了。然而，风儿也到玉帝那里吃团圆饭了。杨树柳树一动不动地默立在房屋四周，彼此保持着一种和谐的缄默。

在山里，年的程序还是按传统进行的。一大早起来响几个爆竹和一串鞭炮，必要的农活一气干完了就能闲着了，年的最初意义之一或许就是穷人们在一年的辛苦与贫困后安排一个可以像富人们一样尽情吃喝而不必劳动的日子，是人们对美好生活的一种憧憬吧。这会儿，一家人正为这"年"的消闲和享受忙碌着，大家一声不吭地干着自己的事，许老汉在炕上忙着剪纸钱，老伴和女儿在张罗一桌丰盛的餐饭。两个儿子忙着糊窗花，贴对联。兄弟俩由于昨天的事谁也没和谁说话。老二在屋子里往对子上涂糨糊，老大往屋外贴，许佳伟每次从兄弟手中接过对子心中都会泛起一阵涟漪。有两回他都想向弟弟承认错误了，可脑子里不知从哪里来的一种模糊意识，却在分明地反抗着自己，支持着行为的自尊。

中午饭前照例有个祭祖仪式，前湾还是土葬，人们需到几里以外的坟地烧纸敬香。许老汉很懂这一套，早早准备好一筐供品，有代表自己一年收成的年糕、馒头、猪鸡羊肉，还有二伟买回来的象征富裕的各种新鲜水果，又

207

带了祭祀必需的黄纸和冥币。这些东西由各家的实际情况定丰俭。出发的时候，老伴说让佳伟也跟着去吧。他爷爷给我托了个梦，要佳伟给烧几张纸。再说敬祖先是好事，说不定对明年考学有利。对于母亲的迷信，许佳伟没有反对。

一路上，许老汉父子不断地遇到上坟祭祖的邻人。他们有的骑着摩托车，有的开着农用三轮。父亲全和他们搭一句"上坟去"？回曰"敬祖宗"。好像游击战时期的暗号。他们在一片沙蒿林里走了好一阵，许佳伟想起母亲的话心里不禁又泛起一阵凄凉。她照旧相信这些，如果她知道我要退学，也许爷爷也就不会给她托梦了吧。许佳伟的思绪刚停在退学的事上，父亲在一个土堆前停下来，折了把干沙蒿说到了。许佳伟赶快接过箩筐，同时迅速制造出一脸虔诚。眼前的沙蒿林里露出一块黑褐色的斑秃，上面没有植被，微微向上突起，就像羊肚子上有一块掉光了毛，羊肚的旁边孤零零地立着一株死树桩。

父亲把沙蒿在坟前放下，先烧了一张黄纸，让许佳伟放了四个爆竹——这些都是有讲究的，神三鬼四。然后在羊肚子前跪下来，点燃那把干沙蒿，把纸钱放在上面烧，同时用深沉而悠长的声调吆喝道："爷爷，寻钱来——奶奶，寻钱来——大，妈，寻钱来——"许佳伟对父亲的做法起了一些研究，也迅速学着父亲的样子跪下来，吆喝，磕头。烧完纸后是散供品，许佳伟和父亲在每样东西的顶上掐一块，然后向坟地四周抛出去，一边吆喝："爷爷，奶奶，寻馒头来——大，妈，吃苹果橘子来——"

突然，许老汉的手停在了半空中，目光盯在坟的一边，过了两三秒，他飞快地站起来，向那地方走过去。许佳伟不知道发生了什么事，好奇地盯着父亲，只见他在坟地与周围沙蒿的边界处蹲下来。一边扒拉着沙蒿一边不住地大声重复道："绕地兰，绕地兰！"他开始绕着坟地边缘走，走了半圈，又重回来走了半圈，然后接上刚才的激动，"绕地兰！已经绕了半圈了！"

"大，什么东西？"许佳伟被父亲的异常举动弄糊涂了，忍不住问了一句。

"绕地兰，是绕地兰！已经绕了半圈了！"

"绕地兰？绕地兰是什么？"父亲含糊的回答并没有解开许佳伟的疑问，他多年来难得一见的孩子般的大惊小怪倒勾起了儿子的好奇。许佳伟料想一定是什么了不起的大事。在农村，尤其是在祖坟上，是很有些文章的。他边问边站起来向父亲走过去，只见坟边上长着一株不知名的藤蔓植物，瘦瘦的，黑黑的，甚至有些看不清楚，叶子特别小，大概只有筷头那么大，形状很像猫耳朵。"绕地兰是什么？"许佳伟还是不能理解这株草与父亲的激动之间有什么必然联系，忍不住又问了一遍。

父亲好像恢复了平静，拉着儿子的手重又跪到坟前："不肖儿孙许四十七和孽子许佳伟不胜感激老祖宗保佑，长出绕地兰。都说我们许家有德行，不知道是老祖宗显灵，不肖不肖。明年清明一定重来修墓。"说着深深地磕了三个头，前额都碰在了地上，粘了好些土粒。他又回过头对儿子说："快谢谢老祖宗，保佑你考上大学，当官发财。"

看着父亲的样子，许佳伟差点笑了出来。他一向是不相信这一套的，尤其想到自己就要辍学。可是在今天这样的日子，现在这样的场合，看到父亲这样认真的样子，他宁肯信其有。不过他不能像父亲一样对着一个土堆讲话，还那么绘声绘色，那么富有真情实感。许佳伟不禁有些茫然，脸也唰地红了，就像轮流表演节目到了他，他竟毫无准备。出了一身汗后，他终于结结巴巴地说道："谢谢老祖宗保佑。"

"没出息！"父亲狠狠地瞪了他一眼，继续虔诚地对着土堆说，"孩子不懂事，老祖宗不要计较。许家出了人才，也是你们的光荣，明年清明我一定重来修墓，报答老祖宗保佑之恩，保佑保佑，尚飨尚飨。"说着又磕了三个头，许佳伟怕父亲再责怪自己，忙跟着机械地磕了三下。

敬祖完毕，许老汉把那株绕地兰往外推了推，用沙蒿盖上了。他详细地向儿子讲述了绕地兰的事情。原来这是一种非常有灵性的吉祥草，谁家的坟上长出这种草，并能绕坟地一周，这家的后代就一定要出大官。前清时有个姓张的破落秀才，四十多岁了屡试不第，娶了一个叫花女，生下个男孩。这张秀才特别孝顺，母亲活着时端茶送水，伺候得无微不至。母亲死后，他又借钱安葬。逢年过节必然上坟进供。后来他的行为感动了祖宗，坟上便长出绕地兰来，就因绕地兰的祥气，张秀才的儿子十二岁中了秀才，十八岁便中了进士，进城当了大官。张秀才也跟着锦衣玉食，晚年大富大贵。

"您见过这种草吗？"许佳伟问完就有点后悔，这不是在考证父亲喜悦的可靠性吗？然而这回父亲并没有在意，十分宽和地说：

"没有，出了这种事，谁家不得仔细保密。要被红眼人知道了还不给拔掉？不过一定不会错，你爷爷当年详细地给我描述过：细蔓小叶，绕着圈生长。还有什么草会绕着圈生长呢？"

"哦……"许佳伟做了个高兴的表情，不过他仍不相信这吉兆是针对自己的。那么这是无稽之谈吗？他马上想到二伟：当官？出息？一定是他！现在有钱的人都能谋个一官半职。今天的神奇经历给了他一种紧迫感，不能再这样下去了，这样会把自己憋疯的。晚上吧，晚上就向全家宣布自己的决定。村里人都是在吃年夜饭的时候总结一年的收成，决定来年的耕种计划的。

终于熬到太阳落山，远远近近的爆竹又一声接一声不间断地响起来。许老汉家终于蓄积起一些喜悦来。许老汉早早地在院子里搭起一堆旺火，年夜饭已经做好。老伴和两个儿子在包饺子。过年捞元宝是山里人的习惯，这些年虽有了猪牛鱼虾，老婆子还是不肯舍弃这象征吉祥的宝贝饺子。时间是七点多一点，家里的大电视放着《新闻联播》，一年一度的春节联欢晚会再有半个多小时就要开始了，演员们正在进行最后的排练。许佳伟好像也在紧锣密鼓地筹备着一台晚会，不过他的晚会是一个坏消息，观众就是家里的几口人和自己。"爸，我不想念了，我想像二伟一样自己去闯……"许佳伟极力让"晚会"的开头轻描淡写，显得轻松自然，可每次从头脑里一出来就首先让自己否定了。许佳伟心神不定，有那么一两分钟竟然剧烈地颤抖起来。

"哥，来杯不？"许二伟给父亲和自己各倒了一杯啤酒后问许佳伟。

"不——噢，倒一杯吧。"许佳伟本能地"不"了一声又马上改了口，何不借酒壮壮胆呢？何况这是兄弟首先和自己说话，应该给他个肯定回答。

年夜饭开始了，春节晚会也进入了最后的倒计时。全国各大企业正在抓紧这最宝贵的时间做着广告。"不能推了，就在晚会开始的那一刻！"许佳伟一次次给自己下决心，这样想着抓起一杯啤酒一口气喝了下去，五、四、三、二、一！许佳伟又倒了一杯酒，端起来跪在父亲面前："大，过年了，儿子……儿子给您敬一杯。"

大家对许佳伟的举动有些诧异，更弄不明白为何敬酒还结结巴巴。许老汉看了他一眼，接过酒喝了。许佳伟又轮流给母亲、姐姐和弟弟敬了酒，这才打开了话匣子：

"大，妈，姐，二伟，我和你们说件事，你们不要多想。"

"哥，你什么也不要说了，昨天的事儿我也没往心里去。"二伟接茬说。

"不，不是昨天的事儿，是我自己不想念了。"许佳伟终于鼓起勇气道出这句在肚子里即将腐烂的话，可他再也没勇气抬头正视家人了。

"你说啥？你再说一遍？"父亲显然一下子没反应过来，将信将疑地说。

"我不想念书了，我想像二伟一样自己去闯一闯……"

"你这孩子是不是喝多了？二伟，告诉你你哥是念书人，你偏要给他喝，神仙也过不了酒的关。"母亲听了儿子的话，怕发生什么事，忙抢在父亲前头说。

"妈，你别护着我，我知道我辜负了你们，可我不是念书这块料，我也该为自己找条出路。"

"你……你这个败家子，你是不是在学校干了什么丢人现眼的事被学校打发了，你快说，你老实说！"

虽有母亲的话做铺垫，父亲的攻势还是那么咄咄逼人。

"真的没出什么事，是我自己不想念了，我知道我考不上，我想明年一开学，参加完会考，拿到高中毕业证，就去找点事情干。我也快二十的人了，不能老靠你们养着。"许佳伟依然直直地跪着，他这时已恢复了镇定，一字一句地说。

"你……你给我好好说是怎么回事！"父亲气得说不上话来，浑身剧烈地颤抖着，还是二伟把他劝住了。

"坐下！坐下！有什么事不能好好说，大过年的瞎吵吵什么？让人听了笑话。"母亲说。

"哥，你是嫌家里穷供不起你吗？"二伟的语气非常平和，"我都计划好了，今年我挣了四万多，两万用来扩大生意规模，一万留家用，一万专供你上学。"

"二伟！"听到这儿，许佳伟鼻子一酸，一串滚烫的泪珠不由得滑落下来。骨肉亲情在这时候才体现得那样深刻。"哥对不起你，可我真的不想花你的钱。你们不知道现在的大学，太好的我考不上，差一点的考上也没用。现在大学生就一堆一堆地找不到工作，我念四年出来恐怕街头钉鞋和单位看门房的也是大学生了。我不想用四年五年的时间和四五万块钱去赌。"

"不想念别给老子找这么多借口，回来！回来伺候你阳婆爷爷！"父亲依然那么激动。

"佳伟你千万不能这么想，"姐姐也在给父亲消气，"我和二伟那时候学习不好，家里条件也不好，可现在咱们一家人供你，你还有什么好担心的。你说大学生找不到工作，那你一个高中文凭能干什么！"

"哪像你说的那样，咱前湾连个高中生还没有呢！"家里人你一句我一句地劝着许佳伟。

"咱前湾？"许佳伟苦笑了一下，"咱前湾是什么地方？前湾有几口人？前湾人受的是什么教育？"

"你这么说就不对了，你们小学的刘老师光公社发的大红奖状就好几块哩！"

"公社……公社发的算啥？"母亲井底之蛙的见识让许佳伟哭笑不得，可一时又找不到合适的语言反驳她。

"哥，你不要瞎想了。我没念多少书，可我也常听人们说自己的知识不够用，我还准备挣点钱，上几年自费大学呢，你念得好好的，怎么就不上了呢？你说你今年考不上好大学，咱明年还可以考，后年还可以考，总而言之，你念到什么时候，我就供到你什么时候。"二伟的话仁至义尽，许佳伟觉得再执拗就没有多大意思了。沉默了好长时间，他才长长地叹了口气，又说：

"二伟，你说人念书是为了什么？"

"为当官发财，坐办公室，过上好日子。"二伟的回答毫不含糊。

"什么是好日子？"

"好日子，就是有吃有穿，钱够花，觉够睡。"

"那我再问你，你说的好日子只有念书才能实现吗？"

"这……这倒不是……不过……"

"二伟，你也知道，我们初中时有好多同学没考上，他们有的学手艺，有的做买卖，现在哪个过得不是牛哄哄的，咱村的刘树辰你也看见了，人家谁过得不比我强？还有……"许佳伟想说还有你，及时打住了。

"你不要看他们，这都是暂时的事，我总觉得将来社会还得凭知识。等你

212

大学毕业，当了大老板，有钱有权，有房有车，谁不服你？"

"念书是我的事，你们从来也不征求我的意见。"

"我们怎么你了？往水里火里推你了？我们一天天受得毛驴似的，还不都是为了你？"父亲没明白儿子的意思，反而更被激怒了。

"哥，你也知道，你念书不光是你自己的事，也是咱一家人一族人的事。你想想，念书出去的才可以真正服人，你应该给咱们树立这么一个榜样。"

"哼，如果是这样，那又何必呢？我已经做了别人没有做到的。"

"你大不是说你爷爷的坟上长绕地兰了吗？"母亲压低声音说。

"我不信那一套，就算这是真的也是给二伟长的；再说那东西真灵，我不念书它也同样能把我弄成大官或百万富翁。"

"行了行了！"父亲再也不允许儿子胡闹了，"你不想念连门都没有，除非你把这两个老桩子弄死，混你也得把这半年给我混完。"

"我……"父亲还是不理解自己，"我真的并没有丧失什么，我只是想去寻找真正属于我自己的生活。"

"生活，什么生活？我们这么辛辛苦苦供你不就是让你考出去，以后过上好生活？我们这样的生活你还没有过够吗？"

许佳伟这时才意识到原来自己和父母是那样格格不入，难以沟通。许佳伟终于放弃了辩解。二伟见哥哥屈服了，又加以劝慰："等明年秋天，你要真不想念了就去我那儿，咱兄弟俩一起经营。"

二伟的话让许佳伟想到了孙少安，他也曾以这样的口气劝弟弟和他一起经营砖厂。许佳伟对孙少平的理解非常深刻，他也非常明白自己和二伟的差别，而且在他内心深处，对无知的富有还是持有一些偏见的。

一整天积蓄起来的喜庆气氛一下子全没了，快乐就像一支白炽灯管，断电时它的光亮在一瞬间就消失得无影无踪，重新打开电源，光明却扭扭捏捏不肯回来了。一家人围着电视机谁也没再说一句话。

过了正月初二，探亲访友的人渐渐多起来。前湾这样的小村子也渐渐热闹起来。县城开来的大班车每天都会在村口卸下一堆一堆的人。"张家的儿媳妇回来了。""李家的闺女来拜年了。"每一个来客都能给某个家庭带来好一阵子快乐。当然也有阔一点的，懒得挤班车，一家子租个小车，又舒服又方便，实际也花不了多少钱。更主要的是可以在父老乡亲面前装个门面，我小子发达了。果然，每有这样的车子驶进村里，小孩子就一群一伙地跟着车跑，大人们也会忍不住多看上几眼，直到那车子停在别人家的大门口才不无叹息地说，"看看人家刘家的大小子，去年卖衣服准又挣了大钱。"言外之意是：啥时候咱也能风光一把？

大凡坐车回乡的人多要借拜年串门之机在村子里巡回宣扬一番，猎取一些羡慕甚或嫉妒的目光。许佳伟最看不惯这样的卖弄，每有此类人来到他家，他就一个人在里屋看闲书。来者无聊了，只好丢下一句感慨："看看人家佳伟，过年了也不忘看书，怪不得能考高中，今年准又考重点大学了。"完了同样不忘对许佳伟的父母加上一句恭维："许叔许婶命真好，许家有德行哪！"

过了这么两三天，许佳伟终于在里屋也坐不住了，便提出要给他老姑拜年。许佳伟的老姑在后湾，和齐二强一个村。后湾还有一个远近闻名的好老师，这就是佳伟妈年三十晚上提到的刘老师。刘老师是许佳伟上小学时的班主任兼包课老师。刘老师的出名也有许佳伟的功劳，许佳伟就是刘老师把他教成当年前湾乡的小考状元并最终成为前湾村第一个高中生的，许家对此深信不疑，因此对刘老师也一直心存感激，每次许佳伟去后湾父母都不忘叮嘱一句："去了后湾千万别忘了去看看你的刘老师，他上次还念叨着你哩，做人可不能忘本。"

"知道了！"母亲的几番唠叨终于让许佳伟郑重地回忆起刘老师这个人来。他是一个干瘦的中年男人，戴着眼镜。许佳伟念书的时候他已经教了二十几年书。听说大前年民办教师转正时他也转正了，可惜教龄已经三十多年，该退休了。刘老师在教学上的唯一特点就是抓时间，这也是他的绝招。那时候村子里没有课程表，也没有电铃，一天七节课由任课教师自由安排，刘老师总是先上三节数学，再上三节语文，剩下的时间才留给自然、地理、思想品德和五年级开设的历史课，至于体育课说不准两个星期才能轮上一回。那时的体育课很简单，山区里没有秋千，没有单双杠，更没有三大球，所谓的体育课其实不过是让学生出来跑跑步，或者玩玩丢手帕的游戏。

刘老师的作业分为两类：一类是课堂作业，必须在放学前全部完成，这完成包括把做错的题改正，把不会做的做出来。那时每天都有没完成作业被留住的同学。村里的小学都是走读生，跟着山里人的生活节奏上下学，从早上八点半一趟车赶到下午两点半。看着渐渐西斜的太阳和一群一伙回家的同学，听着肚子里叽里咕噜的叫声，想到回家迟了父母的脸色，讲台上老师的教鞭还在等着，幼小的孩子脑子里哪还有知识。许佳伟至今还清晰地记得被留住的感觉。另一类作业是家庭作业，这一类往往比前一类多，一布置就是生字五十遍，组词、造句，数学1~15大题。许佳伟那时自然是全班同学的楷模，因为他回家后不先写完作业决不吃饭。到了礼拜天或寒暑假，那作业就该一本书一本书布置了，开学了如果有人完不成，刘老师就会用又宽又厚的板子抽他的手掌或者屁股。刘老师的口头禅是："赖东西多会儿也是赖东西，人家谁谁谁能完成，你咋就完不成？"而实际上他所说的谁谁谁往往只是个别两三个人。五年下来，完全能达到他的要求的学生根本没有，因此没挨过他板子的学生也根本没有。

刘老师从教的另一个特点就是严厉。"严师出高徒""不打不骂不成才"是那时很风靡的观点，刘老师从来不给学生露笑脸，他怕"给孩子点阳光孩子就灿烂""给学生三分好颜色学生就开染坊"，即使是好学生也不行，作业全对了也不行。因此学生都特别怕他，有些甚至毕业好几年了，自己都有了家口，见了刘老师还是绕着走。

到后湾的路许佳伟好长时间不走了，有很多地方已经变了样。许佳伟边走边回想着往事，每当有一处景物把他记忆里的故事呈现出来的时候，许佳伟都会禁不住激动好一阵子。那儿原来有一个隐蔽的毡儿，是我们夏天偷放瓜果的地方；那边的洞里原来有蛇，我们常在那一带抓蛇烧了吃；对了，那边那棵老柳树上以前有喜鹊巢。记得有一次放学路过这里，二军听见上面雏鸟的叫声，便赤着脚爬到了树上，巢里除了幼鸟还有几颗鸟蛋，二军兴奋得不得了，可蛋在兜里带不下来，让别人保管又怕被据为己有，只好丢给他妹妹，兄妹俩配合得很默契，他妹妹也接得很准，可鸟蛋落在手中的一刹那，"啪"的一声碎了，黄黄的蛋汁溅了一脸……

想着想着，许佳伟不由得笑了，笑容很快又冷却在脸上，"唉，那样的日子再也不会回来了！"

　　许佳伟低着头一路走着。绕过一个敖包，他的脚步突然停了下来，眼睛也好像亮了许多。脚下的土地刀切一般塌陷下去二十多米，在他眼前形成一条一眼望不到尽头的断崖。崖下是一条一里多宽的干河床，河床上鱼鳞般地布满了大大小小的石头。秋天里枯死的荒草在风里摇摆着，河床靠崖壁的地方有一条四五米宽的小溪，现在早结了冰。崖顶与河床由一条很陡的羊肠小道连接着，道上也长满了荒草，显然好长时间没人走了。足足过了半分多钟，许佳伟才又迈开步向前走去。

　　这条连接前湾和后湾的通道叫学崽路，顾名思义是专门供学生娃儿们上学走的。十几年前，前湾的小学关停了，村里的孩子只好到后湾上学。可由于眼前这处天险，上学要绕好大一个弯子，至少也要走一个多小时。村里的男人们一商量，扛起镐头便向石崖去了，学崽路就是在那时建成的。路是专给孩子们修的，所以很讲究：大人们先用三天的时间挖土方，让坡度尽量平缓，然后又将半米多宽的斜坡修成一个一个的台阶，这样整个大坡就成了一架雄伟的云梯，娃儿们给它起了个亲切的名字：天梯。工程还没有结束，那时候山脚下通年有一条没膝的小河，这又是一处既不方便又不安全的隐患，大人们的解决方案是从河床里捡来最大的石头按一定的距离排放在小河里，这就是一座桥了，娃儿们给它的称呼是：石桥。

　　天梯和石桥都修好了，许佳伟还清楚地记得：自己和同伴们当时是怎样疯狂地一口气跑上跑下，跑来跑去。然而在强大的泥石流面前，再好的天梯，再大的石头都不会长久地存在。每次泥石流过后，天梯最下面几级台阶都会被浑水破坏，作为桥梁的大石头也搭乘浑水出了远门，村里的大人们便再一次扛起镐头。许佳伟在后湾的小学念了五年书，这条路也一直修了五年。天梯的雄伟、石桥的奇特在孩子们那里渐渐失去了新鲜感，可他们的童年却和这天梯、这石桥紧紧地拴在了一起。石桥是他们童年的欢声笑语，石桥是他们儿时的喜怒哀乐，石桥是他们求学生涯中永恒的记忆。天梯保存着无数小脚丫踩下的全部脚印，天梯珍藏着孩子们每次迟到时因为害怕老师责骂而流下的鼻涕和眼泪；石桥也同样记得这些调皮鬼怎样放学了不回家躲在敖包后面弹石子，又怎样被父亲或老师发现了用大巴掌打屁股的丑事。

　　顺着天梯往下走，许佳伟又想到了这几天的事情，想到了自己的父亲，那个扛着镐头为他修了五年路又用大巴掌打了他的庄稼汉。

自己念小学那时候山里的雨水还是比较多的。尤其到了夏天，几片调皮的云彩互相一招呼，往往等不及让雷声发出通知，就跑到地上来了。还调皮地带走了石桥，冲垮了天梯，给父亲和村里的男人们带来不少麻烦。有一年夏天，这雨就淅淅沥沥地让人厌烦了一个月。

一天早晨，天又阴得黑沉沉的。那时正好是农忙季节，山里人乏得厉害，很容易就睡过了头。"快起来！要迟到了！"父亲从睡梦中惊醒了，他一边吆喝儿子一边开始翻橱柜，他从来不允许儿子迟到，夏天里天亮得早，他四五点就让老伴起来做饭，儿子上学，他们也就下地去了。像今天这样的情况还真是为数不多。想到刘老师会用教鞭惩罚迟到的同学，许佳伟当时也吓坏了，随便扒拉了几口饭便和父亲上路了。母亲好像不大高兴，嘟囔道："这天气准要下雨，说不定走到石崖上山水（当地人称泥石流为"山水"）就下来了，就别让孩子去了。"

"下雨就不去了？下刀子也要去！"父亲在家里一向很专制，他的话就是圣旨，母亲随后叮咛的"不行先到别人家看看，要去一块去"的提议根本没对他产生任何影响。

果如母亲所言，他们还没到石桥雨就下起来了，而且是暴雨。父亲太执拗了，他今天的目标只是后湾的那所学校。他把雨衣往儿子身上一裹就毫不犹豫地下了石桥。

不愿发生的事情还是发生了，洪水像群牛低吟，铺天盖地地卷了过来。当时他们正好处在河床的正中央，进退都不是办法。父亲知道自己错了，他什么也没说，背起儿子就跑，他的目标还是学校。终于，他们被河床上的浑水和后湾渠里引回去的水包围住了，雨还在下，水势还在涨，他们立脚的地方已缩小到一块十几米见方的沙丘。许佳伟吓坏了，母亲不知道什么时候出现在对面的石崖上，也听不清她在哭喊什么，父亲还是低着头一句话也没有。很快，洪水连脚下的沙丘也淹没了，父亲再一次背起了儿子，也许今天他注定要为他的执拗付出代价：他只好这样举着儿子，等待命运对他的判决。

洪水就要没过膝盖了，刘老师拿了根长木棍从后湾跑了过来。棍子有两丈多长，可水渠至少有三丈宽，所以根本够不着，而且水势很急，棍子一放进水里马上跟着水流漂走了。这回父亲没有慌，他用雨衣袖子把儿子牢牢扎在背上，又毫不犹豫地向那根木棍跳了过去。谢天谢地，他抓住了木棍，在水里扑腾了半天，刘老师死拉硬拽终于把父子俩救上了岸。

那天回家以后，父亲病倒了，高烧整整三天。他还是一句话也不说，家里人也没再提起过那天的事。

父亲是爱自己的，他只是有些执拗。许佳伟脑海中掠过一丝从未如此清晰的感动。紧接着，父亲对他的种种"不好"也一个个解开了。那么，还辍学吗？许佳伟知道这份感动还不足以让他改变半年多来做出的决定。

父亲呀，你的爱为什么藏得那么深沉呢？

第二十二章　迷　茫

古阳中学高三年级照例在正月初八就开学了。许佳伟最终没有拗过父亲，还是坐在了开往县城的班车上。这回他没有一丝背井离乡的眷恋，同样也没有先前返校时的轻松亢奋。于他而言，家里、学校都没有了值得他眷恋的东西。他不知道等待自己的将是一段什么样的无聊又荒唐的日子。父亲说了，混也得把这半年混完。混吧！混吗？许佳伟心乱如麻。不过让他宽慰的是：有了二伟，家里不再像先前那般拮据，即使真的把这学期混完也减轻了不少罪恶感。

从前湾到古阳县城的柏油马路修通了，一辆小型中巴车挂了满档，正喘着粗气艰难地向前爬行着。车厢里人挤人，就像网兜兜住的鱼，密不透风，沉闷压抑的空气里偶尔传出一两句妇女的闲聊或者孩子的哭声。车是从前湾始发的，因此许佳伟捞到一个座位。刮开车窗玻璃上的冰花，一带沟沟壑壑的土地便呈现在眼前，沟渠的背阴面积着雪，白褐相间，斑斑驳驳，都慢慢地向后移动着，消失了。

啊，故乡！你这沟沟壑壑的土地，你什么时候才能改变你的面貌？你用你干瘪的乳房养育着你的儿女，而他们一旦有了出息却又无情地抛弃了你。像我这样不争气的又何尝有希望改变你的容颜。许佳伟不由得想起这次故乡之行：自己明明不想念了，父亲还逼着他混也把高中混完；唐小平想念却不得不把机会让给弟弟；二伟小学文化一样可以挣钱发财……

许佳伟又一遍遍把自己的现状摆开了分析，语文和数学还可以，不过不很突出，政史地也就那样，比上不足比下有余吧，可英语就差多了。老实说，在如今年年扩招的形势下，考一个专科、高职之类的学校他还是有信心的，毕竟他是当年全校第二的许佳伟。可正是因为当年的全校第二，现在别人考本科、上重点，让他去念专科，他是不肯干的，专科的就业前景倒还是其次。这样想了很久，没想出任何结果，人却想累了，一切都随遇而安吧，许佳伟闭上眼睛，靠在椅背上睡着了。

以前两三个小时的路程现在只走了一个多小时，下车后许佳伟没要"三叉机"，挎着背包不紧不慢地走着。县城完全是去年的样子。唯一的变化就是路边的店铺和住户门窗上都贴了大红对联和倒着的"福"字。马路边的台阶下有鞭炮的碎屑被风卷聚在一起，残留着年的气息。古阳中学甚至连对联也没有贴，就像过年没换新衣服的穷孩子。下半学期没有新生入学，高一高二还没有开学，校园里十分冷清。许佳伟随意扫了一眼，径直向宿舍走去。其实偶尔也能碰到一两个人，只是大家都没有了激情，甚至连必要的客套也一并省略了。老同学见面只是互相点点头，要能来个一问一答的对话，那就是极端的奢侈了。

这个春天似乎被定格，无限拉长，如同一条静默的黑色铁轨，看不到来路，看不到尽头。一分一秒都被大家无限放大，仿佛要在这瞬间里创造出许多奇迹。然而高三的时间就是放大一百倍一千倍也是不够用的。学生们都陷入了莫名的恐慌，拼搏了三年，不，应该叫十载，就是为高考这一搏，可高考的要求究竟苛刻到什么程度，谁也不曾经历，自然也不曾知晓。

到了这个学期，各种各样的事就多了，高考报名、互写赠言、照毕业相、高考扫描、体检、成考报名、毕业座谈，直至6月7日的高考，时间被切割成若干个小段，又像是画上了坐标，但终点不是正无穷。每过一站，时间的列车又算向终点逼近了一步，大家想尽快结束这次疲惫的旅行，但又不知道在终点等待自己的是一处什么样的风景，这趟车将把自己带到什么地方。知识点的复习上学期已经完成了，这学期是纯粹的考试，做模拟卷，科科如此，日日如此。三年来学习过的所有科目的课本练习册和各种复习资料像小山一样堆在桌子上，塞在桌洞里，充斥着学生们的时间和精力。3月有一次全市统一的模考，老师们说那次的成绩基本上也就是高考成绩了，所以必须在那以前将自己的水平推向制高点。临阵磨枪，不快也光。可费了半天时间，牺牲了 n 亿个脑细胞做出一道题，才发现早已做过了。学校为刻苦学习的同学提供了最大的便利，学生阅览室改成了通宵教室，24 小时提供暖气和热水。学生们没有辜负学校的一片苦心，早起的同学与晚睡的同学经常能在这里实现接力。

高三文科（2）班就剩下 20 多人了，这些人零星地分散在偌大的教室里。排除掉调皮捣乱的、学不进去的和以拿毕业证为目的的，这个班级终于进入了彻底的平静。学校就是有这样的魔力，不管你当初多么天真幼稚、调皮捣蛋，多么有棱有角、有脾气有性格，如此三年，都能让你彻底脱胎换骨。难怪学习不好的学生的家长说孩子现在干什么都还早，让在学校里往大长吧。学校水房的老大爷则把黄沙漫天的天气比作年轻人，说这是飞扬跋扈，而风和日丽的天气自然是退却冲动稚嫩后的平和的成熟。

和大家相比，许佳伟倒是很会给自己放松。网吧虽然很少再去了，可也不需埋头苦学，他把三年的日记和抽屉里承载记忆的东西全部拿出来，一遍遍地对着发呆。闲来无事，许佳伟也会把班里的同学拿出来进行分析，找出他们与家庭、学校教育的关系，从而打发寂寞的时光。

开学第二个星期，去年的会考成绩下来了，这是高中阶段的最后一次会考，99% 的学生顺利过关，八优一良的保送资格没给古中，所以会考对于古中学生的全部意义也就是拿个高中毕业证而已。在全国人民整体文化素质日渐提高的今天，古阳县的高中毕业证不算见不得人，按西方流行的经济学说法，称得上"中产"，按班主任老刘的说法，"你们已经是村子里的高级知识分子了，知识顶得上全家所有人的总和"。知识比和是一种抽象的说法，老刘是用上学的年头衡量的。考不上大学，高中毕业证也同样是身价的象征，好比打不下粮食野菜糟糠照样充饥一个道理。对于这些以拿证为目的的同学，他们的求学生涯可谓走到了尽头，不需参加高考就提早各奔前程了。

罗彦彬是掰着手指头数到这一天的，因此他的兴奋比其他人都过了头。"自由万岁"的呼声响彻校园上空。当然，他也没有忘记这些在一个战壕里并肩战斗过的难兄难弟。临走之前，他在学校对面的学府餐厅请大家吃了一顿饭，用他的话讲叫"会考庆功宴"。

　　受邀的有原高一（1）班全体住校男生和分科后的要好。宴会时间拉得很长，饭没吃多少，酒倒没少喝，宴会一直笼罩在伤感的气氛中。

　　"弟兄们，我罗彦彬上了三年高中，什么东西也没有学下，就交了你们这一群朋友。希望考上的、发达了的，都别忘记了还有罗彦彬这么个人，总之就是陈胜的那句话：苟富贵，勿相忘。来，我敬大家一杯。"酒至半酣，罗彦彬眯着红眼站起来说。

　　"你的收获比我们大多了。"常有男说。

　　"说笑归说笑，我们是没有指望了，要有出息还得念书。"

　　"彦彬，不要再说这样的话了，咱们既然是兄弟就不该虚伪，考大学，我们在座的除了苏科能有几人考上，我们只是比你多受半年罪而已。其实你的选择就对了。"常有男的话勾起了大家的伤感。许佳伟又想起了父亲的话：混你也得把这半年给我混完。其实，为什么不像罗彦彬这么现实呢？

　　"今天我们不说这些伤感的话，高中毕业也算一件大喜事，我们没有必要用遥远未知的痛苦打击眼前的欢喜。人总是这样，上高中想考大学，上大学又想考研究生，只要停止了前进就会有痛苦，这是迟早的事。何不今朝有酒今朝醉，过了今天再说。"苏科不想让大家把自己归为另类。

　　"苏科说得对，我们今天的主题是庆功。大家就要分别了，各自说说自己的打算。"常有男提议。

　　"还是彦彬先说吧，今天你是东家。"

　　"我的事你们也都明白，第一步我想先开个个性服装店，主要面向中小学生，现在这些孩子都喜欢追星，喜欢穿个开洞裤、露脐装什么的，我就算是迎合消费者心理吧。不过这也不是长久之计，走一步说一步吧。说不上哪天混不开了乞讨到大家门上，千万别拒之门外哟！"

　　"不错，是个商人的料，现在就油嘴滑舌了。"

　　"别打岔，"许佳伟一开口就被常有男拦截了回去，"说说你和李燕的事。"

　　"不瞒大家说，吹了，"罗彦彬好像并无多少伤感，"也许让老师们说对了，早恋的成活率太低。"

　　这个回答确实很让大家失望，听说没戏了，便提议干杯，一声沉闷的撞击，这尴尬也随着酒水下肚了。

"二强，说说你吧，大家都说说。"罗彦彬提议。

"我……我没什么好说的，你们都知道，考一回，什么结果我都准备好接受了。"二强有些悲壮，说完抓起一杯酒喝了。

"二强，我觉得你该好好调整调整。"

"都是应试教育惹的祸！"许佳伟不知是喝了酒的缘故还是什么原因，深深地为二强不平起来。

"我看这样，"接话的是常有男，"二强你给中意的大学写封信，把你的情况详细地说一说，说不定你这种情况能引起学校重视，特招也说不定。这几年破格录取的不是有很多吗？"

"别讲笑话了，生活才是最现实的，要么往上考，要么另寻出路。二强你要不去看看心理医生，也别把家人的话当圣旨，考不上了该咋办还得咋办。"

你一言我一语地劝说完齐二强大家才想明白：每个人的问题都不是某个人或者某几个人的意见或是建议可以解决的，这样的谈论甚至只能放大问题带给大家痛苦。

"我来说，"许佳伟见大家都不言语了，主动挑起了自己的悲哀，"说实话，我原也打算等开学会考完了就结束自己的学业，去找一份工作的，我是看透了，考不上往死急，考上又能怎样？今年全国大学毕业生 220 万，其中 40 万找不到工作。不算补习，我们要在四年后才能毕业，四年，四年后恐怕修鞋和看大门的也都是大学生了。老爷子不认可这一点，让我混也得把这半年混完，混嘛，简单！"

"你我悲观的只是上不了好大学，清华的学生没见有修鞋和看大门的。你说是不是？"常有男再次把问题甩给了苏科。

"别老拿我取笑了，"苏科的语气终于沉重起来，"三年美好的时光我都把自己封闭起来，没和大家好好交流，换来的所有回报就是个破师专而已。"

"这两年当老师不也挺好吗？待遇提高了，一年还有两个假期，再办几个补习班，搞搞第三产业什么的。"言此志向的是齐二强。

"二强差矣，待遇这一项是水涨船高，"政策一类的东西常有男显然比大家懂得更多，他是干部家庭出身嘛，"工资提高不能光看数额大小，要看它的购买力，20 年前挣 45 块钱，可以买 200 升汽油，现在挣 800 块，可以买 190 升汽油。工资是涨了还是降了？再说工资涨不涨不能光纵向比，还要横向比，比如说商业部门、金融系统、电力系统，那教师真是连人家一个零头也比不上。"

"长二呀，你的政治经济学可真是活学活用了，你才是真正地接受了素质教育，而非纸上谈兵呀！可惜大学里不要你这样的人才，你才是真正该写信给大学的人。"许佳伟今天是和教育制度较上劲了。

"不过要是从地区发展和奉献的角度讲，古阳县倒是真需要点新鲜血液了。"常有男没有被许佳伟打断，"你看看咱们学校这点老师，有赶马车出身的，有民办教师转正的，有部队转业的，大专毕业就是高学历了，凤毛麟角，前年好不容易回来一个本科生还被欺负跑了。没有好老师教，如何能培养出来好学生。小而言之，古阳县落后的原因与教育不无关系，大而言之，不抓好教育必将直接影响国民经济的发展。"

常有男的高论让大家叹为观止，可曲高又会和寡，愣了一下，大家也就不再恭维他了。

"大个，你呢？"

"我，我没什么好说的，来，喝酒！"冯宇杰脸色一直不好，也许他不想让大家提他的痛处吧。

"大个，别再混下去了，和彦彬一样，干点事情吧。"许佳伟说话的时候死死地盯着冯宇杰，眼睛里写满了真诚。可冯宇杰并不认可，抓起一杯酒一口干了下去，恶狠狠地重复道："我没什么好说的。"

"大个……"常有男也要说什么，冯宇杰把刚倒满的一杯酒重重地砸在了地上，摔门出去了。

宴会一直进行到晚上11点多，大家都喝得东倒西歪，胡话连篇，最后又说了些"苟富贵，勿相忘"之类的话才三三两两地回到宿舍。一阵伤感和热闹过后，摆在眼前的还是高考的独木桥。他们就像乘着热气球进行了一段空中旅行，然后重重地跌在了地上。

转眼到了成考报名的时间。成考本来和在校生没有关系，可是据说成考的难度远比高考低，学历也承认，一些知道自己高考无望的学生十分珍惜这个机会，纷纷请假回家和家长商量去了。当然像许佳伟常有男之辈是不屑考的，"管同班同学叫叔叔大爷，我看这事划不来。"许佳伟也学会了常有男的幽默，讲完便埋头继续写他的毕业赠言了。写赠言同样是高三生活中一件例行的公差，马上各奔东西了，写几句话以为日后之纪念，也算为三年的高中生活做一总结。可那天从罗彦彬的庆功宴上回来许佳伟就决计不买留言册，在他想来，这些都是形式上的事，或者干脆就是虚情假意。他好几次看见有人一下子抱了二十几本，回家把张三写给李四的抄在王五的上面，再把王五写给张三的抄给李四，有时候所写的话语跟俩人的实际完全不符，让人哭笑不得。许佳伟写给大家的赠言绝对不带一点克隆。他和大家不一样，他有的是时间，正愁精力没地方使。因此每写一个人的，他总是从相册、日记等历史资料中找出双方的过往与瓜葛，再把前段时间自己对对方的研究用适当的语气写进去。相对而言，矫情的吹捧和毕业在即的客套恭维他用得比较少，倒是有很多成为大家效仿的模本。

第二十三章　省城之行

　　备考的日子实在是难熬，许佳伟不由得想起了高一的快乐时光，也就不禁想到了杨德晨老师。上了高三他们和杨老师基本就断了联系，不知道他现在的情况，反正现在闲来无事，许佳伟怂恿常有男去一趟省城看望杨老师。他的女朋友（现在也许是夫人了）在省日报社，通过她应该能找到杨老师。

　　到了省城，常有男说要先去看他的一个表兄。他的表兄四年前毕业于市一中，那时他们刚上初二。他表兄在市一中时学习就特别好，可是和齐二强一样，一到考试时就睡不着觉，考场上直流汗，脑袋里一片空白。在市一中考了两年都没考上，便来省城补习了。说是补习，一面也在外面打打工，或者登讲台替老师讲几节课，据说他的数理化已经超过老师了。他开始补习那年头市一中刚出过一个风云人物：补习了八年，终于上了本科。常有男这位表兄决心以八补为榜样，也非本科不上。可命运好像不怎么眷顾他，机会也不垂青于他，看来不补够八年是真没有什么希望了。高考就是有这样的魔力，能让人这么执着地为他耗费青春。活到老，学到老，考到老，这真不是一句空话。

　　师大附中的条件那真是没法比，教学楼有好几栋，都是新近建起来的欧式建筑，体育馆、塑胶跑道和各种实验室都让人心生羡慕，校园之大就更没法比了，东南西北四个门，几千名学生，就差校园里通公共汽车了。"在这里念三年，就是考不上也值。"常有男甚至发出了这样的感慨。他们是从东门进去的，打听了半天才弄清补习班在西北角。他们继续向前，可一转过弯俩人

226

就傻眼了。附中的补习班设在一个独立的校区里——老校区。这里的建筑都是20世纪80年代建成的。和满校园的高楼大厦相比，真让人感觉对比之强烈，之不和谐。不过和老补这个概念联系起来还是很合适的，也许校方的意图也正在于此吧。

先前的水泥路变成了一条土路，路两旁的杨树要两个人才能合抱。树皮干裂苍白就像风化的岩石。树枝干巴巴地指向天空，像要诉说什么。再往里就看见房屋了。这是北方最古老的砖房，土窑中烧制出的蓝酥砖，水泥瓦，房子外壁上的好多砖都酥化了，露出一个个小坑，墙角背阴面生长着苔藓。灰蓝色的屋顶塌陷了下去，几根孤零零的枯草在风中摇摆着。据常有男的表兄说当年这是省城最标致的建筑群。几十年过去了，学校建了新的教学楼，这些立过汗马功劳的战将们便渐渐失去了以前的喧嚣，五年前重修了一回作为补习班的教室。

再走几步就可以看见教室正面了：窗户很小，木头做的，漆皮已经掉光了，玻璃样式很多，花纹的、磨砂的、透亮的，但不完全，空缺的便用旧报纸或试卷堵上。门上包着的铁皮生锈了。玻璃的位置上钉着一块纸板，一边的钉子脱落了，纸板随风一扇一扇，仿佛在向人们招手。

他们没有找到表兄，教室里的同学也说不清他去了哪里，俩人只好作罢。

他们又去省日报社找杨老师的女朋友，可惜没有找到，因此也就没有找到杨老师，俩人只好怏怏地返回古阳中学。

宿舍门开着，里面没有人。许佳伟大老远就看见自己的床铺上躺着一个大信封，特快专递，是这几年大学专门寄录取通知书的那种。通知书？许佳伟不由得加重了呼吸。

参加完常有男的会考庆功宴回来，许佳伟没有忘记他反复开玩笑的一个提议，给大学写信。这样的提议从高一开始就一直在进行，只要学校里有什么不合他们心意的举措大家都会提起给教育部门写信，可包括那天的话在内都只是一句玩笑。这回许佳伟当真了。不给教育部门写，我可以给大学的招生办写。给北大一封，给清华一封，只要设有中文本科的大学都写一封。许佳伟真那样做了，用两天时间修改措辞，又用一天的时间整理出三十多所满意的学校，最终花了二十多元邮费全部寄了出去。当然这一切都是秘密进行的，同学们知道了会笑掉大牙。开始时，许佳伟似乎是在撒气，可信一寄出，他又好像看到了许多希望，每天都会到传达室问有没有他的信，后来连送信的大爷都认识他了。

虽然每次没等他开口老大爷就先向他摇头，可他觉得希望并没有破灭，毕竟自己寄出了三十多封信，更重要的是田田已经被提前录取了。田田参加了南京一所重点大学在全国举办的作文大赛，获了一等奖，被提前录取了，这是她一个星期以前来信说的。

拿起信封，许佳伟傻眼了，信是唐小平写来的。她的字就是再过十年，一百年，他也能一眼认出来。许佳伟长长地呼了一口气，不知道该怎么办，激奋，抱怨，他自己也无法揣度自己的感受。最终，信还是拆开了。

许佳伟你好：

好久不见了，你还好吗？

很抱歉出来这么长时间没有给你去信。不知你现在的情况如何，学习是否顺利，还像以前那样不喜欢上的课就不上了吗？我想现在你们该上的课都上完了吧！快临近高考了，准备工作做得怎样？我想此时的你们正在为那来势汹汹的挑战拼搏着呢。

我真羡慕你们能顺利地完成三年的苦读生涯并迎接最后的挑战。而我却没有机会和你们奋斗到底，但我并不泄气，也不失望，因为我把希望寄托在你们身上，你们的成功也是我的成功。我会在幕后为你们祈祷，为你们加油。不管胜败与否我会和你们共同承担。

两年来的高中生涯，使我们相识、相知，虽然在学业上我是个失败者，但在生活中我却很幸运。因为在我身边有你们这些关心我鼓励我的朋友，是你们让我在枯燥无味的学习环境中有了快乐的气息。我真的很感激，是你们一次又一次地使我懂得：我也有理想，我也有奋斗，我也曾付出，从此不再自暴自弃，不再有自卑心理。我永远不会忘记在我苦恼无助的时候你给我的那些鼓励。也许你们对我的希望就是永远快乐、坚强，对吗？我一定不会辜负你们的。

人往往不安于所处的环境，在校园的时候总羡慕外面的人们，觉得他们活得很充实，很有意义。现在出来了，却老是回忆过去在校园时的那种单纯而又天真烂漫的生活。社会上的人与校园里的人是截然不同的。与社会上的人交朋友是很难更是很累的。他们给人的第一感觉就是有心计，耍花招钩心斗角，跟什么样的人打交道就该说什么样的话，整天总有一种失落与困惑的感觉，活得真的是很累。我讨厌那些虚伪的人们，所以我现在的朋友并不多，每当走进熙熙攘攘的人群中时，不由得就想起你们，想起和你们在一起的那种轻松自在。现在唯一使我开心的就是上机，与电脑打交道。

许佳伟，假如你考不上大学（我只是说假如）你有什么打算？其实以你的才华我觉得上不上大学无所谓，只要把握住机会，你会有更好的出路。真的，现在的大学和以前不一样。我觉得他们毕业也不一定能找到合适的工作。只不过比我们多一张文凭，现在的社会单靠文凭是不行的，更重要的是才华。

我去过人才市场，人家问你的第一件事不是要文凭而是问你有没有经验与信心。不过话说回来了，有才华就得有知识，但知识不是只有校园里才能学到的，也包括社会经验与实践。

努力吧，相信你的明天是灿烂的。

提前祝：高考成功，天天有个好心情。

友：小平

4月22日晚

一切都是多么遥远的事了，可是最终，你还是来了。许佳伟闭上眼睛，让记忆在头脑里胡乱地冲撞。终于，他拼凑出一幅凌凌乱乱的图画。那是一张少女的脸，清纯白净，却又写满着忧郁与愁苦。那曾是一张多么让他迷茫、亢奋，多么让他彻夜难眠的脸呀。

信里似乎没有什么特殊的意思，只是问个好，或者表明写信人没有忘记收信人？可许佳伟明明还期待一些什么的。读第二遍的时候，他特意留意了一下信中的称呼，"你""你们"在文中用得很含糊，似乎是信手拈来的，同样没有什么特别的深意。许佳伟有一丝失落。地址！许佳伟还是很不自觉地想到了这两个字，他这才意识到自己其实一直没有忘记她，一切都只是自欺欺人。再次拿起信封，他突然感觉沉甸甸的，好像还有东西，刚才怎么没有发现。里面还有一个信封，什么也没有写，也没有粘着。是钱！"不用数，五百。"许佳伟告诉自己。果然，她是给他还钱的，还他垫给她的培训费。这么些年，她还是没有接受自己，从来也没有，一点也没有。

屋外又起风了，漫天的黄沙覆盖了整个世界，黑夜又覆盖了黄沙。

这回许佳伟是决计去找常有男了。他首先想到的当然还是"E网情深"，常有男果然在那里。

"长二，你够意思就带我去找大个。"

"大个现在谁的话也听不进去。"

"你要看着他一直这样下去吗？"

常有男长长地叹了口气，没有回答他。

"你是大个最好的兄弟，和亲兄弟一样，你不能让他再混了。这样混下去只有死路一条。"

"好吧，我带你去。不过……"

"不过什么？"

"不过你总得给他找个事干。"

"这你放心，我兄弟在市里开了一家铝合金店，现在正缺人手。我都和他说好了，让大个去当学徒，很有挣头。"

"活重不重？"

"这个我想无关紧要。"

拐过好几个十字路口，又绕了好几个胡同，俩人在一个很不起眼的小屋前停了下来。这是一处小南房，镇子里做仓房的那种，房子外壁的红砖全然褪了色，瓦楞上杂草丛生，好几处已经塌陷下来，偶尔有一块裸露的斑秃都被苔藓覆盖着，抑或是被常年的雨水发酵了，总之是一种让人极不舒服的死灰绿色。小屋的窗户很小，只有两三块囫囵玻璃，其余的都用报纸糊着。

这样的建筑在古阳县城算不上重点保护古迹，许佳伟也没怎么在意，常有男已经伸手推那小屋的门了。

许佳伟心中的疑团解开的时候已经站在小屋的地上了。他的脑际瞬间闪过千万个念头，不过眼下最急于弄清的还是小屋的布局，为此他调动了周身所有的感官。

现在已是下午5点多钟，灰蒙蒙的太阳对这间屋子的光线已然无补，大家好像进了电影院，现在还没有开灯，需要一段时间适应。过了半天，许佳伟终于看见房屋中有个孤零零的火炉。炉灰向外冒了出来，旁边堆了一小堆煤，上面胡乱地扔着火钩火棍和几根烫药的铁丝，看样子是去年冬天留下来的。啤酒瓶、烟盒、烟头撒了一地，屋子的东北角放着一张破旧的单人床，床上的人已经站了起来，是冯宇杰。

"你们来干什么？"冯宇杰很不高兴。

"大个，是我执意要来的。"许佳伟说。

"有什么事说吧。"

"大个，你不能再这样下去了。"

"我的事不用你们管。"

"大个，不管你承不承认，我把你当兄弟，最铁的兄弟。你不能再这样混下去了，这样下去迟早还会出大事的。你去我兄弟开的铝合金店当学徒吧，我已经给你联系好了。"

"你们什么也不要说了，再说我会控制不住自己的。"

那天，许佳伟和常有男被冯宇杰轰了出来。

"长二，我没有放弃。"许佳伟说。

"但是我们得想办法，这样跑一千趟也无济于事。"

"是该想想办法。"

"有了！"

"快说。"

"田田。"

"哦？"

"她不是说她已经被大学录取了吗？那为什么不让她来一趟？大个对她的感情是真的，她的话他一定听。"

　　"我这就给她写信。"

　　"写信太慢了，QQ。"

　　"我不知道她有没有 QQ 号。"

　　"打电话问呀。"

　　"打电话问 QQ 为什么不直接和她说。"

　　"我聪明反被聪明误了。"

　　"不要说大个的事，就说同学们想她，反正没事，过来看大家一趟，毕业了就再没有这样的机会了。"

　　许佳伟按照常有男的建议给田田打了电话。平时都是写信，现在通话了，一时间竟不知说什么好，时间让老同学有些隔膜了。支吾了半天，许佳伟还是把自己的意思表达清楚了，田田也说挺想念大家，早就想回来看看，只是学习太紧了，路途也太遥远，坐火车要二十多个小时，父母也不放心。这回好了，高考已经尘埃落定，她一定说服父母，争取尽早赶过来。最令许佳伟激动的是，田田委婉地问到了冯宇杰的近况。这事看来有戏。

第二十四章　抽屉里的字条

　　许佳伟第二次去冯宇杰家是在两个星期之后。这时是 5 月，北方沉睡的大地渐渐苏醒，地面上树梢上都泛出一层浅绿来，洞穴里树林中消失了一冬天的小生灵们重又聚了一起，叽叽喳喳地热闹起来。

　　人们都卸去了重重的冬装，终于可以长长地呼一口气了，眉头也开始舒展了。今天又例外地没有风。三个人走在路上，已经不像上次那么愁眉苦脸了。田田是昨天下午来的，晚上在女生宿舍里休息了一下，今天就担此重任了。

　　冯宇杰不在家，门没有锁。他们进去时屋里的布局还和上次一模一样。

　　"班长给叠一下被子。"田田笑着说完找了一块布开始擦玻璃。

　　常有男也没闲着，从床底下翻出一个啤酒瓶子，在水龙头上灌满了水，然后仔细地撒在地上，地上由于灰尘太多，水倒上去立刻结成了一个个污球，在地上乱滚，好一会儿才渗成一个小黑点。扫地，整理床铺，拆火炉，擦玻璃，大约用了半小时，三个人把那间小屋上上下下打扫了一遍，终于像个家了。

　　他们在那里一直等到晚上冯宇杰回来，午饭只吃了点面包，没意思了就拉拉话，翻翻冯宇杰的相册。别说这相册，还真让大家找到了共同语言。相册里的很多照片都是高中时的，尤其高一元旦晚会上的特别多，让大家实实在在地怀旧了一把。

　　冯宇杰推门进来的时候满脸通红，一身酒气，歪歪扭扭就要往床上倒，看到屋里的人和陈设又愣住了，这地，这床，这玻璃，难道走错了？正要退出去被田田叫住了：

"怎么，不认识了？"

冯宇杰见了田田更是惊呆了，他根本不敢相信眼前的一切。

接下来是很长时间的沉默，大家都呆呆地立在地上，不知道如何是好。

"你来干什么？"冯宇杰终于说话了。

"来看看我的母校、我的同学，还有你。"

"走吧，你们都走吧，你想见的冯宇杰早已经死了。"冯宇杰终于回过神来。

"田田，你们先聊一会儿，我和佳伟出去有点事。"常有男说着拉起许佳伟，没等田田和冯宇杰反应过来就出门去了。

"你说有戏吗？"

"谋事在人，成事在天。"

"这是最后一招了。"

"你看过一篇名为《开锁》的短文吗？"

"说来听听。"

"一个小偷从监狱中出来以后，决计要改过自新。再次见了邻里他总是笑脸相迎，很想为他们做点什么弥补自己过去的过错。一天，邻居老大娘家丢了钥匙，他终于有了机会，很轻易地帮她打开了门。邻居们听说了此事，家家都换上了大锁头。"

"后来呢？"

"作者没有说……"

"是周围的人断绝了他的自新之路。"

"大个也一样，他需要的不仅仅是你、我、田田的认可。他太可怜了！"

"都到今天这份上了，你就不要隐瞒我了，大个也是我最亲的哥们。"

"哎！"常有男长叹了一声，"他原本也有一个幸福的家，上小学时他的学习也很好。四年级时他父亲突然染上了赌瘾，整天不着家，还把家里的财产输了个精光。他妈妈以离婚要挟，没想到他爸很爽快地答应了，大个被判给了母亲。不久，母亲再嫁，大个不想跟她去新家，便一个人住在自家的仓房里，正房被父亲抵了赌债。父亲还是像以前一样，根本没有悔改的意思，母亲倒是每月都给他200元生活费。家庭破裂了，他成了没人管的孩子，街坊邻居也因为他爸是赌鬼歧视他，他终于一步步走上了邪路。"

许家伟静静地听着，渐渐产生了一些不平，一丝怜悯，一种同是天涯沦落人的亲切，他完全理解大个这些年的处境：体会不到父母的亲情，感受不到老师同学的认可，得不到周围人的尊重，找不到自己在生活中的位置，感觉不到自己的存在。社会把他交给了家庭，家庭把他交给了学校，学校又把他交给了社会。在那么小的年龄，他就体验到了社会的人情冷暖，而学校也没有给予他最想要的东西。他毫无意外地堕落了，迎接他的是更加猛烈的歧视。

"如果这次再失败了是不是就一点希望也没有了？"许佳伟突然陷入了失望。

"也许我们太把自己当救世主了吧。"

"你说……"

"有什么事你就直说吧，和我没必要隐瞒。"

"你说监狱里劳改几年会不会……"

"不要太悲观了。"

"我进去和他说，"许佳伟突然果断起来，"不管他听不听，我都要把所有的话和他讲清楚。"

常有男想要说什么许佳伟早扭头回屋去了。屋子里静悄悄的，就像刚刚平息了一场战争，冯宇杰和田田都低着头，一声不吭。

"大个，你不是要混吗？老子和你一起去！"许佳伟什么也没管，一进门便这样喊道。

"在你们眼里我是不是真的无可救药了？"

"你风光呗，谁不知道你是这古阳街上的老大。"

"风光！"冯宇杰苦笑了一下，"有谁知道老子一天天醉生梦死，行尸走肉！谁知道？！"

"你明明知道这种生活没有出路，为什么还不放弃呢？"

"放弃？我又能做些什么呢？像我们这样的人，人们表面上惧怕我们，恭维我们，实际上有谁看得起我们，谁肯让我放弃？"冯宇杰说着哽咽起来。

"大个，你不要这样。"许佳伟真的没想到冯宇杰这样的汉子也有如此脆弱的一面，竟有些不知所措，但他意识到他的心理防线不再像先前那般牢不可摧了。

235

"如果现在让你去做个工人，自食其力，你会不会去？"

"别开我玩笑了，谁肯接受我，我是地痞，地痞！！"

"我是说如果，如果是这样，你会不会去？"

"我会，我会去，不去我就不是人。"冯宇杰的情绪很激动，几乎是在哭喊。

"大个，你知道吗？其实你最大的敌人是你自己，是你自己不肯原谅自己。你把自己的问题放大了，我、长二、宿舍里的同学，有谁真正看不起过你，田田大老远从南京赶回来，难道也是来看不起你的吗？"

冯宇杰不再说话了。

"以前我和长二来，你连我们说话的机会也不给。我兄弟在市里开了一家铝合金门市——亲弟弟，许二伟。生意很火，现在正好缺人手，你去，我都给你联系好了。学徒期间别人每月四百，给你五百，半年后出徒，月收入保底一千二。"

"谢谢你，佳伟，还有长二，田田。我会好好考虑你们的建议的。给我一天时间好吗？"

"好吧，我们这几个朋友已经仁至义尽了。"许佳伟正要说什么，常有男抢在了前面。大家会意了他的意思，都没再说什么。

在北国，冬天和夏天总是联合起来排挤春天。呼呼的西北风一直刮到5月中旬。前天一场春雨，又增添了几分寒意，乍暖还寒呀。可是没过几天，整个山野便埋在一大片浅绿之中，太阳也终于有了温度，在屋子里蛰居了一冬的老年人也都走了出来，这里已经是很规整的夏天了。

古阳中学毕业班的学生都进入了最后的冲刺阶段。第三次模拟考试也已经过去了，老师们不再像先前那般卖命地灌输了，最后一个阶段要让学生自己整理知识体系，同时也调整一下生物钟和考试心态。

前两天，学校专门为学生搞了一个应试讲座。讲课的是从市一中请来的特级教师、奥赛教练、高考研究专家。所谓应试讲座就是专门针对考试的，不分科目。比如说写作文要豹头、猪肚、凤尾，卷面要整洁，书写要工整；几何选择题和填空题可以严格按照题意画图，然后用尺子量出所求的长度或角度；政史地的论述题和语文阅读可以在前面的选项中抄答案，实在不会胡诌一段也行，只要有字就会有一定的辛苦分；英语最难，选表述较长的更有把握，"Both A，B，C."绝大多数中选。

只是今天，学校又突然爆发出一则新闻：高三文科（2）班有人离校出走了。

"听说是许佳伟。"

"前两天不是还见他在学校吗？"

"不太清楚，听说他的家长硬说人是从学校出走的，要学校去找。"

"哎，这小子，真不知道他是怎么了，真希望他别出什么事。"

"事不关己，高高挂起。都什么时候了，还有心思管这闲事？"

赵淑敏是在星期一一大早听到这消息的，先是一愣，后不禁感叹：可不是一个星期不见许佳伟了嘛！随即，她站起来向办公楼走去，也许她能向学校提供什么帮助，她想。刚出门，一老一少两个人影闪入眼帘，那个年轻人不就是许佳伟吗？赵淑敏激动地喊出声来："哎，许佳伟，叫你呢，你这两天都跑哪里去了，满世界的人都找你呢，还以为你离校出走了呢。"

"我不是许佳伟，我是他弟弟，请问校长办公室在几楼？"年轻人的脸上没有什么表情。

"二楼，202。"赵淑敏没顾上解释什么，尽量简洁地回答。

俩人上去不一会就下来了，身后还跟了余校长。大家都步履匆匆。

"许先生，"校长说，"现在找人要紧，你们回去各亲戚家找找，我在学校调查调查，能找到就算没事，找不到我们再想办法。"

"好吧，三天以后我再来找你，有什么消息我们电话联系。"

送走许家父子，余校长马上召集高三文科（2）班全体代课老师和全体同学了解情况，可谁也说不清这个学生是什么时候消失的。校长没找到任何线索，便把责任归咎到班主任老刘身上，一个学生消失了一个星期，班主任竟然不知道，如果真出了什么事，让你吃不了兜着走。

校长承诺的三天很快过去了，人没找到，整个校园诚惶诚恐起来。大门成了海关，进进出出的人都要经过严格的检查，常有男的免死金牌也不管用了。家长方面也同样没有带来任何消息，争执也便由此开始了。

"我们花钱把孩子送到学校念书，现在人没了，你们怎么解释？"家长说。

"孩子出事之前也回过家，难道你们家长就没有责任？"

"可他后来又回到了学校。你们这是个什么地方？孩子一个星期不上课你们竟然不知道，你们还有什么责任感可言？"

"可是别的孩子为什么不跑，他们不也同样在我们学校吗？"

"余校长，这也是你说的话？就因为别的孩子没有跑就想把责任推掉吗？我告诉你，门都没有！"

"孩子要出去，关键在于他的思想，难道学校管得严一点他就不跑了吗？你们做父母的当然比我们亲，你们两手牵一个都牵不过来，我们一个老师管这么多学生如何管得过来？"

"余校长，你们都是有知识的人，我说不过你们，不过我们总有说理的地方。"

余校长正要反驳，有人喊报告，是齐二强。

"这是在佳伟抽屉中找到的。"他说。

亲爱的爸爸、妈妈：

不争气的儿子又让你们费心了。我不知道你们会如何理解儿子的不辞而别，不过请你们放心：我不会寻死觅活做傻事，我只是要去寻找真正属于我的生活。

爸爸，在您的眼中我一直是一个好儿子，我是您的骄傲，也是全家人的希望。我明白您虽然外表严厉，但内心却毫不保留自己的爱。我真的很感激您和妈妈在那么困难的情况下一直供我上学，还有姐姐，还有二伟。但我让你们失望了。也许你们都看到了，做生意的暴发户腰杆都挺得很直，找不到工作的大学生遍地都是，所以我选择了放弃。但我不是认输，也不会认输，求学的效率太慢了，我要去寻找自己的方式。

爸爸，我知道您爱我，可是您考虑过您的方式吗？上小学时我什么也不懂，考第一全仗着脑子灵，可是您告诉我，一次考了第一就要永远考第一。初中四年，我没日没夜地苦学，我是整个家庭的希望，我别无选择。然而四年的苦功还是被一场不负责任的考试抹杀了，我来到了古阳中学。不管人们怎么说古中也一样能考大学，可我知道那是你们对我的安慰。看到学校为咱们减免的五百块钱，我认命了。上了高中，我又开始拼命地学习，认真参加活动，真诚地对待每一个同学，我有义务用我的成绩、我的真诚回报每一个关心我的人，争取大家的认可……后来，乱七八糟的东西分散了我的精力，我的成绩一落千丈。念了十几年书第一次从第一名的座位上滑下来，我无法形容当时的感受，只希望你们中有一个人站出来，安慰安慰我，为我指引指引方向，可我什么也没有等到。我不怪你们，后来我也想通了，你们并不懂这些，你们只知道砸锅卖铁地供我，你们做得已经够了。可是我实实在在就是从那时起迷失了自己的方向。老师和同学们都猜测我，诽谤我，想当然地将我的颓废和一个女生联系在了一起，更不幸的是我被他们唤醒了。面对突如其来的青春期，同样没有任何人告诉过我该怎么办。就在这样的矛盾中，我越陷越深，越走越远。我完全厌倦了这样的生活，厌倦了自己，你们的期望更是让我窒息，我完全放纵了自己。这些您可能还不知道，我感谢二伟替我保守了秘密。

二伟，我知道此刻你也一定在爸爸身边。原谅哥对你所做的一切，我本来应该感激你才对。我的丑事没必要再隐瞒了，讲给爸爸听，告诉他他的大儿子也会像二儿子一样优秀，哥还是相信你能理解我。还有，好好照顾爸爸妈妈，照顾我的大个兄弟。

爸爸，这就是儿子的心声，可能我们从来没有这样沟通过，不过说到这里也该结束了。您不必为我担心，也不要替我惋惜，"混也把这个学期混完"，有什么意义呢？我只是前湾的第一，即使古中的第一也是绝不会考出可以改变命运的成绩的。我说过，许佳伟不会认输，用不了多久，他就会风风光光地回来，他还是当年那个让您骄傲的儿子。

爸爸、妈妈，多保重！

此致

敬礼！

儿子

5月14日

尾　声

8月盛夏，又到了古阳县一年中最美的时候。经过持续多年的生态修复治理，这里的气候发生根本转变，降水量翻了接近一番，沙尘暴更是几乎绝迹了。

许佳伟将近十年没回来了。离聚会还有两天，他想先回趟家，二伟的大皮卡早早地在车站等着他，同行的还有冯宇杰。

"沿海城市就是养人，班长还是那么斯文。"

"比视频里胖了点。"俩人边打招呼边轮流和许佳伟来了个大大的拥抱，许佳伟回应的时候略显迟疑。

一路上，冯宇杰一边为许佳伟当向导，一边介绍了这些年的经历。自从高三那年和二伟一起经营铝合金门窗生意，俩人就再没有分开。古阳县城市大建设那几年，他们赚了一笔钱，后来国家推进乡村振兴，他们整合了两个村的草牧场发展规模经营，冯宇杰主抓生产，许二伟负责销售，分工明确。许佳伟在外这些年，许家父母的照护冯宇杰几乎分担了一半责任，相当于在替他尽孝。许佳伟愧疚感激地向他道谢，冯宇杰说这辈子的兄弟分不开了，没有你和二伟，我这街头小混混今天还不知道在干什么。

父母老了很多，不过精神很好。有了如今的现代化牧场，他们早就脱离了重体力劳动。姐姐出嫁外乡，母亲早早做好了饭，言谈举止间关心的还是许佳伟的终身大事，不过她的话并不敢说得太重，父亲则不由分说给兄弟三人倒上了白酒。在父母心中，儿女事业成败并不是最重要的，快四十岁的人漂泊得那么远才是他们最放心不下的牵挂。

　　许佳伟当年的出走后来谁也没有提及，年少轻狂的冲动还是有些不堪回首。也是那一走拉开了许佳伟与家人和家乡的距离。他先是在省城遇到杨德晨老师，并在他任教的师大附中补习了一年，后来报考了南方的师范大学，研究生毕业后就一直在深圳的私立学校教书。上大学那年他收到了唐小平寄来的结婚照片，听说她嫁给了村主任的儿子，村主任承担了她两个弟弟的学费。许佳伟也先后谈了几个女朋友终未修成正果，春节前他听常有男和冯宇杰说唐小平的丈夫因车祸去世了，有意撮合他们重续前缘。

　　"二十年，很多人和事变了，不过有些还没有变，可能永远也不会变。"酒过三巡，许佳伟有些伤感起来。

　　"锁在抽屉里的年华固然是难忘的，但也是时候走出来了。"冯宇杰趁机接话，"过去有爱不敢说出来，现在老天给了第二次机会，勇敢地去追求吧。"

　　许二伟见哥哥未置可否，不想让气氛尴尬，就把女儿叫进来给大伯敬酒。

　　"婷婷长这么高了，亭亭玉立，人如其名，是我们许家的人才。"许佳伟高兴地把侄女拉到身边。

　　"学习不好，就爱画画，和她大当年一样，"二伟说道，"这回她大伯回古阳中学，好歹和杨校长弄个普高名额，我和宇杰多给学校捐点资。"

　　"画画怎么了？行行出状元。"许佳伟马上以教育家的口吻纠正弟弟，"因材施教，是什么苗子就往什么方向培养。"

　　"反正有她大伯操心，我就不管了。"二伟不再坚持。

　　"详细说说杨老师的事。"冯宇杰对许佳伟说。

　　"我也只知道个大概。"许佳伟说道，"杨老师当年回省城后就去了师大附中，一直推行他的素质教育，那里的生源质量好，很容易出成绩，不久就当了年级部主任、教务主任、副校长。五六年前吧，县教育局和师大附中合作办学，就把他聘回来当校长了。"

　　"县里办高中确实不容易，没有好老师，好学生也留不住。"许二伟插话。

　　"杨老师还是厉害！短短几年就把古阳中学搞得有声有色，眼看就有考上清华北大的了。"冯宇杰说。

"考上清华北大只是一方面，杨老师关键还是素质教育、特色教育，所有的孩子都能得到适合自己的发展。"说起教育，许佳伟马上成了行家，"就像我们婷婷，上古阳中学的美术班就很好，毕业了当画家，当设计师，照样实现人生价值。最关键的是，一个人从事自己最喜欢的事业，他的人生是幸福的，对社会的贡献也是最大的。"

"你也是因为认同杨老师的教育理念才决定回来的吧？"冯宇杰套许佳伟的话。

"认同，高度认同！杨老师能重回古阳中学是全县老百姓的福分。"许佳伟对"回来"未置可否，对"认同"异常坚定。

那天的酒一直喝了一下午，冯宇杰激动地看到，许佳伟在卧室里又翻出了自己的密码日记，拨通了唐小平的电话。

两天以后，古阳中学二十年后上演了似曾相识的一幕。刚刚竣工的图书实验楼里，一节特殊的班会课正在热烈进行。讲桌前是刚刚荣获全国课改先锋荣誉的杨德晨校长，下边是几位老师和从各地赶回来的昔日学子。

"田田的变化最小，你先来吧，说说这些年的经历。"杨德晨这样提议。

"好吧，杨老师，刘老师，同学们，二十年不见，非常想念你们。我在大学里学的是工商管理，毕业之后在几家外企工作过，主要做销售，五年前自己出来单干，负责鄂尔多斯羊绒衫在美国的销售。"

"拿绿卡了吗？"

"老公不是老外吧？"同学们七嘴八舌地开玩笑。

"没有，生意再做几年，最终还是要回来，还是中国好，古阳县也越来越好了。"

"宇杰胖了，你说说。"杨德晨本来是随意点名，同学们还是把这对当年的恋人联系了起来，发出了起哄的笑声。

"学习不好，回家放羊。"冯宇杰很干脆，不过并没有自卑。

"什么放羊？宇杰可是大牧场主。"常有男主动救场，"现在是无人机放牧，全自动饲喂，带领全村人致富呢。"

"哎，宇杰，你的羊绒卖哪了？给田田织羊绒衫呀！"王亦然这一句接得不知是有意还是无意。

"1436，卖给鄂尔多斯羊绒集团了。"冯宇杰实话实说，"亦然，你什么情况？"冯宇杰直接代替了杨德晨，可能也是想把他和田田的话题转移出去吧。

"当兵。后来转业了，现在在退役军人事务局。"

"人家亦然现在是王科长，咱们班最大的官。"常有男补充道。

"常二，你用什么手段把淑敏追到手的？上学时候没看出来呀！"王亦然这样回敬常有男。

"魅力大，没办法。"常有男自恋道。

"就你那魅力？头发沙化得快赶上刘老师了。"

"聪明绝顶嘛！"大家就这样你来我往，气氛愉快轻松。

"苏科什么情况？怎么没见他回来？"王亦然发问。

"回来了，请看大屏幕。"杨老师终于抢回了话语权，大家这才注意到学校新换的电子黑板。

"杨老师好，刘老师好，同学们好，我在北京和大家同屏互动。"屏幕中，苏科热情地向大家打招呼。杨老师补充说这个电子黑板就是苏科公司的最新产品，免费捐给学校的，一共 36 套。苏科还给学校链接了北京名校的教育资源，通过这个屏幕，古阳中学的孩子可以和北京的孩子同步上课，当堂回答北京老师的提问。

"苏总混大了吧！"王亦然这样夸赞。

"下面请许佳伟同学隆重登场！"杨老师得意地做了个请的动作，好似为压轴节目报幕。

"二十年后聚会，追忆我们的抽屉年华，说实话，很激动，"许佳伟站起来的时候同时举起两本册子，"抽屉年华，我当年的日记本，《抽屉年华》，我即将出版的长篇小说，讲的也是咱们当年的事。"

"班长闷声干大事呀！"常有男首先表达了敬意，大家也纷纷站起来争抢这两本书。

"深圳的教育怎么样？"杨德晨想让许佳伟继续讲下去。

"杨老师，我决定了，回来跟着您干。"许佳伟的表态引来又一阵赞叹。"父母年龄大了，家乡的教育和您的课改也需要我。"许佳伟这样补充道。

"欢迎许老师加盟古阳中学，同学们鼓掌！"杨德晨非常激动。

"杨老师，您当校长，许老师怎么也得当个副校长吧？"冯宇杰起哄。

"我这校长的位置也迟早是佳伟和有男的。"杨德晨倒很大方。

"刘老师，您给大家讲两句？"杨德晨继续当他的主持。

"当年对大家太严厉了，"刘老师首先表达了歉意，"不过看到大家现在发展得这么好，我很是欣慰和自豪。大家都是各行各业的精英，作为从农村走出来的孩子，你们真是好样的。我再有一个月就退休了，历史的接力棒该交给杨老师，不，杨校长了。世界是你们的，也是我们的，但归根结底是你们的。"

"刘老师您太谦虚了。"

"我们当年那么调皮，没有严师哪来的高徒。"

"就是就是，我们感激您还来不及呢。"同学们七嘴八舌地说。

"同学们说得对，刘老师我俩就应试教育与素质教育争论了这么多年，其实二者并没有那么严格对立，不是非此即彼，非白即黑。而且争论归争论，私底下我们从来都是最好的朋友。论师德，论责任心，论桃李满天下，刘老师永远是我的师父。古阳县的教育，或者说得大一点，我们中国的教育就是一个又一个、一批又一批、一代又一代像刘老师这样甘为人梯的好老师传承的。"杨德晨讲得很激动。

"千秋功过，留与后人评说吧。"刘老师感叹道。

"杨校长，该说说您自己了。"沉默了半天的赵淑敏提醒杨德晨。

"你们是我的第一届学生，也成就了我的教育理想、教育理念，我始终认为，每一个孩子都有自己的天赋特长，为他们打开属于自己的那扇窗户，让他们成长为最适合的自己，是教师的天职。你们锁在抽屉里的那段年华，也是我人生中最好的时光。"

有了这样坦诚深入的交流，众人的话题又自然回到教育上。同学们的孩子也都上学了，大家集体话痨，也想趁机让杨老师和许佳伟他们给支个招，引个路。苏科的女儿物理奥赛获得北京市金牌，有望保送清华大学；王亦然给儿子报了六七个兴趣班，不想让孩子输在起跑线上；冯宇杰一心想让儿子考大学，儿子却执意学兽医，要给父亲的牛羊进行品种改良；常有男和赵淑敏夫妇带头把儿子留在了古阳中学，宁当鸡头不当凤尾；许佳伟最终说服二伟，把侄女婷婷送到了古阳中学美术特色班。

　　刘老师退休了，杨老师回来了，许佳伟和常有男、赵淑敏也当老师了。当年的学生已经成长为老师的同事，学生的孩子又成为老师的学生。生命周而复始，教育传承轮回……

后　记

　　重返教育战线三年有余。头脑中时常闪现着自己读书求知的往事、教书启智的趣事、写书言志的轶事，点点滴滴，片片段段，林林总总，年届不惑的书生似乎始终离不开"书"，而且要长期与"书"续缘，与"书"为伴。

　　记得那次曹雨同学造访，和我探讨《抽屉年华》创作的有关问题，征询我未来关于文学创作的打算。我们仿佛又回到当年的语文课堂，饶有兴致地谈天说地一下午。和许多读者一样，曹雨把《抽屉年华》的故事情节和我的读书、教书经历联系起来，问我是不是自传，追问书中的人物原型是谁。我引用鲁迅先生的"杂取种种，合成一个"笑答。曹雨显然不很满意，对我忙于工作而"荒废"文学创作略感遗憾。"艺术来源于生活，读万卷书，行万里路。"这样解释的同时，我再次陷入深深的回忆和思考之中。

　　不少人心中都有一段文学梦想，我也如此。萌生创作《抽屉年华》的想法始于自己的读书经历，尤其是高中阶段的所见所闻、所思所感，开始动笔是在集宁师专上大一的时候，在十八岁那个躁动的年龄。学中文的，总该写点什么；未来的师者，也该对教育有些见解。这就是我的初衷。

　　第一次写东西就是长篇，源于高中以来的一些素材积累，更源于对文学梦想的执着坚守，也想着借此一鼓作气，一气呵成，一鸣惊人。一个多月时间，所有的素材都被我拼凑起来，可是小说故事并不完整，情节还不连贯，主题思想不甚清楚，又试着调整了几回，都无济于事。面对十几本手稿，内心沮丧至极又无计可施，文以载道的"豪情"一时跌落谷底。

全班同学和老师都知道我在搞"大部头"，课上课下都不时有人关心询问几句。如果就这样半途而废实在有负众望，我只好以"批阅十载，增删五次""吟安一个字，捻断数茎须"等古训敷衍搪塞，自欺欺人。

好在文学概论、写作学、现代汉语等专业课程席卷而来，这些枯燥的理论知识允许我暂时"无暇"顾及小说创作。不经意间，小说创作中许多苦思不解的问题在课堂上找到了答案，我逐渐明白了"九层之台，起于累土"和"磨刀不误砍柴工""欲速则不达"等道理。在各科老师指引下，我一边学习汉语言文学知识，一边研读古今中外经典著作，一边收集积累教育法规、年鉴、报刊、故事等素材，一边继续艰难的创作。

大学毕业以后我如愿当了老师，后来调入教体局当了秘书，再后来有了孩子当了学生家长，围绕教育的"角色"体验了一大半，这些真实经历和真情实感都为小说创作提供了不竭的养分和动力。无论在讲台上、操场上、学生宿舍，还是在办公室、家中；无论是批改作业、与学生与孩子谈心交流，还是教育督导评估、撰写教育工作报告，我都不曾停止对教育事业的感悟，不曾停止对社会人生的思考，不曾停止《抽屉年华》的创作。就这样，小说洋洋洒洒20万字，一写就是八年，伴随了我的整个大学时光和教书生涯，直到2008年底才基本草定。2009年2月，《草原》选取其中的三章予以刊发，篇名为《青春年华》。

八年来呕心沥血、日思夜惦的一件大事终于完成，内心如释重负，充盈着十足的成就感、幸福感。《抽屉年华》凝结着我的文学情怀，也倾注着我的教育情结，这些都是我后来才慢慢体会到的。

一本书的写作亦如一个人的成长。《抽屉年华》陪伴我最美好的青春年华一路走来，让我明白许多为人、做事的道理，帮助我树立正确的世界观、人生观、价值观。《抽屉年华》是我的良师益友！

少年时的文学情愫犹如青涩的初恋，朦胧懵懂，浪漫美好，怀有一厢情愿的痴迷和满腔激荡的热情。《抽屉年华》历经八年艰辛创作和反复修改，最终能够缀字成篇，还在于对文字初心的执着坚守，对文学梦想的不懈追求，以及由此产生的强大精神信念——我一定要写完，我一定能写成！并为之殚精竭虑，废寝忘食。文学艺术创作是孤独者的事业，需要毅力，需要思考，需要责任感使命感，需要付出，还得忍受寂寞，正所谓"板凳要坐十年冷"。梦想和信念就像一座灯塔，激励和指引着漂泊的航船扬帆破浪，即使在汹涌逆流和漫漫长夜之中。我选择汉语言文学专业，投身教育事业，从事文字工作，进行业余文学创作，都不曾背离文字这个初心、这个梦想、这个信念。

鲁迅先生说过："揭出病苦，引起疗救的注意。"《抽屉年华》之写作，意在通过学生、老师、家长的不同视角，展现我国西部地区基础教育现状，引起家庭、社会、学校更深入的关注与思考，共同探寻教育事业更好的发展之路。小说创作之初，年少愤青的我是怀有悲悯、消沉、宣泄心理的。后来当了老师，从事了教育行政工作，成了学生家长，亲眼所见、亲耳倾听了更多、更广泛的学生、老师、家长和教育行政工作者的经历和心声，我才逐渐对教育事业有了更全面的理解和更深入的思考，才逐渐将视野和笔锋从学生这一单一主体单一视角逐渐转换扩大到国家和社会、学校和家庭，才学会从广大人民群众的角度审视和思考问题。

古人云："闭门觅句非诗法，只是征行自有诗。""纸上得来终觉浅，绝知此事要躬行。"讲的都是实践对于文学艺术创作的重要性，都是在现实生活中思考提炼，在人民群众中体验感悟，进而形成深刻情节和生动形象的方法论，正所谓"文学艺术来源于生活而高于生活"。起初我盲目自信《抽屉年华》能够一蹴而就，为此豪情万丈，整日把自己浸泡在图书馆埋头书写。课堂上、晚自习，乃至节假日，满脑子都是小说创作，有时候睡梦中灵感乍现，也会一骨碌爬起来奋笔疾书。然而苦心孤诣的全身心投入还远远不够，知识储备和素材积累的欠缺，理论准备和实践准备的不足让小说创作举步维艰、山穷水尽。后来我系统学习了汉语言文学、教育学知识，逐一扮演体会、经历感悟了《抽屉年华》中的人物和情节，补上了实践的课程，才又慢慢打开思路，寻得章法。

在文字初心的执着坚守中树牢理想信念，在振臂呼号的秉笔书写中坚定为民情怀，在现实主义的创作实践中锤炼务实作风，是《抽屉年华》带给我的"额外收获"。感动感恩却不止于此。在小说创作和发表过程中，鄂托克旗王玉璋老旗长、内蒙古文联尚贵荣主席都给予了大力支持。此次出版，当代著名教育学家顾明远先生题签书名，茅盾文学奖得主徐贵祥老师拨冗作序，让小说增色颇多。我的许多同学、同事、学生始终在关心关注小说和小说创作。在此一并致谢。

　　此次出版，修正了一些不合理的内容，结合了部分近年来的思考。应责任编辑万方正老师和部分读者要求，增加了楔子和尾声，也将二十多年前的"回忆录"与当下时空联系了起来，"剧透"了人物命运与归宿，也算与正在改编筹拍的电影接轨吧。水平所限，谬误难免，敬请读者朋友批评指正。

2025 年 2 月